世界著名少儿历险故事丛书

智 生 危 途

高 帆 主编

吉林人民出版社

图书在版编目（CIP）数据

智生危途 / 高帆主编 . —— 长春：吉林人民出版社，
2012.4
（世界著名少儿历险故事丛书）
ISBN 978-7-206-08847-6

Ⅰ . ①智… Ⅱ . ①高… Ⅲ . ①儿童故事—作品集—世
界 Ⅳ . ①I18

中国版本图书馆CIP数据核字(2012)第 077291 号

智生危途
ZHI SHENG WEI TU

主　　编：高　帆
责任编辑：张文君　　　　　　　封面设计：七　洱
吉林人民出版社出版 发行 (长春市人民大街7548号　邮政编码：130022)
印　　刷：鸿鹄(唐山)印务有限公司
开　　本：710mm×960mm　　　1/16
印　　张：13　　　　　　　　字　　数：150千字
标准书号：ISBN 978-7-206-08847-6
版　　次：2012年5月第1版　　印　　次：2021年8月第2次印刷
定　　价：45.00元

前　言

　　历险故事向来是最受少年儿童喜爱的，尤其是十岁到十三四岁学龄中期的孩子们，对于历险故事简直爱不释手。

　　这是因为，这类故事非常适合这个年龄阶段孩子们的接受心理和审美需求。这些故事的主人公，有的在漫游中不断遇到种种险情、险事，有的在追寻、探求某种神秘人物的过程中历尽艰难险阻，情节曲折惊险，险中有奇，奇中多趣，对小读者具有超乎寻常的吸引力。

　　历险故事主人公的经历，多具有传奇性。奇境奇闻，在孩子们面前展开一个生疏新奇的领域，能够极大地满足这个年龄段的少年儿童普遍具有的好奇心理和求知欲望。茅盾先生早在1935年就曾说："我们应该记好：儿童们是爱'奇异'，爱'热闹'，爱'多变化'，爱'泼剌'，爱'紧张'的；我们照他们的'脾胃'调制出菜来供给他们，这才能够丰富他们的多方面的知识，这才能够培养他们的文艺的趣味……"

　　历险故事的情节，都是惊险曲折、波澜起伏的，这类作品悬念迭生，扣人心弦，既"热闹"，又"紧张"，小读者读起来津津有味，常常心驰神往，欲罢不能。若论情节本身的吸引力，历险故事是其他任何类型的作品都无法与之相比的。

　　高尔基说过："追求光明的和不平凡的事物是儿童固有的本性。"十多岁的少年儿童，只要心理正常，大多数具有一种积极向上的、向往创造不平凡业绩的荣誉感。这些历险故事里，都洋溢着一种战胜困难、勇敢进取的英雄主义精神。历险主人公，无论是在自觉探险、追寻某种事物的过程中，还是不自觉地在他平常的旅途上，遇到种种艰难、重重险阻时，都表现出一种无畏的勇气，一种"冒险进取之志气"。这种精神，对儿童那"追求光明的和不平凡的事物"的天性，既是一种自然的呼应，又是一种陶冶和激发，显然十分有利于少年儿童的健康成长。苏联教育家苏霍姆林斯基说："克服困难可以使人得到提高。经受过无法忍受的困难，并且克服了这些困难的人，能够以完全不同的方式来观察世界、理解人们。"

这些故事的主人公，在经历了种种艰险之后，总能得到一个好的结果，这也是历险故事的一个共同特点。与历经艰险和磨难紧密相连的是云开雾散，真相大白，脱离险境，喜获成功，主人公的追求总会有一个圆满的结局。读这类故事，小读者自然会从中获得一种成就感，在屏息凝神的紧张之后，从这种传奇故事中获得一种充实的心理满足。

可以肯定地说，历险故事正是广大作家按照儿童的脾胃调制出来的精美的精神食粮。

在世界儿童文学的百花园中，历险故事之多数不胜数，浩如烟海，我们只能选择其中最有名、最具艺术魅力的一部分介绍给大家。这些历险故事原作多为中、长篇，为了让小读者尽量多地领略这一艺术园地的迷人风采，我们采取了对中、长篇进行缩写的方式。缩写的原则是不改原作的思想宗旨、人物性格、故事框架，使读者读此缩写版亦能大体把握原作风貌，同时读起来又不感到空洞、枯燥，即要有较强的可读性。

把一部十几万乃至几十万字的作品，缩写成一万字，要达到上述目标是有一定难度的。缩写，也要求执笔者能进入一种类似创作的状态，对原作既要有理性的把握，也应有一种心领神会的感受，文字既要简练、准确、流畅，又能尽量体现原作的风格，这需要执笔者具备一定的素质和功力。由于原作结构、风格等情况的不同，加之我们的水平毕竟有限，所以，尽管大家都做了努力，但收到的效果仍然有差别，缩写稿显然仍未能尽如人意，我们诚恳地希望得到读者和专家们批评、指教！

为中国的孩子编选外国作家的作品，译者的劳动为我们的缩写提供了方便条件，我们充分尊重翻译家们的劳动，并对他们致以深深的谢意。但还要说明的是，有些篇目参照了不同的译本，有些对原译文字进行了较大改动，为了本书规格统一，缩写稿的原译者就一律未予注明，在这里也一并表示歉意！

缩写稿中，有两篇直接选自张美妮主编的《外国著名历险奇遇童话故事精选》（中国少年儿童出版社），在这里我们向原编者、出版者诚致谢忱！

高　帆

目录
contents

目录
contents

骑鹅旅行记

〔瑞典〕拉格洛芙　原著

　　小男孩尼尔斯·豪尔耶松14岁了，他贪吃贪睡，獭散拖沓，粗野顽皮，对牲口想打就打，对人也不长好心眼。周日，他的爸爸和妈妈都到礼拜堂去了，他一个人在家。尼尔斯不好好读书，却抓住了小狐仙，并对小狐仙百般戏弄，言而无信。小狐仙气愤地打了尼尔斯一个耳光，把尼尔斯变成只有拇指大的小人，使他能听懂各种动物的语言。

　　尼尔斯被吓坏了，他像个小耗子似的，慌忙跑到院子里，去找小狐仙，要与小狐仙说和，求小狐仙把他变回到原来那样大。可是哪儿也找不到小狐仙。家里的禽畜都嘲笑尼尔斯，威胁说要报复他。这时有一群大雁从天空飞过，他们嘲笑家鹅们不会飞，只会在家里待着。尼尔斯家的一只公鹅很不服气，他要大雁们等一下儿，他要和大雁们一起去旅行，要为家鹅争一口气。尼尔斯听说大公鹅要飞走，跑过去拖住公鹅的脖子，不让他飞走。可是尼尔斯太小了，他只有拇指那样大，结果被公鹅带起来，飞走了。

　　尼尔斯为了不掉到地上摔死，便趴到公鹅的背上，紧紧抓住鹅毛。傍晚，雁群落在湖岸上。大公鹅已累得不能动了。为了不失去这唯一的依靠，尼尔斯把公鹅弄到水边上，使他恢复一点精神。大公鹅也捉一条小鱼给尼尔斯当晚饭，并告诉头雁阿卡，小男孩名叫大拇指。一百多岁的阿卡对人存有戒心，他不相信人类，他决定第二天一早就赶男孩走，不让他混在雁群中。

大雁们夜里就睡在一块浮冰上。半夜里，狐狸斯密尔偷偷溜过来，把头雁阿卡捉住，拖走了。大拇指凭着自己的夜明眼，飞快地赶上去。他抓住狐狸的尾巴，和狐狸捣乱，使阿卡有机会逃了出来，飞走了。狐狸气急败坏地盯住小男孩，他要吃掉大拇指。尼尔斯飞快地爬到树上，躲了起来。狐狸斯密尔愤恨不已，他就趴在树下守了一夜，非吃掉大拇指不可。

早晨，大雁一只一只飞来，飞得很低，戏弄、折磨斯密尔，毫不留情地报复狐狸，把他折磨得口吐白沫，精疲力尽，躺倒在树叶子上，像快要断气了。大拇指被大雁们救走了，阿卡决定，不赶大拇指走，允许他随着雁群一起去旅行。

有一天，大公鹅茅祯不小心落到几个孩子手里，被卖到一个农庄里。男孩不顾自身危险潜入庄园，帮助就要被杀的公鹅逃了出来。大拇指知道自己从前打哭牲畜，对人不长好心眼是错误的，决定以后要和动物们交好朋友。松鼠西尔莱的妻子被农人捉去了，四个刚生下几天的孩子就要饿死了。大拇指知道这事以后，就勇敢地去帮助松鼠们，使他们脱离危险，回到丛林中去。慢慢的，大拇指在动物中间燕得了广泛的赞颂。

大雁阿卡为了报答男孩的救命之恩，劝小狐仙解除大拇指身上的妖术。小狐仙听说男孩在动物们中间表现很好，便同意了阿卡的建议，只要大拇指回家，马上就能变成人。可是大拇指谢绝了。他更愿意当个大拇指，随着大雁群飞到北方的拉普兰去。阿卡劝他再好好想一想，男孩说："没有什么后悔的，在你们中间很愉快。"

大拇指随着雁群继续向北飞行，他们遇到了褐家鼠抢夺黑家鼠巢穴的事。在黑家鼠家族昌盛的时候，他们干了很多坏事，引起普遍的反感。现在他们衰落了，就要灭绝，只有格里敏大楼里还住着一群。为了生存，他们同敌人进行了勇敢、顽强的斗争，赢得了动物们的敬意。黑家鼠们去克拉山看鹤舞表演去了，贪得无厌的褐家鼠趁机抢占了格里敏大楼，引起动物们的恐惧和愤慨。

阿卡从草鸮佛拉玛那借来一只小哨。这个小哨声音实在悦耳，褐家鼠无法抗拒哨声的诱惑，只好跟着哨声走。大拇指不停地吹着哨，把褐家鼠们引下楼，引到院子里，引到大路上，一直走出好远好远。黑家鼠们也闻讯赶回家来，保住了自己唯一可以存身的格里敏大楼。

在克拉山里聚集了各种动物，他们来这里欢度伟大的悦乐节。每种动物各占据一个小山丘，分别出来表演。灰鹤的舞蹈最出色。狐狸斯密尔偷偷跑过来咬死了一只大雁，破坏了节日的和平，被咬掉左耳尖做标志，驱逐出境。

在看过鹤舞表演以后，大雁们又向北飞。在一个阴雨的夜里，周围一片漆黑，大拇指的夜明眼也无法把黑暗看穿。荒野中大拇指非常恐惧，他跑到一个教会村。在这里他看到了漂亮的房子和阳台上美丽的少妇，看到了红色的播种机。跑过邮局时，他又看到这里有传来世界各地消息的报纸，他觉得人太了不起啦！这时他听到猫头鹰和林鸮的谈话：小狐仙说过，只要大拇指能好好照顾大公鹅，使大公鹅平安回家，大拇指立刻就可以变成人。

大拇指回到雁群里以后，大雁们又起飞了。在罗耐毕河岸，他们又遇到了流窜的狐狸斯密尔。由于大雁们非常小心地提防狐狸，使狐狸无机可乘，狐狸就唆使紫貂攀到树上来，袭击大雁。大拇指用石头砍了紫貂的头，使大雁们有机会飞走，狐狸又指使水獭泅水去袭击大雁。斯密尔对阿卡说："如果你把多次冒犯我的大拇指交给我，我就答应同你讲和。"阿卡回答说："我是不会把大拇指交给你的，我们中间从老到幼都愿意为他献出自己的生命。"

大拇指一直没睡着，听了阿卡的话就更睡不着了。从前人们都说，尼尔斯·豪尔耶松不喜欢任何人，现在就不能这样说了。

次日，大雁为了躲避狐狸的骚扰，摆脱狐狸的追踪，决定从海上飞到厄兰岛。厄兰岛真是个好地方，这里有无数的鸟在嬉戏、觅食。在岛上，公鹅茅桢偷偷照顾一只受了伤的小灰雁，大拇指发现了这事。小灰雁美羽很漂亮、很温柔。大拇指想，她一定是修炼成仙的公主。但她的翅膀受伤脱臼了，大拇指把她的翅膀关节恢复原位，把小灰雁疼晕过去了。大拇指以为她死了哪，吓坏了，不安地跑开了。

第二天早晨，公鹅随大雁飞了一段以后，转头又飞回岛上，他要再看看小灰雁，可是小灰雁不见了。原来小灰雁的伤全好了，她正在洗澡，准备去旅行。于是他们就和大雁们一起往北飞去。

雁群在厄兰岛的北端过了一夜，现在向内陆飞去。在海上，他们遇到了风暴。风暴太凶猛了，有无数过海的候鸟葬身鱼腹。雁群在一百多岁的阿卡的带领下，夜幕降临时，落在一处悬崖的山洞里。只有大雁卡克西不见了，他是一只勇敢又有经验的大雁，大家并不为他担心。

山洞很大，洞里住着一群羊，羊群款待了大雁们。大公羊告诉大雁，岛上来了三只无恶不作的狐狸，羊群就快被狐狸灭绝了。大拇指、阿卡和公鹅决定帮助羊除掉狐狸。公鹅驮着大拇指，装出受伤的样子，把三只狐狸引到名叫地狱洞的山顶大裂缝处，又引诱狐狸来扑他们。就在三只狐狸一起纵身扑来的时候，公鹅向旁边一闪身，使三只狐狸扑了空，一下子都掉到地狱洞里摔死了。

又到了晚上，雁群在山顶上睡觉。月色格外明朗，大拇指就躺在大雁身边的矮草里。白鹳埃尔满里奇先生来了，他带着大拇指飞到一处铺满细沙的荒凉海滩上。白鹳曲起一条腿，睡着了。大拇指在沙滩上捡到一枚小铜钱，太破了，他用脚把铜钱踢到一边去了。他抬起头时，面前出现了一座城市。大拇指走进去东逛西逛，整座城市壮观又华丽，跟神话里讲的一样。商人拉住大拇指，愿把他们无数的财宝卖给他，只要一个小钱。大拇指跑出城门，找到了那枚小钱，可是城市不见了。白鹳告诉大拇指，这座城市名叫维耐塔，由于城里人陷入骄奢淫逸之中，受到天惩，被海啸沉入海底，每一百年浮出一次，每次只有一小时。如果城里商人能与活人做成一笔生意，城市就会得救。大拇指因为自己没能拯救这座城市，而痛哭不已。

当晚，白鹳又把大拇指送回到雁群里。早晨天刚亮，雁群要飞往东耶特兰去。大拇指正在追松鼠，想向松鼠讨几个棒子吃，就在这时，有两只乌鸦咬住他的衣领和袜子，架起他朝西飞去。原来，在一个荒凉的山梁上，住着一群乌鸦，他们由一个名叫黑旋风的凶猛、残暴的乌鸦率领，过着强盗似的生活。他们袭击幼兔和雏鸟，把看到的鸟巢都洗劫一空。这一天，他们在一个沙坑里，找到一个大瓦罐，他们不知道里边装的是什么，又打不开木盖子。狐狸斯密尔来了，他说瓦罐里装的是银币。这可大出乌鸦的意料，乌鸦最喜欢的东西就是银币。狐狸说，如果把大拇指弄来，一定能打开瓦罐。乌鸦得到银币后，狐狸要大拇指。于是黑旋风派出好多乌鸦四处寻找大拇指。

乌鸦把大拇指带到乌鸦山，叫他马上打开瓦罐。大拇指不肯，黑旋风就来扯他的腿。这是大拇指不能忍受的，他后退几步，抽出小刀子。黑旋风极为恼火，不顾一切地向大拇指冲去，正撞在刀子上。刀子从眼睛插入脑袋，黑旋风张动几下翅膀，倒地死了。乌鸦们哭喊着围住大拇指要报仇。大拇指把瓦罐里的银币向外摔，乌鸦们忙着抢银币，大拇指才脱了险。

大拇指躲在附近一座小房子里睡了一觉，醒来后找到几块干面包，他一边吃一边装满了口袋。狐狸斯密尔来了，他从窗子撞进小房，来抓大拇指。大拇指点燃了一团线才把狐狸吓跑，可是小房子也着火了。幸亏放鹅娃奥萨和小马茨来开了门，大拇指才跳出来。及时赶到的公鹅和美羽把他救走了。

公鹅他们离开乌鸦山以后，直奔塔山，去和其他大雁会合。经过一整天的跋涉，三个旅行者都很疲劳了。他们走进一个农庄，打算在牛棚里歇一夜。牛棚里有一头母牛无人照顾，大拇指帮它吃到草，喝到水。母牛请大拇指去看看它的女主人。这是一个为子女操劳终生的老人，她的儿子、孙子们先后离开这块贫瘠的土地，到美国寻找新生活了。就在今天晚上，她死在了自己的农庄里。

早晨，大拇指为死去的老妇和母牛做了他力所能及的事，就与公鹅、美羽飞向塔山，与大雁会合后，继续旅行。

在大鸟湖的一个小岛上，大拇指休息时听到两个捕鱼人讲东耶特兰的一个传说：有一个农夫想知道他的家乡以后会怎样，他去问一个能预见未来的老太太。老太太告诉他，他的家乡总有一种东西使他可以在外省人面前夸耀。农夫问，那是什么东西呢？老太太说，你的家乡有两座修道院和一个大教堂。农夫说，这些都会变的，也许后人不喜欢这些。老太太说，会有一座时代里最豪华的宫殿。农夫说，宫殿也会变得破烂不堪。老太太说，人们正在森林里修炼铁炉，挖一条横贯全省的航道。农夫还是不满意。老太太最后说，像你这样狂妄自大、固执己见的农夫将永远生活在这里。农夫这才高兴地说："对，荣誉感强烈、坚韧不拔的农夫才是家乡永享荣耀的保证。"

在考尔毛登的大森林里有一个矿业主，他有一条狗叫卡尔。这条狗总干坏事，矿业主让看林人把狗带出去打死。这条狗能听懂人话，在看林人带他从家里出来以后，他就明白自己的遭遇了。他想起昨天他恶作剧地把一只母鹿和一只小鹿赶进沼泽地里，感到很不安。他挣脱绳索，跑到沼泽地里。小鹿被赶来的看林人救了起来，母鹿已经死了。

看林人看卡尔有悔过的表现，就留下他，那只小鹿灰皮子也放进栅栏养了起来。卡尔和灰皮子成了好朋友。灰皮子长大后逃进了森林，他踩死了一条母游蛇，以为这条蛇是毒蛇。公游蛇无能发誓要报这个仇。无能设下计谋，发动了一场森林虫灾，把这罪过推到灰皮子身上，使森林里的动物都恨灰皮子。公游蛇无能提出，只要灰皮子从此离开考尔毛登森林，到危险的北方去不再回来，他就扑灭这场虫灾。灰皮子为了挽救森林，保住动物们的家园，离开了森林。

灰皮子离开森林以后，果然害虫们得了传染病，马上变得无害了。动物们搞不清，是无能使这些害虫得了病，还是狡猾的蛇猜到害虫一定会得病的。

卡尔要咬死无能，使他的朋友灰皮子早日回到森林里来。但是卡尔老了，他眼睛混浊，走路也困难了。其实，灰皮子这时已经死了，他是为了保护两个朋友，才被几个猎人害死的。临死的时候，他请正路过那里的大雁阿卡转告卡尔说："你们下次经过考尔毛登时，请转告猎狗卡尔，转告他，他的朋友灰皮子死得很体面。"

在向考尔毛登森林飞来的路上，大拇指的一只木鞋掉了下来，被放鹅姑娘奥萨和小马茨捡到了，木鞋上写着：尼尔斯·豪尔耶松——西威门路。到了考尔毛登森林后，大拇指捡到一块桦树皮想把脚包上。这时有一条大蛇爬过来，紧追大拇指不放，大拇指推动一块大石头，把蛇砸死了。大拇指刚平静下来，就飞来一只乌鸦一样的大鸟，他赶紧躲在石头缝里。大鸟看着蛇的尸体自言自语起来："这一定是游蛇无能。在这个大森林里有两条这样大的蛇是不可能的。在叫来卡尔之前，可不能把他吃掉。"这只大鸟不是乌鸦，原来他是大雁阿卡的好朋友渡鸦巴塔基。大拇指从石头缝里跳出来，告诉巴塔基，是他打死了这条蛇。大拇指同巴塔基一起去找阿卡。阿卡这时正和猎狗卡尔说灰皮子的事。

大雁群从考尔毛登出发，向北飞越瑟姆兰省的时候，大拇指发现，好像狐狸斯密尔正在下面追踪他们。大雁们马上改变了飞行方向，傍晚他们落在积满水的林间草地上。大拇指认为这里实在不是过夜的好地方。他跑到附近的大庄园里，在屋里听了一会儿故事，就爬到外边的松树上睡着了。正熟睡的时候，大拇指被吵醒了，他看见了传说中的大观园，站在大观园门前的正是传说中的卡尔先生。一次，卡尔先生对庄园里的短工说："你不该抱怨，要是能在这里挖一辈子土我才满意呢。"因此，卡尔先生死后也不得安息，每天夜里都在园中挖土。大拇指随卡尔先生进了大观园，大观园像传说中的那样美丽。从大观园出来时，卡尔先生对大拇指说："请拿一下铁锹，我去开门。"大拇指没去接锹，而是从门缝里钻了出来。卡尔先生非常恼火，他说："你接过锹就可以替我挖土了。看来我还不能休息呀！"

捡去大拇指的木鞋的放鹅姑娘和弟弟小马茨从瑟姆兰来，他们不愿意绕很远的路，而是踏着看来还坚实的冰从湖面上穿过去。两个孩子轻快地走着，走到湖心时，风越刮越大，随风而来的响声也越来越大。他们停下朝四周看了看，远处一条从湖上横穿过去的白色堤坝，那是向冰上打来的波浪吐出的白沫。白沫正迅速向他们移来，不一会儿就觉得脚下的冰被掀了起来，紧接着冰面就分裂成了一块一块的浮冰，他们站在冰上不敢动了。这时突然来了一群大雁引导他们左跳右跳地走上岸来，奥萨把小木鞋放在石头上，白鹅一掠就把它衔走了。

就在这天，大拇指被一阵大风从鹅背上吹下，落在旧矿坑里，被住在这里的一头大母熊和两头小熊捉住了。两头小熊觉得戏弄这个小东西很好玩。大公熊回来了，他发现大拇指能点燃火柴，就带大拇指下山去，要大拇指放火烧掉那个扰得他不得安宁的铁厂，不然就掐死大拇指。就在他们争吵时，有人走进来，几支枪指向大熊，大拇指喊道："大熊，快跑！"大熊才侥幸逃生。为了报答大拇指，大熊留给大拇指几句话，以后遇到熊时，说出这几句话，就不会受伤害了，后来，一只像老雕一样的大鸟把大拇指送到熟睡的雁群中。

这以后的一天，狐狸斯密尔把阿卡大雁群骗到叶尔斯塔湾，住在这里的傲慢的天鹅侮辱了白雄鹅和大拇指。等雁群在小鸟儿们的帮助下挣脱了天鹅的纠缠以后，大拇指饿得睡不着，就自己到岸上找吃的。狐狸斯密尔守在岸边，大拇指为了逃避狐狸的追捕，跑进一所房子。大拇指和这里的看门狗商量了一阵，设下了捉狐狸的妙计。大拇指和看门狗躺在狗窝里，狐狸斯密尔也走过来蹲在离狗窝不远的地方。他想，看门狗的脖子上有锁链，扑不到他。其实大拇指已偷偷地解下了看门狗的锁链，看门狗一跳就把狐狸逮住了，大拇指又用看门狗的锁链将狐狸斯密尔牢牢地拴住，让狐狸做一个忠实的看门狗。

在雁群向北飞行的时候，美羽邀请雁群到她的老家梅拉伦湖去看看。美羽有两个姐姐：美翼和金晴。两个姐姐对美羽嫉妒得要死，上次把美羽留在厄兰岛上就是她们的主意。这次看到美羽和漂亮的大雁交了朋友，还有高大的白鹅做情人，更是气炸了肺。她们两次设计要害死白鹅，她们让大白鹅去和经常来岛上袭击海鸥的大雕搏斗，大白鹅很勇敢，但还是斗不过大雕，当大雕听到大雁阿卡时，张开翅膀就飞走了。在大雁就要起飞的时候，她们又把美羽骗到一个渔夫的茅屋里，把美羽关在里面，而美翼冒充美羽尾随在雁群后面。在空中飞的时候，大拇指识破了美翼的奸计，当众揭发了她，她就朝大白鹅冲来，抓住大拇指，叼着他，把他扔到了海里。

那里与雄鹅搏斗的大雕就是把大拇指从旧矿坑送回雁群的那只，他叫高尔果。在高尔果出生不久，他的父母在一次出猎后，就再也没有回来。高尔果等在悬崖上的窝里饿得哇哇叫，住在峡谷里的大雁阿卡听到了，就担当起了喂养高尔果的义务。阿卡认为她一定会把一只雕抚养成一只温顺无害的鸟，高尔果也一直与大雁和小雁们和睦相处，以为自己也是一只大雁。后来他明白，自己是一只雕，是一只猛禽，他觉得自己不能不像雕一样生活，这样他离开了雁群，在全国四处游荡，在动物中以勇敢闻名，动物们说，高尔果除了他的养母阿卡之外谁也不怕。他们还说，高尔果从来没有袭击过大雁。但是阿卡对他非常气愤，没有人敢在阿卡面前提起高尔果的名字。

大拇指被美翼扔到海里后，落到了一个渔夫手里，贪财的渔夫要卖掉大拇指，好心的老艺人克莱门特花20克郎留下了大拇指，并把他藏在斯康森博物馆的一个小屋里。他们约定没有老艺人的允许，大拇指不能离开，大拇指看到老艺人用蓝色碗给他送饭才能离开这里。

这时高尔果也被擒来关在博物馆的铁笼子里。他呆呆地站在铁笼子里，无精打采，慢慢地只会凝眸远方，沉醉在迷梦之中。大拇指锉开铁笼，救出了高尔果。高尔果要带着大拇指一起逃走，可是老艺人走了，忘记了他们的约定，大拇指还被自己的诺言所约束，不肯离开。高尔果不由分说，就把大拇指抓起来，飞走了。

在一个布满森林的小丘上，大雕高尔果把大拇指放开，对大拇指说："我听说，你在阿卡那里很得宠，我想请你为我们从中调解。"大拇指说："我很想帮忙，但是我还受着那老艺人的诺言约束。"高尔果说："告诉我，你向他立下誓言的人是什么模样，我要设法找到他，并把你送到他那里，然后你说服他把你释放不就行了。"于是大拇指把老艺人描绘了一番，还说，老艺人是海尔星兰人。高尔果说："明天不等天黑你就可以和那个老头儿商谈了。"大拇指有些不相信高尔果的话，怕他是在夸口，大雕高尔果回答："如果我做不到，我就不是一只好雕。"

在他们起飞去寻找海尔星兰的老艺人时，大拇指和大雕高尔果已经成了好朋友，大拇指爬到了雕的背上。他们在林区上空飞了一段之后，高尔果落在了一个光秃秃的山顶上。当大拇指跳到地上时，雕说："这森林里面有野味可以猎取，我不出去追捕一会儿，就不能忘记我曾被擒，也不能感到真正的自由。"一直到太阳落山他才回来。次日，在海尔星兰的一块荒凉山地上空，大雕高尔果看见一个夏季畜舍，看见老艺人也在这里。他就落到离房子不远的密林等大拇指。

老艺人正在给姑娘们讲他在斯康森遇到小矮人的故事，从老艺人讲的故事里大拇指才知道，他们的约定早解除了，只是老艺人急于回家，临走时委托别人去放那只蓝碗，可是那人到镇上没有找到蓝碗，也不清楚那蓝碗有多么重要，就一直马马虎虎用白碗给大拇指送饭，才使大拇指最后也不肯离开。

高尔果带着大拇指去找雁群。在路上，雕几次到农田上想给大拇指找点粮食，可总被农民赶走，他们还拿着枪。连小鸟们也愤怒地叫着："滚开，强盗！"大拇指这才知道，雕那么令人憎恶，他都可怜雕了。是一个个子高高，头发金黄，面孔开朗乐观的农妇送给他们一块面包。她举着面包，对飞来飞去的雕说："你想吃就来拿吧。"当大拇指坐在松树上吃面包时，一直在想着那个高高的漂亮女人，感动得都流泪了。

正当大拇指坐在松树上吃饭时，森林里着起大火，火势凶猛异常，各种动物嘶叫着四处逃窜。人们也赶来灭火，动物从他们脚下跑来跑去，他们连看都不看。大雕高尔果抓起大拇指，飞到云层中去了。

大拇指坐在雕身上睡着了。当他醒来时，发现自己躺在一条山谷里，高尔果不见了。他向四周看了看，看到悬崖上高尔果的雕巢，大雁们在谷底孵卵或睡觉。他欢呼起来，他已经到了目的地。美羽也在孵卵，白鹅守在一旁睡觉。只有老阿卡清醒地站着，四下瞭望。大拇指不想惊醒大雁们，只对阿卡说，狐狸斯密尔被老鼠成灾的斯康森人买去了，阿卡对此很满意。他又提到高尔果被关在铁笼里的事。阿卡说，有理由去把这个热爱自由的鸟类救出来，虽然人们对雕有各种不同的看法，大拇指说："我早料到你会这样说的。"他告诉阿卡，他已经救出雕，是雕把他送到这里来的，如果阿卡想感谢他的话，现在就可以看到悬崖上那个巢里的高尔果。

在放鹅娃奥萨和马茨很小的时候，他们家来了一个流浪女人，她病得快要死了，当主人得知有一个恶毒的诅咒伴随着这个女人：谁收留她，灾难将降临到谁的头上。主人还是精心照料她，直到她死去。灾难果然降临了，他们先后有四个孩子死去，爸爸受不住这打击，不能理解命运的不公正，离家出走了。妈妈也在艰难中死去，但她临死也不后悔收留那个给他们带来厄运的女人，她说："人如果做事正当，死的时候心里是坦然的。所有的人都会死，但是死得问心无愧，还是良心受到谴责，自己却是可以选择的。"后来奥萨和马茨明白，给他们家带来灾难的不是罪恶的诅咒，而是肺病传染。他们决定去寻找离家多年的爸爸，告诉他事情真相，解除他的精神痛苦。

听说爸爸在拉普兰当矿工，13岁的奥萨和11岁的马茨决定走去，因为他们没有钱坐火车。一路上他们得到好心人的帮助，但到了拉普兰，爸爸又出去了，他们只好住下来等待。马茨被炸起的矿石砸伤，因流血过多死了。奥萨没有哭，她要为弟弟举行大人才能得到的隆重葬礼。可是矿业主不同意，他说马茨还是个孩子，这样做不合常理，也会给奥萨造成很大的经济损失。奥萨告诉矿业主，马茨只有11岁，但他从9岁失去父母以后，一直勤奋劳动、工作挣饭吃而不去乞讨，他完全像个大人一样信守诺言。说小马茨仅仅是个孩子是不公道的，因为没有多少大人能像他那样更有人的尊严和价值。矿业主深受感动，同意奥萨按她自己的主意办事。

只有奥萨一个人在房里了。大拇指来找奥萨，告诉她怎样才能找到爸爸。这时，奥萨的爸爸坐在很远的一个湖边的石头上钓鱼。他长着灰白的头发，驼背。他的目光疲倦，看起来迟钝而绝望。他就像一个人要背什么东西，而东西太重背不动；想解决什么问题，而问题又太难解决不了，因此而变得低沉、气馁。当奥萨和爸爸坐船回来时，他们紧紧地靠在一起，亲切地拉着手。爸爸看上去也不那么驼背和疲倦了，他的眼睛又明亮又温和，好像一个长久使他烦恼的问题得到了解答。奥萨也不像平时那样机警地注意四周，像个小动物似的防范着周围的一切，她有一个大人可以依靠和信赖，好像又重新变成了13岁的小女孩。

10月份，老阿卡带着30只大雁开始向南飞。就要回家了，马上可以变成人了，大拇指很高兴。在旅行的第四天，大拇指和雁群失散了，多亏渡鸦巴塔基赶来，答应带他去找雁群。一路上，巴塔基老是给他讲故事，而且故事总是得出一个结论：凡事要对得起自己，也要对得起别人，第三条路总是有的。大拇指想，渡鸦巴塔基讲这些故事一定是有用意的，在他追问下，巴塔基告诉他，小狐仙不只说要大拇指好好照顾雄鹅，把他安全送到家，还要大拇指做到，让妈妈把雄鹅放到屠宰凳上，才肯把大拇指重新变成人。大拇指说，这完全是渡鸦恶毒的捏造。渡鸦巴塔基却说："你自己问阿卡去好了。别忘了，在各种困境中出路肯定是有的。"

　　大拇指多么希望能重新变成人啊！可他怎忍心让雄鹅被放到屠宰凳上呢？几天来他的心情一直不好。他劝说雄鹅，一起随雁群到外国去而不是回家。雄鹅要回家，能同大雁飞到拉普兰，已经为家鹅争了气，他不愿再四处游荡了。但他还是答应大拇指一起去外国。一天夜里，月亮高悬，阿卡和几只老雁带着大拇指飞到一个石岛上，大雕高尔果正等在那里。阿卡把岛上藏的几袋子金币送给大拇指做礼物，感谢大拇指在整个旅途中对他们的帮助。高尔果刚从大拇指的家回来，他告诉大拇指，大拇指家已经破产了需要大拇指的帮助。但大拇指相信，他的父母是正直的人，他们宁愿不要他的帮助，也不愿意他出卖自己的好朋友而昧着良心回去。

　　这一天终于来临了。雁群正飞过大拇指的家，明天就要飞到波罗的海对岸去了。阿卡送大拇指回家看看，让他在家住一夜，明天早晨到海边会合。大拇指溜进马厩，和那匹病马聊起来。马告诉大拇指，他并没有病，只是脚上扎了一个尖东西，医生没有找到。大拇指在马脚上写了"拔出脚上的铁"几个字。爸爸来了，看到字以后，果然拔出一个尖东西。雄鹅带美羽来看看老家，被妈妈捉到了，还把他和美羽一起拴住，拴进屋里要杀掉。大拇指很着急，想去救他们又不敢让父母看到他丑陋的样子，最后他不顾一切地敲起门来，喊到："妈妈，您不能动雄鹅！"这时他突然长大了，变成了人。门开了，他看到雄鹅和美羽正捆在凳子上。爸爸也认出了他。

第二天黎明时男孩就起了床，他想叫醒白鹅，可白鹅一句话也没说，把头伸到翅膀底下又睡着了。男孩一个人来到海边，要与大雁们告别。天气很好，很多鸟都鸣叫着飞向波罗的海的那边去。男孩站在海岸的边沿上，以便让大雁们看见他那高大的身躯。阿卡的雁群飞过来了，男孩想发出引诱的声音让雁群飞到他的身边来，但是舌头怎么也发不出正确的声音，他也听不懂阿卡的叫声。阿卡终于认清了他是谁，就落在他的身边，其他大雁也过来用嘴壳抚摩他，在他周围挤来挤去。突然，大雁们安静下来，纷纷向后退，飞走了。

所有的鸟都发出互相引诱的叫声，只有一群大雁在他还能看见的时候，默不作声地向前飞着，直到消失在远方。

（赵大军　缩写）

拇 指 姑 娘

〔丹麦〕安徒生　原著

　　从前有一个女人，她非常希望有一个丁点小的孩子，但是她不知道从什么地方可以得到，因此她就去请教一位巫婆。她对巫婆说：

　　"我非常想有一个小小的孩子！您能告诉我什么地方可以得到一个吗？"

　　"嗨！这容易得很！"巫婆说。"你把这颗大麦拿去吧。它可不是长在庄稼地里的那种大麦粒，也不是鸡吃的那种大麦粒。你把它埋在一个花盆里。不久，你就可以看到你想要看的东西了。"

　　"谢谢您。"女人说。她给了巫婆三个银币。她回到家里，种下那颗大麦。很快一朵美丽的大红花就长出来了。它看起来很像一朵郁金香，不过它的叶子紧紧地包在一起，好像是一个花苞似的。

　　"这是一朵很美的花。"女人说。同时她在它美丽的、橙红的花瓣上吻了一下。不过，当她正在吻的时候，花儿忽然劈啪一声，开放了。现在可以看得出，这是一朵真正的郁金香。但是在这朵花的中央，在那根绿色的雌蕊上面，坐着一位娇小的姑娘，她看起来又白嫩，又可爱。她还没有大拇指的一半长，因此人们就把她叫作拇指姑娘。

　　拇指姑娘的摇篮是一个光得发亮的胡桃壳，她的垫子是蓝色紫罗兰的花瓣，她的被子是玫瑰的花瓣。这就是她晚上睡觉的地方。白天她在桌子上玩耍，那个女人在桌子上放了一个盘子，盘子上又放了一圈花儿，花儿的枝干都浸在水里。水上浮着一片很大的郁金香花瓣。拇指姑娘可以坐在这片花瓣上，用两根白马尾作桨，从盘子的这一边划到那一边。这样儿真是美丽极啦！她还能唱歌，而且唱得那么娇柔和甜蜜，任何人没有听到过这样好听的歌声。

一天晚上，当她正在她美丽的床上睡觉的时候，一只丑癞蛤蟆从窗子外面跳进来了，因为窗子上有一块玻璃破了。这只癞蛤蟆又丑又大，而且黏糊糊的。她一直跳到桌子上。拇指姑娘正睡在桌上鲜红的玫瑰花瓣下面。

"这姑娘真漂亮，可以做我儿子的媳妇哩。"癞蛤蟆说。于是她一把抓住拇指姑娘睡的胡桃壳，背着它跳出窗子，一直跳到花园里。

花园里有一条很宽的小溪在流着。但是它的两岸又低又湿。癞蛤蟆和她的儿子就住在这儿。哎呀！他跟他的妈妈简直是一个模子铸出来的，也长得奇丑不堪。"咯咯！咯咯！咯！咯！咯！"当他看到睡在胡桃壳里的这位美丽小姑娘的时候，他只能讲出这样的话来。

"讲话不要那么大声，不然你就把她吵醒了，"老癞蛤蟆说，"她醒来会从我们这儿逃走，她轻得像一片天鹅的羽毛，我们得把她放在溪里睡莲的一片宽叶子上。她这么娇小轻巧，那片叶子对她说来可以算作一个岛了。她在那上面是没有办法逃走的。在这期间我们把泥巴底下的那间房子修理好，你们俩结婚后就可以在那儿住下来过日子。"

溪里长着许多叶子宽大的绿色睡莲，浮在水面上。最远地方有一片最大的叶子。老癞蛤蟆向它游过去，把胡桃壳和睡在里面的拇指姑娘放在它上面。

这个可怜的、丁点小的姑娘大清早醒来，看见自己在这个地方，不禁伤心地哭起来，因为这片宽大绿叶子的周围全都是水，她一点也没有办法回到陆地上去。

老癞蛤蟆坐在泥里，用灯芯草和黄睡莲把房间装饰了一番——这房间给新媳妇住，应该收拾漂亮一点才对。随后她就和她的丑儿子，游到那片托着拇指姑娘的叶子上边。他们要在拇指姑娘没有来以前，先把她的那张美丽的床搬走，安放在新房里。老癞蛤蟆在水里叫她的儿子向拇指姑娘深深地鞠了一个躬，说：

"这是我的儿子，他就是你未来的丈夫。你们俩在泥巴里将会生活得很幸福。"

"咯！咯！咯！咯！咯！"这位少爷所能讲出的话，就只有这一点。

他们搬着漂亮的小床，在水里游走了。拇指姑娘独自坐在绿叶上，不禁大哭起来，因为她不喜欢跟一个讨厌的癞蛤蟆住在一起，更不喜欢有那么一个丑癞蛤蟆做自己的丈夫。在水里游着的一些鱼儿看到这只癞蛤蟆，又听到了她所说的话。他们就都伸出头来，想瞧瞧这个小小的姑娘。他们看到她，觉得她非常美丽。不过这样一个美丽的小姑娘却要嫁给一只丑癞蛤蟆，他们感到非常不满意，那可不成！这样的事情决不能让它存在！他们集合到那片绿叶的梗子的周围，小姑娘就在上面。他们用牙齿把叶梗子咬断，使叶子顺着水带着拇指姑娘流走，流到很远很远，癞蛤蟆没有办法达到的地方去。

拇指姑娘流过了许许多多的地方，住在一些灌木林里的小鸟儿看到她，都唱道："多么美丽的一位小姑娘啊！"

叶子托着她漂流，越流越远，最后拇指姑娘就漂流到了外国。

一只可爱的白蝴蝶不停地环绕着她飞，最后落到这片叶子上来，因为他是那么喜欢拇指姑娘；而她呢，她也非常高兴，因为癞蛤蟆现在再也找不着她了。她现在流过的这个地带是那么美丽，太阳照耀在水上，像发亮的金子。她解下腰带，把一端系在蝴蝶身上，另一端牢牢地系在叶子上。拇指姑娘站在叶子上，叶子带着她一起在水上很快地流过去。

这时有一只很大的金龟子飞来了，他看到了她。他立刻用他的爪子抓住她纤细的腰，带着她一起飞到树上去。那片绿叶继续顺着溪流漂去，蝴蝶也跟着它一起漂，因为他是系在叶子上，没有办法飞开。

天啊！当金龟子带着她飞到树上去的时候，可怜的拇指姑娘该是多么害怕啊！不过她更为那只美丽的白蝴蝶难过。她把他紧紧地系在那片叶子上，如果他没有办法摆开的话，一定会饿死的。但是金龟子一点也不理会这事儿，他和拇指姑娘一块儿坐在树上最大的一张绿叶子上，把花里的蜜糖拿出来给她吃，同时说她是多么漂亮，虽然一点也不像金龟子。不多久，住在树上的那些金龟子全都来拜访了。他们打量着拇指姑娘。金龟子小姐们耸了耸她们的触角，说：

"嗨，她不过只有两条腿罢了！怪难看的。"

"她连触角都没有！"她们说。

"她的腰太细了，呸！她完全像一个人，她是多么丑啊！"所有的女金龟子都齐声说。

然而拇指姑娘的确是非常美丽的，就是劫持她的那只金龟子也不免这样想。不过当大家都说她是很难看的时候，他最后也只好相信这话了，他不愿意要她了！她现在可以随便到什么地方去。他们带着她从树上一起飞下来，把她放在一朵雏菊上。她在那上面哭得怪伤心的。因为她长得那么丑，连金龟子也不要她了。可是她仍然是人们想象不到的一个最美丽的人儿，那么娇嫩，那么可爱，像一片最纯洁的玫瑰花瓣。

整个夏天，可怜的拇指姑娘孤单地住在这个大树林里。她用草叶为自己编了一张小床，把它挂在一片大牛蒡叶底下，好使雨不致淋到她身上。她从花里取出蜜来作为食物。她的饮料是每天早晨凝结在叶子上的露珠。夏天和秋天就这么过去了。现在，冬天——那又冷又长的冬天来了。现在那些为她唱甜蜜歌儿的鸟都飞走了。树叶和花朵都凋零了。那片大牛蒡叶——她一直是在它下面住着的——也卷起来了，只剩下一根枯黄的梗子。她的衣服都破了，她的身体是那么瘦削和纤细，她感到可怕的寒冷，可怜的拇指姑娘啊！她一定会冻死的。开始下雪了，每朵雪花落到她身上，就像满铲子的雪块打到我们身上一样，因为我们高大，而她不过只有一寸来长。她只好把自己裹在一片干枯的叶子里，可是这并不温暖，她冻得发抖。

在这个树林的附近，有一块很大的麦田，田里的麦子早已收割了。冻结的地上只留下了一些光秃的残梗。对她说来，走过这块麦田，简直等于穿过一片大森林。啊！她冻得瑟瑟发抖！最后她来到了一只田鼠的门口。这是麦根下面的一个小洞。田鼠住在里面，又温暖，又舒服。她藏有整整一房间的麦子，还有一间漂亮的厨房和一个饭厅。可怜的拇指姑娘站在门里，像一个穷苦的讨饭女孩子，请求施舍一颗大麦粒给她，因为她已经两天没有吃过一点儿东西了。

"你这个可怜的小人儿，"田鼠说——因为她本来是一个好心肠的老田鼠，"到我温暖的房子里来，和我一起吃点东西吧。"

老田鼠现在很喜欢拇指姑娘，所以她说："你可以跟我住在一起，度过这个冬天，不过你得把我的房间打扫得干净整齐，同时讲些故事给我听，因为我喜欢听故事。"

这和善的老田鼠要求的事情，拇指姑娘都一一照办了。她在那儿过得非常快乐。

"不久我们就要有一个客人来了，"田鼠说，"我的邻人每个星期来看我一次，他住得比我舒服得多，他有宽大的房间，他穿着非常美丽的黑天鹅绒袍子。只要你能得到他做你的丈夫，那么你一辈子就享用不尽了。不过他的眼睛看不见东西。你得讲一些你所知道的、最美的故事给他听。"

拇指姑娘对于这件事觉得很不高兴。她不愿意跟这位邻人结婚，因为他是一只鼹鼠。鼹鼠穿着黑天鹅绒袍子来拜访了。田鼠说他是怎样有钱和有学问，他的家要比田鼠的家大12倍；他有很丰富的知识，不过他不喜欢太阳和美丽的花儿；而且他还喜欢说这些东西的坏话，因为他自己从来没有看见过它们。

老田鼠要拇指姑娘为他唱一支歌。她唱了"金龟子呀，飞走吧！"又唱了"牧师走上草原"。她的声音是那么优美，鼹鼠不禁就爱上她了。不过他没有表示出来，因为他很谨慎。鼹鼠回家后，就在自己房子里挖了一条长长的地道，一直通到她们的这座房子里。他请田鼠和拇指姑娘到这条地道里来散步，只要她们愿意，随时都可以来。他又告诉她们不要害怕一只躺在地道里的死鸟，这是一只完整的鸟儿，有翅膀，也有嘴。无疑地他是不久以前，在冬天开始的时候死去的。他现在被埋葬的这块地方，恰恰被鼹鼠打穿成了地道。

鼹鼠用嘴衔着一根引火木——它在黑暗中可以发出闪光。他走在前面，在地道里为她们照明。当她们来到那只死鸟躺着的地方时，鼹鼠就用他的大鼻子顶着天花板，朝上面拱土，拱出一个大洞来，阳光就通过洞口射了进来。在地中央躺着一只死了的燕子，他的美丽的翅膀紧紧地贴着身体，他的小腿和头缩在羽毛里。这只可怜的鸟儿无疑是冻死了的。拇指姑娘看了，心里感到非常难过，因为她非常喜爱鸟儿。的确，他们整个夏天对她唱着美妙的歌，对她喃喃地讲着话。不过鼹鼠用短腿把他一推，说："他现在再也不能唱什么了！生为一只小鸟，该是一件多么可怜的事啊！谢天谢地，我的孩子们将不会是这样。像这样的鸟儿，什么事也不能做，只会吱吱喳喳地叫，到了冬天只好饿死！"

"是的，你是一个聪明人，说得有道理，"田鼠说，"冬天一到，这些'吱吱喳喳'的歌声对于一只雀子有什么用呢？他只有挨饿受冻一条路。不过我想这就是大家所谓的结果吧！"

拇指姑娘一句话也不说。不过当他们俩转身过去的时候，她就弯下腰来，把燕子头上的一簇羽毛，温柔地向旁边拂了几下，同时在他闭着的双眼上轻轻地接了一个吻。

"夏天对我唱那么美丽的歌的也许就是他啊，"她想，"他不知给了我多少的快乐——他，这只亲爱的、美丽的鸟儿！"

鼹鼠把那个透进阳光的洞口又封闭住了；然后陪伴着这两位小姐回家。但是这天晚上拇指姑娘一刻也睡不着。她从床上起来，用草编了一张宽大的、美丽的毯子。她把毯子送到死了的燕子那儿去，盖在他的身上，又把她在田鼠房间里寻到的一些软棉花裹在他的身边，好使他在这寒冷的地上能够睡得温暖。

"再会吧，美丽的小鸟儿！"她说，"再会吧！当夏天，树林都变绿的时候，太阳光温暖地照着我们的时候，你给我唱出了美丽的歌声——为了这，我要感谢你！"她把头贴着鸟儿的胸膛，她马上惊恐起来，她听到鸟儿的身体里面好像有什么东西在跳动——这就是鸟儿的心。这鸟儿没有死，他只不过是躺在那儿冻得失去了知觉罢了。现在他得到了温暖，所以又活过来了。

秋天，燕子都向南方温暖的国度飞去，如果有一只掉了队，他就会遇到寒冷，他就会冻得落下来，像死了一样，他只有躺在地上，被冰冷的雪花盖满全身。

拇指姑娘真是抖得厉害，因为她是那么惊恐：这鸟儿，跟只有寸把高的她比起来，真是太庞大了。可是她鼓起勇气，把棉花紧紧地裹在这只可怜的鸟儿的身边；同时又把自己当做被子盖的那张薄荷叶拿来，盖在鸟儿的头上。

第二天夜里，她又偷偷地去看他。他现在已经活了，不过还是有点昏迷。他只能把眼睛微微睁开一会儿，看了拇指姑娘一下。拇指姑娘手里拿着一块引火木站着，因为她没有别的灯可点亮。

"我感谢你——你，可爱的小宝宝！"这只身体不太好的燕子对她说，"我现在真是舒服和温暖！不久我就可以恢复体力，又可以飞了，在暖和阳光中飞了。"

"啊，"她说，"外面多么冷啊！雪花在飞，遍地都结了冰。还是请你睡在温暖的床上吧，我可以来照料你。"

她用花瓣盛着水送给燕子。燕子喝了水以后，告诉她说，他有一只翅膀曾经在一棵多刺的灌木上擦伤了，因此不能跟别的燕子们飞得一样快；那时他们正在远行，飞向那辽远的、温暖的国度里去。最后他落到地上来了，其余的事情他现在就记不起来了。他完全不知道他怎样来到这个地方的。

燕子在这儿住了整个冬天。拇指姑娘待他很好，非常喜欢他。鼹鼠和田鼠一点儿也不知道这事，因为他们不喜欢这只可怜的孤独的燕子。

春天一到，当太阳把大地照得很温暖的时候，燕子就向拇指姑娘告别了。她把鼹鼠在顶上挖的那个洞打开，太阳那么美丽地照着他们。燕子问拇指姑娘愿意不愿意跟他一起离开；她可以骑在他的背上，这样他们就可以远远地飞走，飞到绿色的树林里去。不过拇指姑娘知道，如果她这样离开的话，田鼠一定会感到痛苦的。

"不成，我不能离开！"拇指姑娘说。

"那么再见吧，再见吧，你这善良的、可爱的姑娘！"燕子说。于是他就向太阳飞去。拇指姑娘在后面望着他，她的两眼里闪着泪珠，因为她是那么喜爱这只可怜的燕子。

"滴丽！滴丽！"燕子唱着歌，向一片绿色的森林飞去。

拇指姑娘感到非常难过。她是不许到温暖的太阳光里去的。在田鼠屋顶上的田野里，麦子已经长得很高了。对于这个可怜的小女孩子来说，这麦子简直是一片浓密的森林，因为她究竟不过只有一寸来高呀。

"在这个夏天，你得把你的新嫁衣缝好！"田鼠对她说，因为她的那个讨厌的邻人——那个穿着黑天鹅绒袍子的鼹鼠——已经向她求婚了。"你得准备好毛衣和棉衣。你做了鼹鼠太太以后，应该有坐着穿的衣服和睡着穿的衣服呀。"

拇指姑娘现在得摇纺车了，鼹鼠聘请了四位蜘蛛，日夜为她纺纱织布。每天晚上鼹鼠都来拜访她一次。鼹鼠老是咕噜咕噜地说，等到夏天快完的时候，太阳就不会晒得这么热了，现在它把地面烤得像石头一样硬。是的，等夏天过去以后，他就要和拇指姑娘结婚了。不过拇指姑娘一点也不觉得高兴，因为她不喜欢这位讨厌的鼹鼠。每天早晨，当太阳升起的时候，每天黄昏，当太阳落下的时候，她就偷偷地走到门那儿去。当风儿把麦穗吹得倒向两边，使她能够看见蔚蓝色的天空，她看到地洞外面是那么光明和美丽的，于是她就渴望着再见到她的亲爱的燕子。可是那燕子不再回来了。无疑，他已经飞向很远很远的、美丽青翠的树林里去了。

现在是秋天了，拇指姑娘的全部嫁衣也准备好了。

"四个星期以后，你的婚礼就要举行了。"田鼠对她说。拇指姑娘听着哭了起来，说她不愿意和这讨厌的鼹鼠结婚。

"胡说！"田鼠说，"你不要固执，不然的话，我就要用我的白牙齿来咬你！他是一个很可爱的人，你得和他结婚！就是皇后也没有他那样好的黑天鹅绒袍子哩！他的厨房和储藏室里都藏满了东西。你能得到这样一个丈夫，应该感谢上帝！"

现在婚礼要举行了。鼹鼠已经来迎接拇指姑娘。她得跟他生活在一起，住在深深的地洞里，永远不能再到温暖太阳光中去，因为他不喜欢太阳。这个可怜的小姑娘感到非常难过，她现在不得不向光明的太阳告别。当她跟田鼠住在一起的时候，还能得到许可在门口望一眼太阳。

"再见吧，您——光明的太阳！"她说着，向空中伸出双手，走出田鼠的屋子外面几步——现在大麦已经收割，只剩下一些干枯的梗子。"再见吧，再见吧！"她重复地说，同时用双臂抱住一朵开着的小红花。"如果你看到那只小燕子，请你代我向他问候一声。"

"滴丽！滴丽！"正在这时候，一个声音忽然在她的头上响起来。她抬头一看，这正是那只小燕子飞过。他一看到拇指姑娘，就非常地高兴。她告诉他说，她多么不愿意要那个丑鼹鼠做她的丈夫；她还说，她得住在深深的地洞里，永远照不到阳光。一想到这，她就忍不住哭起来了。

"寒冷的冬天就要来了，"小燕子说，"我要飞到很远的温暖的国度里去。你愿意跟我一块儿去吗？你可以骑在我的背上，用腰带紧紧地把你自己系牢，这样我们就可以飞向远方，离开这丑鼹鼠和他黑暗的房子，飞过高山，飞过树林，飞到温暖的国度里去。那儿太阳光照得比这儿更美丽，那儿永远开着美丽的花朵。跟我一起飞吧，你——甜蜜的小拇指姑娘，当我在那个阴森的地洞里冻得僵直的时候，你救了我的生命！"

"是的，我要和你一块去！"拇指姑娘说。她坐在这鸟儿的背上，把脚搁在他展开的双翼上，同时用腰带把自己紧紧地系在他最结实的一根羽毛上。燕子就这样飞向空中，飞过森林，飞过大海，高高地飞过了常年积雪的大山。在寒冷的高空中，拇指姑娘冻得发抖起来。于是就钻到燕子温暖的羽毛里去。她只是把小脑袋伸出来欣赏下面那些美丽的景致。

最后他们来到了温暖的国度。太阳照得光耀多了，天看起来也是加倍地高。田沟里篱笆上，都长满了美丽的绿色和紫色的葡萄。树林里到处挂着柠檬和橙子。空气里飘着桃金娘和麝香草的香气，许多非常可爱的小孩子在路上跑来跑去，跟一些颜色鲜艳的大蝴蝶一块儿嬉戏。燕子越飞越远，风景也越来越美丽。在一个碧蓝色的湖边，有一丛可爱的绿树，树丛里有一幢白得耀眼的、大理石砌成的古代宫殿。葡萄藤围着许多高大的圆柱丛生着。在这些圆柱顶上有许多燕子窠。其中有一个窠就是现在带着拇指姑娘飞行的这只燕子的住所。

"这儿就是我的房子，"燕子说，"下面长着许多美丽的花，你可以选择一朵；我把你放在它上面，你就可以想住得怎样舒服，就怎样舒服了。"

"那好极了！"拇指姑娘说，同时拍着她的小手。

那儿有一根巨大的大理石柱。它已经倒在地上，并且跌成三段，在它们中间长出了一棵最美丽的白色鲜花。燕子带着拇指姑娘飞下来，把她放在一片宽阔的花瓣上。这个小姑娘感到多么惊奇啊！在那朵花的中央坐着一个小小的男子！他生得那么白皙透明，好像是玻璃做成的。他头上戴着一顶华丽的金王冠，他肩上长着一对发亮的翅膀，他身体不比拇指姑娘高大。他就是花中的安琪儿。每一朵花里都住着这么一个小小的男子或妇人。不过这一位是他们的王子。

"我的天哪！他是多么美啊！"拇指姑娘对燕子低声说。这位小小的王子非常害怕这只燕子，因为他是那么细小和柔嫩，对他来说，燕子是一只庞大的飞鸟。不过当他看到拇指姑娘的时候，他马上就变得非常高兴起来。她是他所看到的最美丽的姑娘了。因此他从头上取下他的金王冠，把它戴在她的头上。他问了她的姓名，问她愿意不愿意做他的妻子，如果同意的话，她就是一切花儿的皇后了。这位王子才真配做她的丈夫呢，比起癞蛤蟆的儿子和那只穿大黑天鹅绒袍子的鼹鼠来，完全不同！因此她就对这位逗她喜欢的王子说："我愿意。"这时从每一朵花里走出一位姑娘或一位男子来。他们都是那么可爱，就是看他们一眼也是幸福的。他们每人送给拇指姑娘一件礼物，但是其中最好的一件礼物，是从一只大白蝇身上取下的一对翅膀。他们把这对翅膀安到拇指姑娘的背上，这么着，她就可以在花朵之间飞来飞去了。这时大家都欢乐起来。燕子坐在上面自己的窠里，为他们唱出他最好的歌曲。然而在他的心里，感到有些悲哀，因为他是那么喜欢拇指姑娘，希望永远不要和她离开。

"你现在不应该再叫拇指姑娘了！"花儿安琪儿对她说，"这是一个很丑的名字，而你是那么的美丽！从今以后，我们要叫你玛娅。"

　　"再见吧，再见吧！"那只小燕子说。他又从这温暖的国度飞走了，飞回到很远很远的丹麦去。在丹麦，他在一个会写童话人的窗子上，筑了一个小巢。他对这个人唱着，"滴丽！滴丽！"我们这个故事就是从他那儿听来的。

（叶君健　译）

小老鼠斯图亚特

〔美国〕怀特 原著

利特尔太太的第二个儿子斯图亚特比一只老鼠大不了多少。他身高只有两英寸，长着一个老鼠那样的尖鼻子，还有两撇老鼠胡子，也像老鼠那样胆小害怕，一举一动也像只老鼠。他头戴一顶灰帽子，手拿一根小手杖。利特尔先生用一个香烟盒和四根挂衣裳的钉子给他做了一个小床，晚上，斯图亚特就睡在这张小床里。

斯图亚特一生下来就会走路，长到一星期大的时候，就能攀着绳子爬上灯座了。满月的时候，他体重才三分之一两。利特尔太太担心极了，给他请了个医生来。医生给他量了体温，37℃，这是一只老鼠的正常体温；又听了听他的胸腔和心脏，一切都很正常。

利特尔太太获得这么个良好的体检报告真是乐不可支。医生临走的时候，嘱咐了一句："加强营养！"

斯图亚特能够帮助爸爸妈妈做事，也能帮哥哥乔治很多忙。因为他身体很小，能做老鼠能做的事，而且他很乐意做那些事。

一天，利特尔先生洗澡以后，利特尔太太去冲洗澡盆。突然，她的一只指环从手指上滑了下来，滚进下水道里去了。乔治用头发夹子弯个鱼钩，可是排水管里面一片漆黑，折腾了半个小时，也没有把指环钓出来。

斯图亚特急忙穿上他的旧长裤，随身带着一根绳子，绳子的另一头让他爸爸拉着，然后他滑进下水道。

不大一会儿，绳子被急促地拉扯了三下，于是利特尔先生小心翼翼地把绳子提起来。绳子的另一头吊着斯图亚特，那只指环稳稳当当地套在他脖子上。

利特尔一家人都喜欢打乒乓球，可是乒乓球常常滚到椅子、沙发和暖气片底下去。斯图亚特很快学会了找球，他使尽全力把球从热烘烘的暖气片底下推出来，弄得汗珠儿从脸颊上滚滚而下，因为那球儿几乎和他个儿一般高。

利特尔家的那架钢琴，除了有一个琴键卡住了按不下去，此外全好端端的。这对于弹琴的人来说很不方便。乔治想出了个主意，他把斯图亚特放在钢琴里边，弹到那个坏键的时候，就让斯图亚特把那个键抬起来。

斯图亚特蹲在毡制的琴槌间的空档里，免得琴褪砸疼他的脑袋。他待在钢琴里，躲过来，闪过去，叮叮咚咚的声音响极了。出来以后，他感到耳朵完全聋了，要隔几秒钟才觉得恢复过来了。

利特尔先生和利特尔太太常常在背后谈论斯图亚特，有这么一只老鼠在家里总是个麻烦事。他们决定谈话里不要提到"老鼠"这个词儿，还把歌集上那页《三个瞎老鼠，看他们怎么跑》的歌纸撕了下来。

有这样一首诗：

圣诞节前夜，
屋里静悄悄，
每个小动物都安安静静，
就连小老鼠也不再吵闹。

利特尔太太小心地把诗句里"老鼠"一词擦去，换之以"虱子"。这样，斯图亚特一直以为是"就连小虱子也不再吵闹。"

然而，最令利特尔先生担心的是，厨房的储藏室里有一只老鼠洞，小儿子斯图亚特弄不好会钻进去。

斯图亚特是个喜欢早起的人。早晨几乎他总是第一个起床。他从那只香烟盒做的床上爬起来的时候，天色还是漆黑的。做完早操以后，他就到浴室里去了。

利特尔先生已经把电灯的灯绳用一根长绳子接起来了。斯图亚特把整个身体吊在绳子上，用力往下坠，这样就能把电灯打开了。

斯图亚特吊在绳子上荡来荡去，长长的浴衣垂下来，拖到脚脖子上，那样子看上去真像修道院里一个精瘦的老修道士在撞钟。

为了够得上洗脸盆，斯图亚特不得不爬上一个小梯子，那是他爸爸用绳子给他扎起来的。

爬上小梯子，斯图亚特就从浴衣口袋里掏出牙刷、牙膏、毛巾、肥皂等，整整齐齐地放成一排，接着就执行放水的任务。

对这么个小家伙来说，要把水龙头拧开实在不是一个小问题。有一天，在试了几次都没成功以后，他就找爸爸讨论这个问题。

爸爸给了他一把小巧的木槌子。斯图亚特发觉，举起这把木槌子，在头顶上挥舞三下，然后猛地在龙头把上砸下去，使水龙头松动一点儿，就能淌出一条细细的水流，足够他刷牙了，而且无论如何也够沾湿毛巾了。

每天早晨，斯图亚特一爬进池子，就抡起槌子来砸水龙头。家里别的人在睡梦中就能听见砰砰的槌子敲击声，好像远处铁铺里传来的打铁声。这响声告诉他们天亮了，斯图亚特已经在刷牙了。

5月的一个晴朗的早晨，3岁的斯图亚特像平时一样，起了个大早。洗漱之后来到起居室，利特尔太太养的大白猫雪铃正蹲在地上，回想着它还是小猫咪的岁月。

斯图亚特跟雪铃打了声招呼。为了给雪铃证明他有多么好的腹肌，斯图亚特四下张望，他发现东边窗户上挂着一条长窗帘，窗帘的绳索上拴着一个小铁环，像个秋千。

斯图亚特爬上窗台，脱下帽子，放下手杖，像马戏团的杂技演员那样飞奔过去，纵身一跃，抓住铁环，把自己荡在空中。

突然，发生了意外情况！哪知道斯图亚特这一跳跃，用力过猛，啪嗒一声，垂着的窗帘卷了起来，升到窗户顶上，把他裹在帘子中间，弄得他动弹不得。

"哦，上帝啊！"雪铃叫了起来，它几乎跟斯图亚特一样吃了一惊："我想，这回他总该得到教训，以后不再夸耀自己的腹肌了吧！"

"救命！让我出来！"斯图亚特大哭大叫着，他在卷了起来的窗帘里，吓得要命，而且鼻青脸肿。可是他的呼喊声实在太微弱了，谁也听不见。

雪铃只顾咯咯地笑，它本来就不喜欢斯图亚特。它非但不上楼去报告利特尔夫妇，反而做了一件恶劣的事。

它看看四周没人，就轻轻跳上窗台，用嘴衔着斯图亚特的帽子和手杖，把它们放在厨房储藏室里那个老鼠洞口，造成了斯图亚特钻进老鼠洞里的假象。然后雪铃就偷偷地跑开了。

后来，利特尔太太下楼来，发现了帽子和手杖，便尖声直叫："大事不好了！斯图亚特钻进老鼠洞里去了！"

利特尔先生和乔治急忙奔下楼来，冲进厨房储藏室，大家一时不知如何是好。

乔治要撬开储藏室的地板，被利特尔先生制止了，因为那样怕砸着斯图亚特。乔治又主张应该往洞里灌点苹果酱，让苹果酱流到斯图亚特待的地方，可是利特尔夫妇不赞成。

利特尔先生说：

"我数三下，大家就一起喊斯图亚特。"

利特尔先生和利特尔太太，还有乔治，都四肢着地，趴了下来，嘴唇尽量凑近老鼠洞，接着，他们齐声叫喊：

"斯图——亚特！"

然后，大家保持安静，等了三秒钟。

夹在窗帘里的斯图亚特应声回答：

"我在这里！"

但他的声音微弱，没有人听到。

利特尔先生去打电话给寻人局，对方询问斯图亚特有什么特征，利特尔先生刚告诉他说失者身高只有两寸，对方就厌烦地把电话"咯噔"一下挂断了。

到了吃午饭（早饭大家都忘记吃了）的时候，大家围着利特尔太太已经准备好的焖羊肉坐下来，可是谁也吃不下去。乔治也只吃了一口甜食。

午饭过后，利特尔太太又"哇"地哭了起来，她说她肯定斯图亚特已经死了。

"别胡说，别胡说！"利特尔先生吼道。

"如果他死了，"乔治说，"我们就应该把窗帘放下来，把屋子统统遮住。"

说罢，他就跑到窗台跟前，开始把窗帘放下，表示对死者的哀悼。当他跑进起居室时，一拉绳子，斯图亚特就落了下来，掉在窗台上。乔治兴奋地大叫。

利特尔太太看见斯图亚特安然无恙，简直欣喜若狂，高兴地哭了起来。

"这不过是人人都可能碰到的偶然事故。"斯图亚特说。

这天早晨，西风徐徐。斯图亚特穿上水手服，带上水手帽，从书架上拿下那只小望远镜，出门散步去了。

从望远镜里一看到有狗，斯图亚特就慌忙跑到附近看门人跟前，爬上他的裤脚管，躲进看门人的鞋底部。

有一次，附近没有看门人，斯图亚特只得爬进一张卷起来的隔夜报纸里，把自己藏在里面，直到危险过去。

公共汽车开过来了，他一把抓住一位先生的裤脚翻边，毫不费力地就跟进了车厢。

斯图亚特乘车从没买过票，因为他力气小得拿不动一枚一角银币。一次，他想带一枚银币，就像小孩滚铁圈一样滚过去，突然，银币滚下山坡，一位老掉了牙的妇人把它拣了起来，放在口袋里，嘴里咕噜着什么，就走开了。

汽车在72号大街上停了下来，斯图亚特跳下车，直奔中央公园的船模池。池面上微风习习，各种单桅小帆船和纵帆船迎风扬帆飞驶。

斯图亚特从他的望远镜里发现一艘他认为最漂亮、最有气派的帆船，它的名字叫作"威斯泊"。他立刻奔向威斯泊号的主人，说：

"我想在一艘好船上找个锚位，我想你或许肯雇佣我，我又结实，又机灵。"

那人很赞赏这个小海员整洁的外表和他那人小志大的鲁莽性格，问道：

"你告诉我，你打算怎么打败那个莉莲·B·旺勒斯号？"

"让他偏航！"斯图亚特答道。

"好样儿的！威斯泊号的主人把船交给了斯图亚特。

于是斯图亚特跳上甲板，兴奋得在甲板上踏起舞步来，刚启航就差点撞上另一艘船。

消息很快传开。一听到有个身穿水手服的小人儿在开船，人们就纷纷向池边跑去。不一会儿，池子四周就挤满了人。人们争先恐后，前呼后拥，竟然把维持秩序的警察从池子边上挤了下去，他溅起了轩然大波，猛烈地冲击着池子里每一只小船。

斯图亚特看到一个巨浪正迎面逼来，急忙一跃而起，可是已经来不及了。波涛压上甲板，把斯图亚特冲到一边，卷下水去。大家都以为他淹死了。

在汹涌的波涛中，他拼命用脚划水，猛烈地摆动着。不一会儿，斯图亚特又爬回到船上。

人们为他喝彩和欢呼：

"好样的，斯图亚特！"

两只船几乎同时到达北岸，现在开始返航了。

斯图亚特看见气压表上的水银柱明显下降。这是气候将要恶化的兆头。骤然之间，乌云掠过太阳，给大地留下了一大片阴影。

突然，威斯泊号的第一斜桅穿进了一个巨大的纸口袋，紧跟其后的莉莲·旺勒斯号的船头压在威泊斯号的帆索上。一瞬间，两艘帆船在水面上乱成一团。

斯图亚特降下三角帆和前支索帆，砍掉纸口袋，张开前桅帆，船终于从莉莲·旺勒斯号的船头下面挣脱出来，胜利驶向终点。

斯图亚特上岸后，人们都高度赞扬他高超的驾驶技术和顽强的拼搏精神。威斯泊号的主人高兴极了，他自我介绍说，他是个口腔医师，名叫波·卡莱。他愿意跟斯图亚特做朋友，并说以后斯图亚特有需要帮助的地方，他一定会尽力帮助。

斯图亚特7岁的那年，有一天，他到厨房里去看妈妈做薯粉布丁。当利特尔太太打并电冰箱的门，伸手去拿点什么的时候，斯图亚特就钻了进去，看看能不能找一块奶酪吃。

可是，当冰箱门"砰"的一声关上的时候，他才意识到自己给锁在里面了。"救命！救命！"他叫着，跌进一盆冰凉的梅子酱里。

半小时以后，利特尔太太又把冰箱的门打开时，才发现斯图亚特站在一盘白脱油上面，拍打着自己的双臂，不住地向手心哈气，还不停地蹦上跳下，企图保持暖和。

"我的天哪!"利特尔太太惊叫起来,"我可怜的小宝贝!"

利特尔太太赶紧把斯图亚特抱出来,放在床上,盖上了厚被子。又到厨房烧了一碗热腾腾的肉汤给他喝,还在他脚边放了个暖水袋。

可是,斯图亚特还是患了重感冒,后来,又转成了支气管炎。

一个寒冷的下午,利特尔太太打开窗子,抖抹布的时候,发现一只小鸟躺在窗台上,好像已经死了。她把小鸟拿了进来,不一会儿,小鸟扑扇扑扇翅膀,睁开了眼睛。

这是只漂亮的小雌鸟,她长着咖啡色的羽毛,胸前有淡黄色的斑纹。不久,她跳上楼,走进斯图亚特的房间。斯图亚特正躺在床上。

"哈罗,"斯图亚特问道,"你是谁?"

"哈罗。我叫玛伽罗。"小鸟儿轻柔地回答。

斯图亚特很喜欢这只美丽的小鸟,他为她量体温,体温正常。小鸟跟他互道"晚安"之后,就到起居室里的书架上那盆波士顿羊齿草旁边睡觉去了。

但是,斯图亚特很担心她的安全。他在床上翻来覆去,脑子里一直想着楼下睡在羊齿草旁的小鸟儿,一直想着雪铃和它的那对闪闪发亮的眼睛。

"那猫是不能相信的。"斯图亚特喃喃自语道,"明知玛伽罗面临危险,我不能睡在这儿。"

斯图亚特悄悄来到起居室,抓起弓和箭,等待时机。果然,雪铃悄悄地朝书架爬过来,弓起背,伏下身,做了个准备跳跃的姿势。

斯图亚特从蜡烛台后面跳了出来,拉开弓弦,对准雪铃的左耳就是一箭。

雪铃疼得跳了起来,它跌下椅子,逃进厨房里去了。

斯图亚特向玛伽罗睡觉的地方飞了一个吻,就爬回去睡觉了。

玛伽罗和斯图亚特成了好朋友。在斯图亚特眼里,玛伽罗是越长越漂亮了。他希望她永远不离开他。

不久，斯图亚特的支气管炎好了。他要出去散散心。他刚刚走上街道，就看见一条爱尔兰狗，他只好跳进一只泔脚桶，躲在一棵芹菜里。

卫生局的一辆垃圾车开到路边来了，一个男人把桶扔进垃圾车。斯图亚特头朝下埋进两尺深的垃圾堆里。垃圾堆里湿漉漉，滑腻腻，恶臭难忍。驾驶员把车开到码头上，把垃圾卸在驳船上，垃圾驳船被拖到海里去了。

斯图亚特知道这些垃圾要被拖到20海里以外的地方去，倒进大西洋里。死到临头，他不由得伤感起来。

斯图亚特开始想家了，泪水涌上了他的眼眶。这时，一个小小的声音在他背后轻声地说：

"斯图亚特！"

他看到一颗包心菜上站着玛伽罗。

"玛伽罗?!"斯图亚特又惊又喜，大叫起来，"你是怎么来的？"

"嗐，"小鸟说，"你出门的时候，我正在窗上往外看着，我就跟来了。"

"我想，如果你能抓住我的两只脚，"玛伽罗说，"我就能带你飞回岸上去。"

斯图亚特抓住玛伽罗的脚踝，玛伽罗一拍翅膀，就升上天空，越过海洋，飞回了家。

全家人都很感激玛伽罗，晚饭时，利特尔太太特意给她做了一块芝麻小蛋糕。

雪铃在左邻右舍有几个朋友，有的是家猫，也有的是铺子里的猫。在一个美好的春天的傍晚，雪铃访问了住在公园里的那只安格拉小猫。

在利特尔先生家房前有一棵高大的葡萄藤，雪铃邀请安格拉猫来到了葡萄藤下。这时，雪铃对朋友谈起了斯图亚特和玛伽罗。

"好极了，"安格拉猫说，"你说你同老鼠和小鸟同住在一个屋子里，居然相安无事？"

"我有什么办法呢？"雪铃回答，"斯图亚特是这家里的人，小鸟是家里长住的客人。"

"既然你不方便，那就交给我吧。"安格拉猫和雪铃商议道。它们决定第二天晚上，由安格拉猫去抓小鸟玛伽罗。

两只猫的谈话声吵醒了在葡萄藤上睡觉的一只灰鸽子，那灰鸽子就开始偷听。

鸽子很快地飞开去，找来一张纸和一支铅笔。

第二天早晨，玛伽罗醒来，发现在羊齿草上挂着一张纸条。上面写着：

"当心！有一只来路不明的猫今晚要来！
一个好心人"

整整一天，玛伽罗把纸条藏在翅膀下，不知该怎么办才好。她不敢给任何人看这张纸条，甚至不敢给斯图亚特看。她害怕得连饭也吃不下了。

最后，天快黑了。玛伽罗跳上窗台，然而没对任何人说任何话，就飞走了。春天已经到了，她使劲往北方飞，因为在她心里，一个内在的声音在对她说，春回大地的时候，鸟儿的去向是飞向北方。

三天以来，大家找遍了整所房子，也没看到玛伽罗。

斯图亚特的心都碎了。他吃不下东西，妈妈做了好多他最喜欢吃的东西，可他就是不肯吃一口。最后，他决定对谁也不说就离家出走，去寻找玛伽罗。

第二天天刚破晓，斯图亚特就开始收拾行装，准备上路去寻找珈伽罗。他拿了一条最大的手帕，放上一套干净的内衣、牙膏、牙刷、肥皂、梳子、刷子，还有一些钱，还放上他那只小小的指南针，从妈妈的梳子上拉下一根头发，把它匀称地卷起来，放进手帕。然后，斯图亚特把所有的东西都包起来，系在一根火柴棍的一头，扛在肩上。

斯图亚特轻轻地走出了房子，去找他的朋友卡莱，那个口腔医生，威斯泊号的主人。

卡莱医生见到斯图亚特，高兴地拥抱他。卡莱医生从书架上拿下一辆微型汽车来。

"这是我自己做的。"卡莱医生说，"它不仅没有噪声，而且是隐形的。"

斯图亚特揿了按钮一下，汽车竟然立刻不见了。他摸到了一个键钮，好像就是刚才那个，就按了一下。只听得一阵启动声，接着有什么东西从手中滑了出去。

"嘿"卡莱医生大叫起来，"你按了起动的电钮。现在我们永远也追不上它了！"

卡莱医生怕汽车撞着斯图亚特，就把斯图亚特拎上桌子，然后就开始扑汽车，哪里发出汽车的声响，就扑到哪里！

虽然卡莱医生是拔牙老手，可是要捕捉高速行驶的隐形汽车，几乎是不可能的。卡莱医生累得上气不接下气，可还是没捕捉到。

直到最后，不再听到啪哒啪哒的声音了，卡莱医生才从壁炉里拉出那辆小汽车。他按了一下键钮，汽车显形了，却已破烂不堪了。

卡莱医生在修理汽车的时候，斯图亚特出门为自己买了全套衣服和新皮箱。

第二天早晨，斯图亚特很快就出发了。他驾驶着卡莱医生送给他的那辆隐形汽车，驶过中央公园，发现一个男人在路边沉思，就过去询问。那个男人是一个学校的总管，他说，哥德逊小姐生病了，没人代她上课。斯图亚特说他乐意替哥德逊小姐代一天课。

斯图亚特穿上深色带白斑点的布料外套和条纹旧长裤，领口上打了一个缎料蝴蝶结，戴了副眼镜。他精神抖擞地走进教室。学生们都激动地睁圆了眼睛，争着看这么个小小的、穿得很体面的老师。

斯图亚特问道："平时，你们早晨第一节课上什么？"

"算术。"孩子们齐声回答。

"讨厌的算术！"斯图亚特厉声说，"别管它！"

这个提议博得孩子们一片欢呼。

就这样，拼写课、写作课都过去了。然后就是社会学。斯图亚特说："让我们讨论一下关于世界之王吧。"

"并没有什么世界之王。"哈利说。

"对，对。那么我们来谈谈世界总统。我倒想当这样一个世界总统。"

"你太小了。"玛丽说。

"人小不等于不能办大事嘛！干大事要的是能力和气质。"

接着，他们又谈到了法律等。一天的课就这么上完了。斯图亚特告别了学生们，爬进汽车，便朝北疾驰而去。

孩子们都希望每天都有这么一位老师来代哥德逊小姐的课。

在一个最最美丽的小城里，斯图亚特停下来想弄一杯撒尔沙喝喝。店老板把一杯饮料放在一级台阶上，斯图亚特伏下身子，用帽子舀出一勺子清凉饮料。

老板说："本镇有个人你应当去看看她。哈利特·艾梅斯，她跟你一样高，可能还矮一点儿。她被公认是本镇最漂亮的姑娘。"

斯图亚特驱车来到了一条河边。这天下午，他游了一次泳，然后把汽车藏在一棵卷心菜的菜叶下，步行到邮局去。他在给自己的钢笔灌水的时候，碰巧朝大门口瞥了一眼，忽然看到什么，使他一怔，几乎失去了身体的平衡，一跤跌进墨水池里了。原来是一个约摸两英寸高的姑娘走进门来。

"她一定是艾梅斯小姐了。"斯图亚特自言自语道。他躲在墨水瓶背后，偷偷地看着她打开她那只有四分之一英寸高的信箱，把她的信取走。

店老板说的没错，哈利特真漂亮，而且她当然是斯图亚特所曾碰到过的唯一并不比他高多少的姑娘。斯图亚特心想，如果他俩一起散步，她的头一定只比他的肩膀略高一点。

这个想法使他乐得不可开交。他想溜到地板上去和她说几句话，可又不敢，直到哈利特走出他的视线，他才偷偷地走出邮局，沿着大街走向小店。他既希望能碰到那位美丽的小姑娘，又害怕他真的遇到她。

斯图亚特向店主人要了几张小信纸，取出自来水笔，靠在5分钱一条的糖块上给哈利特写信，请她到河边来约会，一起去划船。

斯图亚特问店主人从哪里能搞到一条船。店主人走到纪念品专柜跟前，取下一只小小的桦木船，拿了两个小硬纸匙当作桨，卖给了斯图亚特。

斯图亚特从衣袋里拿出一根绳子，把桨捆绑在横贯船体的座板上。然后把船覆过来，顶在头上，大步走去。那副镇定自若的模样，像一个加拿大导游。他对自己摆弄船的本事感到非常骄傲，而且很喜欢露这么一手。

当他回到河边宿营的地方时，才发现船舱渗水。

虽然斯图亚特累得要命，可还是爬上一棵云杉树去刮脂。他把树脂堵进接缝处，塞住漏水的地方。他还用一块干净手帕包了一些青苔，做成一个小靠垫。

晚饭的时候到了，斯图亚特拿起斧头砍倒一棵蒲公英，打开一个辣味火腿罐头，随便吃了一顿蒲公英汁和火腿。晚饭后，他把树脂当作橡皮糖，一边胡思乱想，一边嚼着。他生怕他寄出的那封信没有投递到。

第二天，清晨，多云。斯图亚特把小船藏在几片树叶子下面。他觉得很紧张，因为以前他从没跟女孩划过船。他试穿了好几件衬衣，由于紧张过度，直出冷汗，只得换一件干的。

　　快到5点钟了，斯图亚特盯着手表，梳梳头发，自言自语，坐立不安。

　　5点钟终于到了！斯图亚特听到有人从小路上走来，那正是哈利特。他连忙靠着一棵枯树桩上卧倒在地，装出一副满不在乎的样子，好像他带女孩子出去玩是习以为常的事了。一直等到哈利特走到跟前几步路的地方，他才站起来打招呼。

　　当他们到达藏船的地方时，使斯图亚特大吃一惊的是，小船不知去向了。

　　斯图亚特的心沉了下去！他真想哭。

　　过了一会儿，他们发现了那只小船——它已经被糟蹋了，有人玩过它了。

　　哈利特不停地安慰他，可斯图亚特还是绝望地说："我很难过，我们的河畔之夜不得不这样结束了。"

　　哈利特走了，留下斯图亚特独自一人，伴着他那破灭了的幻想和那条破船。

　　斯图亚特那晚就睡在小船底下。早上4点钟醒来的时候，天开始放晴。小鸟儿已经开始在他头上的树梢上扑扇着翅膀，发出清脆的叫声。斯图亚特对每一只起飞的小鸟都仔细观察，看看是不是玛伽罗。

　　在离开小镇的时候，斯图亚特到了一个加油站去加油。

　　"5滴。"斯图亚特说。

　　管理员走进加油站，拿出一个滴鼻子用的小滴管，斯图亚特扭开油箱盖，那人在油箱里滴了5滴汽油。

　　加好油，付了钱，斯图亚特钻进汽车，发动引擎，往公路上驶去。这时天更亮了，小河两岸晨雾在朝霞里荡漾。村庄依然在沉睡之中。

　　斯图亚特的汽车轻快地移动着。他感到心情很舒畅，他很高兴又启程了。

　　出镇半英里光景，来到一个三岔路口。斯图亚特驶上朝北的公路，发现沟里坐着一个电话公司的修理工。

"早上好。"斯图亚特说,"随便问问,你看没看见过电话线杆子上有小鸟儿啊?"

"见过,我见得多了。"修理工回答。

"那么,如果你碰巧遇见一只叫玛伽罗的小鸟,"斯图亚特说,"就给我写封短信,我将十分感激你。这是我的名片。"

修理工把玛伽罗的特征记了下来,说:"我希望你能找到那只小鸟。"

斯图亚特爬进汽车,驶向北方。道路看来是漫长的,但天空是明亮的。不知什么缘故,他总觉得他走的方向是正确的。

（李静　缩写）

小脚趾水中旅行记

〔澳大利亚〕里斯　原著

　　笛克和别的孩子不同，他非常矮小，实际上，他只有妈妈的大脚趾那样大，而且比大脚趾还瘦一点。人们都叫他脚趾·笛克。妈妈总是给他吃很多有营养的食物，希望他能长得高一点。可是不行，他吃得再多，始终还是只有脚趾头那么高。

　　晚上，他睡在一只大火柴盒子里，盖着小被、小毯子，枕着蚕豆大小的枕头。吃饭时，他坐在桌子上，牛奶盛在妈妈做针线用的一只小小的顶针指帽里，用一只银制的奶瓶盖盛面包和牛油。这样的生活，虽然比做个身体高大的人有趣多了，但是也有不愉快的时候。

　　这天，爸爸、妈妈决定到日光岛上去休假。他们说笛克太小，不能去，让笛克留在家里跟露丝阿姨在一起。笛克知道了，又哭又闹，也想跟着去，可是没人理睬他。当爸爸、妈妈忙着收拾行李的时候，他被送到火柴盒里去睡觉。笛克躺在那里想主意，他看见爸爸要穿走的上衣放在大床边上，立刻有了办法。他悄悄地从火柴盒里爬出来，钻进了那件上衣的口袋。他躺在毛茸茸的口袋里，不一会就放心地睡着了。

　　当笛克醒来的时候，他已经在火车上了，火车正向日光岛飞驰。衣袋里的一根细毛刺得他鼻子发痒，他打了个很响的喷嚏。爸爸发觉了，一把把笛克从口袋里提了出来。车上的很多人都吃惊地盯着他看，妈妈惊异地喊道："啊，这不是我们的笛克吗？"爸爸却怒气冲冲地说："这真是太顽皮了！"

"现在我可以上日光岛去了吗？"笛克问。

"不，绝不能让你去！我来想个办法。"爸爸说。过了一会儿，火车在途中的一个站停下。爸爸、妈妈带笛克下车，到商店买了些干酪和饼干，然后，又买了个大信封和一张邮票，原来是要把笛克邮回家里去。

来到邮局，笛克哭了起来。妈妈说："不要怕，邮局的人说不会有危险的。"爸爸把笛克装进了信封，又放进一点干酪和饼干，还在信封上戳了几个透气孔。爸爸说："你乖乖的，明天邮递员就会把你送到家，交给露丝阿姨的。"说着把信封口封好，贴了邮票，放进一个投信口。只听妈妈伤心地喊着："再见，小脚趾！"那信封便滑了下去，落到一只装着许多信件的大筐子里。笛克不停地哭，看来他的一番冒险眼看就要结束了。

笛克正哭个不停，忽然听见信封外面有个小小的声音在急促地讲话。"谁呀？"笛克问。"是我，"那声音说，"我是老鼠保罗。我闻到干酪的香味了。"笛克说："干酪在信封里，我也在里面。"老鼠说："你一定想从里面出来吧？"笛克说："是的，我要上日光岛去。"老鼠说："如果你把干酪分一点给我，我就咬破信封，放你出来。"笛克当然答应。于是老鼠保罗就开始一点一点咬那信封。

老鼠用尽气力终于把信封咬了个窟窿，帮小脚趾挤了出来。"多谢！"笛克说。"啊，再见吧，你赶快上火车，"保罗说，"我来吃干酪。"笛克说："可是我怎么才能到火车那里去呢？"保罗说："这容易，你出了这筐子，穿过左面一道门，再向左，从另一道门缝钻过去，然后……"正说着，大筐突然被人一拉，邮递员来收信了。筐子的一头被人高高举起，两个邮递员把信推作一堆。笛克一跤跌落筐外，爬起来拼命地跑，幸亏邮递员忙着工作，没有看见他。可是笛克找不到保罗说的那道门，想再找保罗问问，那老鼠早已叼着干酪溜得不见了影子。笛克便朝一个大的帆布邮袋跑了过去，他毫不考虑，很快地钻进邮袋，躺到信件堆里，不敢作声，心还在噗噗地跳。

笛克的运气很好，一个邮递员提起这个邮袋，把它送上了笛克的爸爸、妈妈所乘的那班列车，放在了行李车厢里。火车的汽笛响了，邮递员来不及扎紧口袋就跳下了车。车开以后，笛克爬出了口袋。他正想：怎样才能回到爸爸妈妈身边去呢？突然看到一只熟悉的箱子，那正是他爸爸的。笛克有了主意，他立刻从箱子的裂口处爬了进去。他躺在爸爸的袜子、短裤和睡衣当中，暖暖和和、舒舒服服地睡了一觉。

爸爸、妈妈到了日光岛。当岛上的黑人沙哈蒂把衣箱送到他们要住的小草屋时，他们很快便在袜子和睡衣中发现了笛克。妈妈惊讶得叫了起来。爸爸却怒气冲冲地说："笛克，你这顽皮的小家伙！我不容许你跟我们待在这儿。"总算笛克运气好，正在这时候，海滨餐室午餐的钟声响了。爸爸只好先放下笛克，说："我们去吃东西，你坐在桌子上，等我回来再解决你的事。"说完便走了出去。妈妈亲了笛克一下，也跟着出去了。

笛克坐在桌上呆了一会儿。他从窗子看到了这个美丽的海岛，实在忍不住了，便顺着桌脚滑了下去，跑出草屋去玩。多么美丽的日光岛啊，水、天和空气，一片光彩，像蓝色的丝绸一样。

笛克沿着潮湿的沙滩走，看到许多好看的贝壳。然后，他来到一片碧绿的水塘。水塘当中有一个又大又圆的贝壳，壳里有一种像鱼的东西，生着一对大眼睛，还有许多触须从壳里面伸出来。它正在洗澡，全身都洗到了。那贝壳对笛克说："喂，我是鹦鹉螺小姐。为了去参加一个宴会，正在洗澡。你愿意去吗？"笛克说愿意去，只要能很快就回来。鹦鹉螺小姐说："等我把触须理理好，你就可以骑在我的背上，一起去参加宴会。"一会儿，笛克已经坐在鹦鹉螺小姐的背上，在那光芒闪耀的海上前进了。

路上，他们遇到6条美丽的珊瑚鱼以及其他的鱼，还有两只寄居蟹和一只海马，他们都跟在后面，排成一个长长的行列。当他们提高速度，穿过一段深蓝的海水时，遇到了一条大鲨鱼。鲨鱼的尾巴在海水里乱甩乱打，搅出一片白色的泡沫。他像狮子一般地吼叫着："哈，哈哈……"露出了锐利的牙齿，向他们冲了过来。那大鲨鱼张开大嘴，把鹦鹉螺小姐、笛克、小鱼和寄居蟹，连同大量的海水一下全吞了进去。笛克被弄得颠颠倒倒地翻跟头，嘴里灌满了水。

鲨鱼肚子里漆黑一片，谁也看不见谁。只听鹦鹉螺小姐问："大家都在这儿吗"？"我们都在，"珊瑚鱼、寄居蟹和海马回答。"我们要想办法逃出去。"鹦鹉螺小姐说。大家在鲨鱼肚子里游来游去，拼命想办法，七嘴八舌地商量着，也拿不出个好主意。突然，笛克说："我有办法了，大家来搔鲨鱼的痒，准能出去。"于是大家便按笛克的话去做，都用自己的身体靠在鲨鱼的胃上擦起来。擦呀，擦呀，一会儿他们便听到一阵深沉的隆隆的笑声。鲨鱼终于狂笑不止，身体四面翻腾，显然是痒得不得了啦。鲨鱼尽量地张大了嘴巴，他们看到一道亮光从鲨鱼的嘴里射了进来。这时，鹦鹉螺小姐忙说道："我们快出去！"说着便带头从鲨鱼嘴里跳回了大海。接着，小脚趾笛克、海马、寄居蟹和所有的珊瑚鱼都成群结队地跟在后面，纷纷逃了出来。他们全体刚走完，那大鲨鱼就不笑了，他们回头一看，鲨鱼又把他那残酷的牙齿咬得紧紧的了。真是好险啊！

逃离了大鲨鱼，一会儿，他们终于来到了蟹先生的洞口。他们到时，宴会已经开始了。鹦鹉螺小姐敲了敲门，立刻有两只大钳从洞里伸了出来。"嗨，蟹先生，"鹦鹉螺小姐说，"祝你长命百岁。我约了一位朋友一起来，他叫脚趾·笛克。""啊，笛克，欢迎！欢迎！"蟹先生立刻伸过大钳来和笛克握手。

来到洞里，笛克又会见了许多其他来宾。两只龙虾在忙着拉小提琴，使参加宴会的主客都感到十分愉快。一株生在洞口的大海绵，给笛克洗脸洗手，让他洗干净了再吃东西。那些美丽的珊瑚鱼在洞里兜着圈子游，到后来看上去就好像漂亮的丝带一般。这时，蟹先生问笛克："也许你们的宴会上常有气球吧？"笛克说："是的。"蟹先生说："我们这里也有。河豚鱼兄弟们，来，表演给笛克看看。"立刻，三条河豚鱼不停地吸气，他们那长而扁的身体很快变得越来越圆，变成了三个特别的气球，球上带着滑稽的脸和小尾巴。接着，蟹先生又用一根结实的海草做了一副秋千。"来，笛克，"蟹先生说，"你是特别的客人，你可以第一个荡这秋千。"笛克爬了上去，由两条珊瑚鱼轻轻推动起来。飘呀，飘呀，真好玩，这是笛克生平最快活的一次荡秋千。这时，大家又请像锥形蛋卷冰淇淋的老马蹄螺唱一支歌。马蹄螺便用悲伤的声调唱了起来："人们坐船到海里来捉我，把我的壳做成纽扣缝在衣服上，看起来一排排真是妙不可言，在高贵的大厅里闪着光芒，可是我情愿只做个马蹄螺，在我们的珊瑚滩上流浪……"这个悲伤的歌使大家听得心情很不好了，据说，马蹄螺总是这样悲哀。

正当大家准备吃茶点的时候，两只寄居蟹突然打起架来。他们互相钳住，扭在了一起。一个说："嗨，你从壳里滚出来，我要你那个壳！另一个说："不，我不出来！"他们互不相让，吵个不停。鹦鹉螺小姐对笛克说："那些寄居蟹总是要找一个更大的壳给自己住。"笛克说："抢人家的壳，真没礼貌，海底其他空壳有的是！"

后来，经蟹先生劝解，寄居蟹不打了。蟹先生领大家来到一张石桌边，开始用餐。桌上的东西真是五花八门：涂着甜酱的面包，盛在蛤壳里的果子冻，还有一杯杯牛奶，以及橘子水、柠檬水、生日蛋糕、各种水果，真是丰盛极了。笛克吃得香，喝得足，这是他生平参加的最好的宴会。最后，蟹先生又切开生日蛋糕，用珊瑚碟分给每人一块，笛克没舍得吃，准备带回去送给爸爸、妈妈。

宴会结束了，客人们开始向主人蟹先生告辞。正在这时，发生了一件可怕的事情，洞里突然变得一片漆黑，大家一起乱叫起来。在黑暗中，鹦鹦螺小姐说："这是鲨鱼在报复我们，他知道自己身体太大，进不了蟹先生的洞，就派讨厌的章鱼来喷墨汁捣乱。"过了一会儿，周围稍微亮了一点儿，笛克看见从蟹先生的一张桌子底下游出来一只章鱼。他经过蟹先生身边的时候，不但发出很粗暴的声音，并且又喷出一股墨汁，向洞口逃去。笛克立刻愤怒地追了过去。他一心要捉住章鱼，教训这讨厌的东西一顿，可是他跑得快，章鱼也游得快，总是追不上。追出了很远，那章鱼又喷出一股墨汁，接着就不见了。等水清的时候，笛克已不知道自己是在什么地方了，他迷了路。

笛克漫无目的地在珊瑚花和植物中间走着，周围真像一座神仙的花园。走着走着，忽见一条极大的鱼向他游来。不是鲨鱼，比鲨鱼大三倍，像一辆破旧的大汽车发出刺耳的响声。"各位上车！"那条大鱼喊着，"有上日光岛的客人吗？请快上车！"笛克说那正是他要去的地方，大鱼便气喘吁吁地催他快上车。原来这是一条鲸鱼，是海中的"鲸鱼车"。笛克好不容易爬上了鲸鱼头顶的圆洞口，在洞里很舒服地坐了下来。鲸鱼又喊了一次："各位上车！各位上车！"然后摇了摇尾巴，又发出一种像旧汽车开动的声音，很快地出发了。笛克看到一条条海草以及银蓝色的鲭鱼在旁边很快地过去。他们在缓缓上升，水的颜色从深蓝逐渐变成浅绿，终于露出海面。笛克又看见天空了，多快活呀。鲸鱼车在滚滚的波浪中前进，前方，可以看见日光岛了。

"我们很快就要到日光岛，"鲸鱼说，"你把车钱准备好。"

"天哪"笛克想，"我完全忘了车钱这回事了。"

笛克摸了摸口袋，那里除了那一块蟹先生的生日蛋糕，一无所有。就说："我想给你一块蛋糕，代替那车钱……"

"什么？"鲸鱼说，"蛋糕吗？我最爱吃蛋糕。你把它放进我头上的那个洞里，就会自动滑到我嘴里来的。"

蛋糕一放进他头顶的洞里，立刻滑了下去。鲸鱼说："哦，真好吃……哦哦哦峨！"

鲸鱼吃了蛋糕，就不要车钱了。"你可以下车了。"鲸鱼说。可是笛克无法下去，鲸鱼便张开大嘴喝进一口水，又深深地吸了口气，然后把水从头顶那个洞里喷射出来。笛克便被水的喷力托到了空中，还没等他醒悟过来，便已跌落在柔软的沙滩上了。笛克爬出来，擦掉身上的沙土，看见那大鲸鱼还在浅浅的绿水里荡来荡去。"再见，小朋友，"鲸鱼笑着对笛克说，"记住，以后坐车可别忘了带车钱。"说完，一翻身，潜入海水里不见了。

笛克虽然回到了日光岛，可是，他找来找去，怎么也找不到他爸爸妈妈住的那座房子。太阳晒着，天气非常热，笛克口渴了。这时，他头顶上飞着几只海鸥，向他哇哇地叫了一阵，向着棕榈树林飞去毛。笛克，想，他们大概在给我带路，便也向那个方向走去。在棕榈树那边，他听到一种奇怪的鸟叫声，抬头一看，一只黑颜色里带着几根白羽毛的大鸟坐在树枝上望着他。那黑鸟猛然向笛克这边飞来，低声地告诉他："我是热带的克拉王鸟。你是个口渴的孩子，如果你要喝水，就跟着我跑。"笛克便跟着克拉王鸟跑到一棵棕榈树下。笛克正在寻找水，忽然听到一个声音："嘻，我可以告诉你。"一只毛皮动物，用长尾巴倒挂在树干上，脸上生着像猫一样的胡须。他告诉笛克："我是卷尾袋貂。有些人以为我是猴子，其实，我是一种袋鼠。"他迅速地爬到棕榈树的顶部，摘下一个又圆又大的硬果子扔给了笛克。一转眼，卷尾袋貂又飞快地下来，把硬果外面那层有毛的包皮剥掉。这时克拉王鸟直飞下来，用他锐利的尖嘴把硬果头上一个小软木塞似的东西锥通。卷尾袋貂捧起硬果说："请喝吧，这是椰子，你张开嘴来接着。"笛克仰起头张开嘴，一股清凉甘甜的汁水流进他的嘴里，味道真是好极啦。

天色渐渐暗下来，星光开始闪烁。玩了一天的笛克累了，他想爸爸和妈妈，想回家睡到那火柴盒的床上。卷尾袋貂告诉他今晚是回不去了，不如就在这里住一宿。笛克紧紧抓住卷尾袋貂的尾巴，爬上了一个高枝，蜷缩在卷尾袋貂的怀里。树枝轻微地摆动，摇得笛克睡起来更舒服了。就这样，笛克在卷尾袋貂的毛皮上暖暖和和地睡了一觉。

第二天早上，他们起来，吃了顿香蕉早餐便往海边走去。笛克看见从海里爬上来一个又大又扁的家伙，原来是海龟夫人，她又到海滩上下蛋来了。卷尾袋貂悄悄告诉笛克，海龟夫人每次生100个蛋。下完蛋便用掘出来的沙土把蛋埋好，然启才走开。不久小海龟就会咬破蛋壳，从沙里钻出来，摇摇摆摆地爬到海里去。海龟夫人送给笛克一个蛋，圆滚滚的，像一个乒乓球。笛克一边玩着海龟蛋，一边朝海上望，这时只见一只小船向这边划来，划船的是个黑人。啊，是沙哈蒂！笛克高兴极了，他想把他的动物朋友介绍给沙哈蒂，但是一看到大人，他们都慌慌张张地逃走了。

沙哈蒂把笛克接到了船上，告诉他爸爸妈妈正在四处找他，急得不得了，他们得赶紧回去。他把笛克放到船的后座上，便向海里划去。可是不一会儿，本来晴朗的天空渐渐变暗，大块的乌云向这里飘来，同时又起风了。"暴风雨要来了，"沙哈蒂紧张地说，"我们得赶快回去！"

风越来越大，海面上一片大风吼叫声，巨浪冲得小船猛烈颠簸，起伏不定。可怜的沙哈蒂简直没法再划了。笛克在船里滑来滑去，东碰西撞。"快抓紧那根钉子！"沙哈蒂大声说。笛克紧紧抓住了那根生锈的钉子，才稳住了身体。

大雨落下来了，天色变得很黑。突然，一道电光一闪，借着闪电的亮光，笛克看到一条大鱼狂笑着扑了过来。啊，又是那条凶恶的大鲨鱼。这时候，一阵风卷走了笛克的上衣。大鲨鱼跳了起来一口吞下了它。当鲨鱼巨大的身体落下来时，正好打在船上。哗啦！小船被撞得四分五裂，笛克和沙哈蒂都落进了水里。鲨鱼的尾巴经这一撞也受了伤，"哎哟！哎哟！"鲨鱼尖声地叫喊着，急急忙忙地逃走了。

落在水里的笛克幸运地抓到了一个漂浮的软木塞，他拼命地和沙哈蒂一起游着。这时笛克忽然听到了鸟叫，接着是飞鸟扑打翅膀的声音，立刻觉得自己被人家从背后一提，离开了软木塞，迅速地升到空中，离海面和沙哈蒂越来越远了。他回头一看，才发现自己是被一只鱼鹰叼在嘴里。

鱼鹰飞得离日光岛越来越远，飞到了一个只有几棵松树和荒草的石岛上。在两块岩石中间，有一个用树枝和羽毛做成的巢，巢里有四只幼鸟。鱼鹰直落下去，把笛克丢进了巢里。那四只幼鸟正饿得叽叽乱叫，吵着向妈妈要东西吃。"别吵，孩子们，"鱼鹰妈妈说，"我在海里碰到这个有趣的小人。平常，我总是给你鱼吃，可是我想你们也许喜欢这个奇怪的东西，换换口味。""哦，很好，很好，妈妈！"所有的小鱼鹰同声欢叫。

笛克害怕极了，但他还是镇定地对鱼鹰妈妈说："我太小了，并且不好吃。在那边礁石很多的水里，有那专干坏事的章鱼，你们不想尝尝那味道吗？"鱼鹰妈妈想了想，说："对，这是个好主意。你在这儿陪我的孩子们，我这就去抓章鱼。"说着，鱼鹰妈妈就飞走了。

鱼鹰妈妈飞走以后，笛克给小鱼鹰们讲了他历险的事，小鱼鹰们听得津津有味。一会儿，鱼鹰妈妈衔着一条章鱼须回来了。她把章鱼须往巢里一扔，说："孩子们，这是你们的午餐，吃掉它。"小鱼鹰们好像参加宴会那样兴奋地吃了一顿章鱼须午餐。

等他们吃饱以后，笛克对鱼鹰妈妈说："现在，您能把我送回日光岛吗？"小鱼鹰们叫了起来："不，把他留在这儿，他会讲故事。"鱼鹰妈妈说："孩子们放乖点，笛克的爸爸妈妈正在找他。也许笛克改天还会再来看你们，现在我要送他回去了。"接着她又问笛克："你的上衣哪去了？"笛克说："被鲨鱼吞掉了。""糟糕，你不能不穿上衣回去呀，把这件穿上吧。"鱼鹰妈妈说着，取出一件用柔软的羽毛做成的小上衣送给笛克。笛克穿起来非常合身，忙向鱼鹰夫人道谢。"不过，"他想到了一个问题，"我希望小鱼鹰可不要因为没有衣服挨冻。""你放心吧，"一只小鱼鹰说，

"妈妈很快就会给我做一件新的。"

笛克和小鱼鹰们一一告别之后，鱼鹰妈妈便衔起他飞到空中去了。他们很快又看见了日光岛。这时笛克看到有只汽艇在海面上开来开去，便对鱼鹰妈妈说："爸爸、妈妈一定在这汽艇上，他们一定是来找我的。"鱼鹰妈妈听了立刻更有力地扇动翅膀，追赶那只汽艇。鱼鹰妈妈飞到了汽艇的正上方，小心地向甲板后部俯冲下来，把笛克稳稳地向甲板上一丢，便飞向空中。笛克打了几个滚，站起身来，向鱼鹰妈妈大声喊道："再见！"从空中也传来鱼鹰妈妈的声音："再见，笛克！"

这时候，就听甲板上响起了一阵脚步声，那正是爸爸、妈妈向他跑了过来。爸爸一下把笛克抓在手里，说："怎么会有这种事？我们在这儿几乎找遍了每一个角落！小家伙，你上哪儿去了？"妈妈抱住他，把他贴在脸上，眼泪直淌，弄得笛克身上很湿。"你们不会打我吧？"笛克问。爸爸、妈妈一个劲地笑着摇头。

在笛克的指引下，汽艇去寻找沙哈蒂。他们看见一群海鸥叫着在一小块海面上盘旋。把汽艇开过去一看，果然是沙哈蒂在那儿，他正抱着一块木头在泅水。爸爸把沙哈蒂拉上了甲板，大家欢呼鼓掌。

大家在一起亲热了一阵，又走到甲板上。爸爸弄了一根大钓竿，把长长的钓丝拖在汽艇后面。一会儿，爸爸手里的钓丝猛然一抽，大家都兴奋地叫了起来："钓住大鱼了！抓紧，拉呀！！"那条鱼的尾巴猛烈地拍打着水面，在拼命挣扎，看来，那似乎是一条很凶、很有力气的大鱼。

船上所有的人一起动手，终于把那条大鱼拉上了甲板。啊，原来就是那条可恶的大鲨鱼！这个大家伙在甲板上扑呀跳呀，气喘吁吁，非常恼怒地挣扎着。笛克一看可高兴了，指着已透不过气来的大鲨鱼说："这是教训你不该干坏事。"大鲨鱼在太阳下终于晒僵了，不能动了。从此他再也不能逞凶，不能伤害笛克了。

笛克跟着爸爸、妈妈在日光岛上又玩了几天，便坐火车回家了。在火车上，笛克对妈妈说："等我长大了，我们再到日光岛来。我要带你去见见鹦鹉螺小姐、蟹先生和鱼鹰妈妈，还有亲爱的老卷尾袋貂！""好吧，等你长得像爸爸那样高大的时候。"妈妈微笑着说。

（云帆　缩写）

驼背矮人历险记

〔法国〕奥·弗耶　原著

　　从前，在意大利的那不勒斯，有个穷苦的船夫，叫皮尔西。他和妻子结婚20年了，却还没有孩子。夫妻俩日夜为这事发愁，尤其是皮尔西大妈，当丈夫出海打鱼或者载着游客去游览时，她孤零零地待在家里，感到十分寂寞。为了解闷，她买了一只小摇篮，一边摇一边为根本不存在的孩子唱催眠曲。

　　一天晚上，皮尔西大妈跟平时一样，唉声叹气地抱怨上帝不肯赐给她一个孩子。皮尔西很不耐烦，又加上喝了点酒，就用拳头在桌子上使劲捶了一下，嚷道，"真是烦死人了！"

　　"圣母，"皮尔西大妈祈祷说，"可怜可怜我们吧！"

　　这话还没讲完，就见一只乌黑油亮的大猫好像是从床下钻出来似的，朝皮尔西猛窜过去，把他掀翻在地，然后从半掩着的大门逃了出去。与此同时，从摇篮里传来一阵婴儿的啼哭声。大妈激动地走近摇篮，看见摇篮里有个小娃娃正手舞足蹈，敲着自己的肚皮。

　　"上帝呀！多漂亮的孩子！"大妈惊叫着，立即把孩子抱进怀里。

　　皮尔西从地上爬起来，说："让我瞧瞧孩子是什么模样。"他朝娃娃瞅了一眼，突然叫了起来："啊！多丑的小子呀！又是鸡胸，又是驼背！瞧他那个鹦鹉鼻子，看见就叫人恶心！快把他交给我，我要把他扔到海里去！"

皮尔西还没讲完，小娃娃就从皮尔西大妈的怀里跳下地。他摇摇摆摆，蹦蹦跳跳，做出种种令人眼花缭乱的动作。他突然用鸡胸顶地，让身体像陀螺一样飞快地旋转起来。看着他的表演，皮尔西捧腹大笑，笑过之后亲了亲孩子，对大妈说："不管他是鸡胸也好，是驼背也好，我都不在乎。我要把他留下，这娃娃实在太可爱了。"

这个孩子被叫作波利希内拉。他长得出奇地快，出生才六个星期，看上去就有十五六岁的模样了。看到儿子长大了，皮尔西决定要他去做工。因为家里经济本来就不宽裕，儿子出生后又增添了负担。

一天，吃早餐时，皮尔西对儿子说："波利希内拉，你到码头上去找点活儿干吧。"

"好！好！"波利希内拉回答，"不过，我想进王宫！"

"啊！进王宫？这怎么可能！"

"我想念书成为有学问的人。你们实在太穷，没钱供我念书，所以我想请国王来负担。"波利希内拉说，"我有把握做到这一点。但是，为了这个，我需要一头毛驴。"

"一头毛驴！"父亲和母亲同时大叫起来，"我们到哪儿去弄一头毛驴呢？"

"你们把房子卖掉，我保证你们今晚就可以住进一座更大的房子。"

"啊，我的老天爷！"皮尔西断定说，"你一定发疯了！"

"你自己疯了，皮尔西先生。"大妈说，"你看不见，这孩子可能比你更聪明吗？"

争论了一个小时后，皮尔西终于决定把房子卖了，买回一头小毛驴。

波利希内拉穿上半边红半边黄的紧身上衣，脚蹬朱红的木屐，头戴金色的高礼帽，神气活现地骑在毛驴上，朝王宫走去，后面跟着他的父亲和母亲。一路上不少人围上来看热闹，当他走近王宫时，尾随的群众至少有三千人。

国王和王宫里的老爷、贵妇们听到外面人声鼎沸，赶忙跑到阳台上来观看。只见这个骑毛驴的驼背矮人朝国王三鞠躬，然后扬手示意他要讲话，四周马上安静下来。

"陛下，"波利希内拉用他那沙哑的嗓门说道，"老爷们、夫人们、那不勒斯的公民们，我要告诉各位，如果陛下允许，我的这头驴子自告奋勇，准备给各位表演走钢丝绳。钢丝绳将架在离地51英尺的空中。在这场惊人的表演中，我波利希内拉将骑在驴背上。"

"好极了！好极了！"人群欢呼。

国王也说道："我对这场表演很感兴趣。我的驼背朋友，你什么时候表演？"

"陛下"，波利希内拉回答，"如果您命令您的总管给我提供必要的东西，今晚7点就可以表演。我需要的是：钢丝绳、固定钢丝绳的木柱、梯子，以及其他一些东西。"

"好吧！"国王马上下命令，"叫总管来！"

国王的总管名叫比高兰，他心肠狠毒，残暴无情，常常欺压老百姓，那不勒斯的人都痛恨他。不久前，他就无缘无故地说皮尔西踩了他的马，叫人把皮尔西毒打了一顿。

"比高兰总管，"国王说，"我命令你给这个驼背提供一切必需的东西，要是你玩忽职守，耽误了傍晚的盛会，我就把你吊死。要是波利希内拉吹牛，不能实现他的诺言，就吊死他。"

"陛下，我赞成。"波利希内拉说。

到了傍晚，王宫广场竖起了两根51英尺高的柱子，两柱之间拉了一条钢丝绳，旁边匆匆搭起了三座看台。国王和王室全体成员在看台上就座，广场上人山人海，桌子上、椅子上、马车上、屋顶上，到处都是人。

波利希内拉来了，人群发出欢呼，波利希内拉却不慌不忙，骑在他的小毛驴上，挥动着帽子，向四周的人们频频致意。他来到钢丝绳下，下了驴，沿着梯子轻快地爬到了柱子顶，站在那儿向人们挥帽致意。

"喂，我的朋友，"等得不耐烦的国王叫道，"你怎么老挥动帽子，没完没了？开始表演吧！"

"陛下，"波利希内拉在柱子顶回答，"我一切都准备好了。"

又过了一会儿，国王看见波利希内拉还是毫无动作，气愤地嚷："你还等什么！"

"陛下，请原谅，"波利希内拉谦卑地说，"我等驴子呢！"

"什么？驴子！"国王勃然大怒，"你是不是存心拿我开心？你不是答应过叫驴子走钢丝绳吗？"

"是的，陛下。"小驼背回答，"但是，得有人先把驴子牵到我这里来呀！我虽然是骑驴走钢丝绳的专家，但对怎样把驴子弄上梯子却一窍不通。陛下，我们讲好了，我只负责走钢丝，其余的事由您的总管负责，他保证提供一切必需的东西。我现在需要把驴子牵到我这里来。"

听完这番话，看台上哄然大笑，老百姓鼓掌喝彩。因为谁都希望看看比高兰总管出洋相，连国王本人也笑得讲不出话来。

"比高兰总管，听着，"国王揩干笑出的眼泪，说，"你设法满足波利希内拉的要求吧。"

"但是，陛下……"比高兰气得发狂。

"不许讨价还价！"国王打断他的话，"快把毛驴牵上去。"

比高兰总管没办法，只得把毛驴往梯子上赶。但毛驴根本不听他的话。

"吁！吁！上呀！"总管使劲拉着驴。

"呜——吭！呜——吭！"驴子拼命鸣叫。

"该死的畜生！"总管又叫起来，"你上不上？吁！吁！"

"呜——吭！呜——吭！"毛驴用前蹄死死顶住地面，一动也不动。

"你这畜生！"比高兰总管急了，抬起脚去踢毛驴。谁知这毛驴也不是好惹的，它的两条后腿突然往后一蹶，把总管掀翻在地，自己逃开了。

"好呀！好呀！"人群中发出一片欢呼，看台上的老爷太太们，也笑得前仰后合。

波利希内拉走下梯子，扶起比高兰总管。总管其实并没有受伤，却在那里哎哟哎哟乱叫，假装伤势严重。波利希内拉一个箭步跳到国王看台前，双膝跪下，请求宽恕。国王那天情绪很好，非常宽容，说：

"你这个小滑头！我饶恕你，但有一个条件。你知道，为了我女儿的婚事，我非常苦恼。你要运用你的才智，帮助我摆脱困境。"

关于国王在公主婚事上的烦恼，那不勒斯人都很清楚。事情的原委是这样的：几年前，那不勒斯受到土耳其军队的威胁，国王请求黑人国派兵援助。黑人国国王同意派兵，但提出了一个要求，就是那不勒斯公主成年后要嫁给他。当时情况紧急，国王被迫接受了这个条件。两国联军把土耳其人打得落花流水，使那不勒斯转危为安。如今，公主已经长大成人。就在波利希内拉表演的这一天，黑人国国王派来特使，到那不勒斯迎娶公主。这件婚事的确太不相称！公主容貌美丽、性格温柔、待人和气，而黑人国王则相貌丑陋、粗暴无礼、为人凶狠。这使国王大伤脑筋。

"这件婚事是我亲口答应的，我不能说话不算数，信誉要紧呀！"国王这么说着，站在一旁的公主直抹眼泪。

"陛下，"波利希内拉问，"难道协议上只记着您的许诺，黑人国国王什么义务也不承担吗？"

"唉！"国王说，"当时土耳其大军压境，我没办法，只得答应了黑人国国王的全部要求，而且答应置办全部嫁妆。我那位女婿为了取笑我，在协议中加上了一个荒谬的条款，作为礼物，他将送一双拖鞋给新娘。制拖鞋的材料由我们指定，只要在地球上找得到就行。"

"好极了！"波利希内拉叫道，"陛下，请让我同黑人国特使见面。我有办法对付他。"

国王将信将疑地点点头，马上召来了坐在旁边看台上的黑人国特使。

"特使先生，您是通情达理的，我相信您不会违背公主的意愿，强行把她带走。"驼背矮人说。

"我奉命行事，一定要把她带回去。"特使粗暴地回答。

"特使先生，您干嘛不做件好事呢？既能使我们国王和公主高兴，又不得罪您的主人。比如您回去对您的国王讲，公主突然变成了丑八怪，或者说她发疯了，国王就不会坚持娶公主了。"

"得了，得了，你同你的鸡胸驼背一齐滚开吧！"特使这样回答。

"看来，我们是谈不拢啦。"波利希内拉说，"好吧！按照协议，您是不是应该送给公主一双拖鞋？"

"是的，"特使答道，"只要她指定的材料是世界上有的。"

"要是您没法弄到这样的拖鞋，这桩婚事就算吹了。"

"当然！"特使回答，一面傲慢地笑着。

"那么，我告诉您，公主觉得，您的皮肤挺不错，用来作拖鞋再合适不过了。请您马上用这珍贵的材料，制作一双拖鞋吧。"

特使听完驼背矮人的话，一声没吭，带着他那五百名小黑人随从，拔腿就跑。一口气跑到海边，立即登船回国。

看到事情得到如此圆满的解决，国王高兴极了。立即答应波利希内拉的请求，让这驼背矮人做了自己的侍从，为他聘请了各门学科的教师，还让他的父母搬进御花园的一栋漂亮房子里住。波利希内拉知道，即使天生聪明，不努力学习，也会一事无成。他决心通过艰苦的学习，变得博学多才，使别人忘记自己生理上的缺陷。

然而，波利希内拉在王宫的日子过得并不安稳，因为他有一个强大而凶恶的敌人——总管比高兰老爷。他时时刁难波利希内拉，一有机会，就在国王面前说驼背矮人的坏话。

比高兰知道国王特别喜欢一只火红色的小鸟，那是孟加拉国王赠送的礼物。这只小鸟一到傍晚就开始唱歌，歌声优美动听。一天，比高兰拧断小鸟的脖子，将尸体扔到波利希内拉的床下。由于国王最宠爱的小鸟不见了，整个王宫折腾得天翻地覆。比高兰下令搜查所有侍从的卧室，在波利希内拉的床下找到了小鸟的尸体。国王听到这消息，大发雷霆，不由分说，立即命令比高兰抽波利希内拉50鞭子。驼背矮人为自己所受的不公正待遇十分气愤，对比高兰恨得咬牙切齿。

一天，比高兰参加国王举办的舞会。这位一贯以舞姿优美自居的老爷，跳得正起劲的时候，两条腿突然不听使唤了。原来他鞋底上被人偷偷涂了一种树脂，树脂摩擦发热之后，把老爷粘在地板上了。大家赶忙叫来四个强壮的仆人帮忙，费了九牛二虎之力才把他从地板上拉开。比高兰老爷十分狼狈，急得满头大汗。他从口袋里掏出一条手绢擦脸，大家又是一阵哄堂大笑，原来手绢上满是黑粉，总管老爷一下子变成黑面人了。比高兰照照镜子，他知道谁在捉弄自己，气得全身发抖。

不久，波利希内拉又注意到一件事，比高兰每天晚上都到御花园去，在花园尽头的凉棚底下，他蹲下身，用手挖什么东西。原来比高兰是个吝啬鬼，老担心别人偷他的金币，所以把钱袋埋在了凉棚底下。波利希内拉发现了这个秘密，就去找国王。

"有什么新闻吗？"国王见到波利希内拉，问道。

"陛下，"驼背矮人回答，"我发现您的总管同鸟一模一样，他身上长着羽毛，而且还会下蛋。"

"什么！"国王叫了起来，"你说比高兰总管会下蛋？"

"是的，陛下，"驼背矮人说，"我请您明天晚上同我一起去看看，您准会相信这是真的。"

第二天晚上，国王和波利希内拉悄悄走进御花园，在凉棚外的花木后面躲藏起来。不久，比高兰鬼鬼祟祟地钻进了凉棚，环视一下四周，然后蹲下身子。

国王低声对波利希内拉说："你的话完全对！我想他现在快下蛋了。他一定是闲得发慌，才想到干这种事哩！可是，他挖土干吗？"

"把蛋埋起来。"波利希内拉解释。

"真是不可思议。"国王说。

他俩说话时，比高兰站起身，轻手轻脚地离开了凉棚。等他走远，国王他们进了凉棚，点上一只灯笼。波利希内拉用手把土扒开，但他扒的不是比高兰埋钱的地方，而是稍稍靠边一点。

"老天呀！"怀着极大兴趣观看的国王突然惊叫起来，"一个蛋！两个！三个！四个！"他数着，一共是12个。

"我用我的王冠担保，"国王叫道，"这些蛋同火鸡蛋差不多。"国王当然是正确的，这些蛋本来就是驼背矮人当天上午在火鸡窝里掏的。

"好极了！"国王又说，"我把这些蛋带走，我知道怎么妥善处理。"说着，国王撩起袍子，用前襟兜了12个蛋，回到王宫。

那不勒斯有一所科学院，由12位著名学者组成，负责研究科学和艺术领域中的一切问题。国王当晚就召开科学院全体成员紧急会议，向院士们描述了他亲眼看见的奇特现象，随后，把12个蛋交给院士们，请他们研究。

他们立即搬来一个火炉，开始科学实验，将一个做成煮熟的溏心蛋，其余的煎成摊鸡蛋。三位德高望重的院士被指定进行品尝。

根据这些学识渊博的人士的意见，院长宣读了那不勒斯科学院的重要结论："比高兰老爷下的蛋虽然形似火鸡蛋，但滋味迥然不同，这种蛋具有菠萝芳香。这种现象值得进行更深入的研究。为了发展科学事业，遵照国王的旨意，特约比高兰老爷再下一窝蛋。这窝蛋将分成若干份，分送各国科学院，以便协同进行研究。"

由于事关重大，虽然已是深夜，一个由院士组成的代表团仍然出发前往比高兰府邸，向他宣布这个决定。被从美梦中叫醒的比高兰听到这个决定，气得发了狂，跳着脚挥动拳头大吼大叫。院士们看见总管老爷这么激动，信心开始动摇了，他们不得不承认，比高兰老爷身上一根羽毛也没有，关于蛋的故事、是波利希内拉一手制造的。

气急败坏的比高兰总管领着狼狈不堪的12位院士，求见国王，狠狠告了波利希内拉一状。国王想了一下，派人把驼背矮人叫来，对他说："我的朋友，我建议你到国外去旅行，这样可以扩大见识。"他以为这表明自己是一个善于处理问题的君主。

波利希内拉马上明白了，国王想把他撵走，但他不仅不感到难过，反而感到高兴。因为他早已发现，那不勒斯王宫不是他久呆的地方，他要外出去建立功业。当天晚上，他就告别了父母，搭乘一条西班牙帆船，离开了意大利。

帆船行驶在海上，一天，它与一艘土耳其海盗船遭遇了，船长和全体船员都惊慌失措，波利希内拉却镇定自若。他换上一套土耳其民族服装，划一只小艇，向相距一百多米的海盗船快速驶去。小艇靠拢海盗船，他就登上了甲板。

海盗们见来了一位同胞，非常高兴，但却闻到他身上发出一股臭不可闻的气味，个个都捂住鼻子。波利希内拉那身土耳其服装是用一种草药浸泡过的，它散发出的气味让人恶心。

波利希内拉被领到海盗头子面前，"您好，老爷"。驼背矮人对他讲土耳其话。

"这股味儿可真够呛！"海盗头子喃喃地说。

"没什么，"驼背矮人继续说，"我是土耳其人，我从那边西班牙人的船上逃出来，我希望你们赶快夺取那条船。"

"但是，"海盗头子打断他，"我的兄弟，你身上有股什么鬼味儿？"

"没什么，"波利希内拉说，"我从那船上逃了出来，我希望……"

"这种臭味真叫人受不了！"海盗头子嚷道，"年轻人，你在毒化空气！"

"没什么，"波利希内拉还是那句话，"这是鼠疫。西班牙水手都快死光了。你们要夺取这条船一点也不费事。"

"混蛋！"海盗头子吼起来，"我不要这条船，也不要你这个发瘟的驼子。滚，快给我滚！"他命令海盗们，"这个驼子得了鼠疫，快把他扔回小艇去！伙计们，扯满帆，快逃命呀！对面那条帆船有鼠疫！"

转眼之间，波利希内拉重新登上了西班牙帆船，他受到水手们的热烈欢迎。那海盗船已经掉转船头，不一会儿就在天边消失。波利希内拉和西班牙帆船不久就顺利地到达了法国马赛港。

波利希内拉在马赛上岸后，从一家客栈老板的手里买了一匹马，打算骑马到巴黎去。客找老板又向他推荐了一只乌黑油亮的猫作向导，大黑猫领着马着了魔似的飞跑，一直把波利希内拉引进一片阴暗的栗树林，跌进了强盗们的陷阱里。

波利希内拉爬起来一看，周围站着30名凶恶的大汉，火把把他们的脸孔照得清清楚楚。他们头戴插着羽毛的大毡帽，脚穿齐膝的长筒靴，全副武装，恶狠狠地盯着小驼背。

强盗头子隆福拉走近小驼背，这人右眼上贴着一块大膏药，又粗又长的鼻子向前伸着，像是耸立在炮架上的炮筒；鼻子尖端还长着一个显眼的瘤子，瘤子上有三根红毛，像羽翎一样一字排开，直指天空。

"波利希内拉老爷，"他说，"我们这帮人需要一个出谋划策的。我们久仰您的大名，所以我派遣大黑猫把您引到这里。我希望您留在这里，同我们干一番事业。不然，虽然我不愿意，但也不得不把您放进锅里活活煮死。"

"我有自知之明，先生们。"波利希内拉说，"我实在不值得你们煮，我衷心愿意为你们效劳。"

"好极了，一言为定！"隆福拉就带波利希内拉来到了他们住的洞穴。

这天夜里，强盗头子隆福拉带着十来名强盗，又去打家劫舍了，波利希内拉决定利用这个机会。

第二天清早，波利希内拉和强盗们在餐桌前大吃大喝，等到强盗们几杯酒下肚，有了几分醉意，波利希内拉就笑着说：

"伙伴们，这里的生活真是美极了，但是，尽管这里有吃有喝，我还是有点不满足。我多么留连那不勒斯王宫的生活。那时候，我们饭后常常玩一种游戏，既开心又帮助消化，那才有意思。"

"啊，什么游戏？"强盗们异口同声地问。

"那玩意儿叫飞车。"波利希内拉回答说，"玩的时候，每人坐在一辆小车里，顺着滑槽，从陡峭的斜坡笔直往下冲。那真有意思。"他停了一下，继续说，"喂，在我们昨天走过的斜坡上铺一条滑槽，就可以玩飞车了。"

"妙！好主意！"强盗们高兴得跳了起来，"这个驼子真有办法！伙伴们，动手干吧！波利希内拉，你也来帮忙。不出两小时，我们就可以玩上这种有趣的游戏了！"

强盗们马上动手干了起来，有的把木箱改成车子，装上车轮；有的七手八脚，在山的斜坡上装滑槽。不一会儿，一切都准备好了。20个强盗，每人一部车，20部车首尾相接，联成一列。

驼背矮人站在斜坡底下，他击掌三声，作为飞车出发的信号，20部车开始以飞快的速度沿着斜坡向下猛冲。当强盗们冲到斜坡中间时，他们哇哇乱叫起来，只见驼背矮人突然从背后抽出一根30英尺的烤肉铁钎，把锐利的钎尖对准冲下来的飞车，一辆车飞下，嚓！强盗从胸到背，被铁钎穿透。嚓！嚓！一个又一个，20个强盗都被穿在了铁钎上。

波利希内拉并不想等候强盗头子隆福拉回来，他在洞里找了辆大车，把铁扦连同令人吃惊的战利品放在车上，套上六匹马，驾车出了树林，走上大路。不到两个小时，他就到达了夏尔特城。

夏尔特城的居民都跑出来看我们的英雄。当人们得知驼背矮人一举歼灭了这么多强盗，无不拍手称快。因为他们以前被这伙强盗骚扰得好苦。

热情的市民簇拥着波利希内拉走进警察局，向警察局长报告这一喜讯。波利希内拉一走进警察局长的办公室，马上就愣住了，这个局长的鼻子同他昨天见到的强盗头子的鼻子一模一样。天底下绝不会再有这样一个鼻子，虽然局长同昨天的强盗头子不同，眼上没贴膏药，但波利希内拉还是马上断定：面前这个家伙胆大包天，既当警察局长，又做强盗头子。难怪在这位局长的领导下，夏尔特城的警察天天追捕强盗，却毫无成效。

尽管如此，波利希内拉还是立即恢复了镇静，假装什么也没有发现。局长对此十分高兴。他一面听驼背矮人讲述他逃出匪窟的经过，一面用手抚摩蹲在他身边乱叫的大黑猫。

听完波利希内拉的讲述，警察局长邀请他吃晚餐。波利希内拉有个小小的毛病，就是贪吃。看到桌上摆的丰盛的饭菜，就忍不住直流口水。所以，那顿饭他吃得太多、喝得太多，第二天清晨醒来时，发现自己被投进了监狱。

波利希内拉想，也许自己从此再看不见美丽的田野和灿烂的阳光了。他双手抱住头，陷入对往事的回忆之中。他想起了父母住过的那座掩映在柠檬树丛中的可爱小屋，想起了同父母告别时依依不舍的情景，想起了离别时他那头驴子凄楚悲凉的表情……

这时，牢房的铁门咯吱一声开了，局长带着狱卒和那只乌黑油亮的大猫走了进来，借助狱卒手中火把的微光，阴险的隆福拉向他的犯人宣读了判决书。判决书说，波利希内拉是强盗的同谋，被判处纹刑，在一小时内执行。读完，局长冷笑着走了出去。

波利希内拉满腔怒火，无法发泄。这时，他看见那只大黑猫正要窜出牢门，就猛地冲过去，使劲把门一关，猫尾巴被齐屁股斩断了。这条尾巴马上变成一条扭来绞去的绳子，末端是黄褐色的缨子，还散发着浓烈的硫磺味儿。

波利希内拉自言自语道："这大概就是魔鬼的尾巴吧！我从前在一本古书里读到过，魔鬼外出时就是把自己的尾巴当坐骑的。只要对尾巴讲一声要去的地方，尾巴就会立即把他带到那儿。我为什么不试试呢？"

他跨上尾巴，把缨子当作缰绳，对尾巴说："起！到巴黎！"

就在这时，局长来到牢房，后面跟着执刑的刽子手，他们站在门槛上眼睁睁地望着囚犯从烟囱飞了出去。局长鼻子上的三根红毛一下子变白了。

转眼间，波利希内拉到了巴黎。

后来，他在一个小剧场里演出木偶剧，给穷人和可爱的儿童带来欢乐。他在香榭丽舍定居下来，过着幸福、平静的生活。不过，他仍然小心地保管着那条魔鬼的尾巴。每天晚上演出结束后，他都要跨上这条尾巴，马上回到故乡那不勒斯，去看望他的父母。有时，他心血来潮，还会在那不勒斯的大剧院里露面，给观众讲些俏皮话。直到如今，意大利和法国的老百姓还非常喜欢看驼背矮人波利希内拉的演出。

扬·比比扬历险记

〔保加利亚〕埃林·彼林　原著

在高山脚下，大河边，有一座小城镇。镇上住着一个小男孩叫扬·比比扬。他很特别，比如他从来不肯梳头，头发脏得像晒干的蓬蒿，东倒西歪。他从不穿鞋子，他说他喜欢让他癞蛤蟆一样的10个脚趾头痛痛快快地在路上走。他膝盖上的皮肤又粗又硬，有时，他就用指甲在上面刻自己的名字。为此他很得意，因为在老远的地方就能看见他的名字。他长得矮而结实，不管穿什么衣服，不到一天就沾满了尘土和泥浆，不是这儿绽了线，就是那儿破了洞。他的父母更可怜，费尽心血想让儿子走上正道，可所有的办法都不管用，最后只好随他去了。从此，扬·比比扬就不去上学，整天游手好闲，调皮捣蛋。他会想出许多点子来摆脱寂寞无聊，不是向狗扔石头，就是把别的小孩儿的帽子扔掉，或者把马惊得直叫。他的点子都是讨厌的坏点子，可是扬·比比扬却开心极了。

有一天，扬·比比扬像往常一样在郊外漫无目的地游荡。这是一个风和日丽的春天，可是他感到很泄气，因为今天他一件恶作剧的事也没做成。忽然，从他的脚下游出一条绿色的大蝎虎，扬·比比扬的眼睛一下子亮了。他悄悄地跟着那绿色的家伙，决心活捉它。他向蝎虎慢慢地爬去。不想，蝎虎发现了他，扭动着灵活的身躯，一下子就躲进大石头下面的一个深洞里去了。"嘘！"扬·比比扬失望地吹了一声口哨。

突然，从洞里蹦出一个小人来，一边蹦一边说："喂，小孩！你叫我干什么？我是长角的魔鬼，我的名字叫'嘘'。"扬·比比扬十分惊奇，他不认识这个小怪人。小魔鬼又问："你叫什么名字？"扬·比比扬告诉了小魔鬼。小魔鬼说："很好，我父亲老魔鬼嘘嘘卡把我赶了出来，因为我整整一个月没做一件坏事。你愿意和我交朋友吗？"扬·比比扬一口答应了，还说："我父亲也不要我了，因为我专做坏事。"两个人高兴地抱在了一起。

有小魔鬼阿嘘做伴，扬·比比扬根本不想回家。白天他们一起出外捣蛋，晚上就在郊外废弃的磨房里过夜。这一天，扬·比比扬和阿嘘手拉手快乐地走着。突然，扬·比比扬对阿嘘说："你看箍桶匠的驴子在吃草，你想不想把驴子牵来玩一玩？"阿嘘眼睛一亮，说："太想了，我还从没骑过驴子呢！"他们都骑上驴背，强迫驴子在草地上奔跑，使劲折磨驴子。老箍桶匠突然出现在他们面前，他用一根枣木棒子揍扬·比比扬的屁股。

扬·比比扬和小魔鬼决定要向箍桶匠报仇，去偷他的母鸡。他们来到镇上，等灯光熄灭，扬·比比扬像狐狸一样，小心翼翼地爬进箍桶匠的鸡棚，当他们装满了一麻袋母鸡时，鸡叫声把箍桶匠惊醒了。阿嘘急忙躲了起来，扬·比比扬刚从鸡棚里爬出来，一只粗壮有力的手，像老虎钳一样钳住他的脖子。阿嘘一阵风似的消失在黑暗中，扬·比比扬吓得大喊大叫，箍桶匠温厚地说："别喊，我的孩子，我不会伤害你，我要你走正道。"

箍桶匠把扬·比比扬装进一只木桶，然后把桶盖盖好，拿起锤子把桶钉死，然后把桶滚到河里。扬·比比扬在桶里哀求，叫喊，喊阿嘘，喊爸爸，喊妈妈，木桶不停地漂啊漂，只有溅起的浪花回答他。

这时正有三个寻宝人在河边徘徊，他们听说飞机上掉下一只装满金银珠宝的小木桶。东方刚刚发白，一个老头儿被一阵奇怪的声音惊醒了，他发现河面上漂着一个大木桶。他们高兴得发了疯，连衣服也没脱就跳下河去，把木桶拖到岸上。随着斧子猛烈的敲击，桶盖给砸飞了，扬·比比扬探出头来，挺身从木桶里跳出来。寻宝人惊叫一声"僵尸鬼!"拔腿就跑。

阿嘘又来了，他说："是我救你的，是我指点寻宝人寻木桶的。"扬·比比扬深受感动，抱住小魔鬼吻了一下，从此和阿嘘形影不离。

扬·比比扬每天晚上总要偷偷回家，在门口放一只大圆面包。老嘘嘘卡拍拍儿子肩膀说："必须把他那个发善心的脑袋换成别的。"

在郊外住着一个做陶器的老大爷，他刚捏好一个泥人，取名叫卡尔乔。正好阿嘘和扬·比比扬到这边的草地上玩，扬·比比扬看到泥人和他一样高，而且神气十足，不禁起了反感，就开始折磨起泥孩子，拧一把，一掰下一块黏土，还用手指去捅泥孩子的肋骨，想挖出心脏。阿嘘在一旁笑得前仰后合。泥人卡尔乔疼得发了火，阿嘘和扬·比比扬害怕了撒腿就跑，卡尔乔拧下自己的泥巴脑袋，朝扬·比比扬扔去。扬·比比扬的脑袋被打飞了，老魔鬼嘘嘘卡趁机捡起泥人的头，一下子按在扬·比比扬的脖子上。

扬·比比扬跑了好长一段路，才感到脑袋变得特别沉重。他弯下身子向水洼里一看，天哪! 卡尔乔的泥巴脑袋长在了自己的肩膀上了。扬·比比扬哭了起来："我的脑袋呢?"扬·比比扬恳求阿嘘帮他找回他自己的脑袋。

小魔鬼阿嘘搂着眼睛里流出泥水来的朋友，安慰他说："你换了这个脑袋，会感到很舒服。它不会胡思乱想，我们的日子会过得很平安，很愉快。泥巴做的脑袋不会有痛苦，因为里面没有脑子。你应该高兴，从此以后就不会蓬头散发了，每次打架也不会留下伤痕了。"扬·比比扬的泥巴脸上露出了笑容。

几天以后，扬·比比扬对自己的新脑袋已经习惯了: 泥巴脑袋的确不错，可以无忧无虑地混日子，没有怜悯，也没有恐惧，他已变得麻木不仁，眼神呆滞，没有一点儿思想，每天毫无怨言地遵照阿嘘的旨意办事。

扬·比比扬已经对自己的新脑袋习惯了。

有一天，小魔鬼阿嘘说："一块去走走，扬·比比扬。"他们走过田野，越过峡谷，小魔鬼跑得轻快。扬·比比扬拼命想赶上它，可是泥巴脑袋太重了，可怜的孩子累得筋疲力尽。阿嘘唆使扬·比比扬吸烟，扬·比比扬吸过烟就昏昏沉沉地倒在地上。忽然，他发现自己正骑在阿嘘的脖子上，腾空飞行。他们越飞越高，扬·比比扬感到天上的乌云从身边掠过，耳畔响着呼呼的风声。不知过了多少时间，扬·比比扬发现他们正在朝一个无底洞飞去，他惊慌地问："我们去哪儿？"

阿嘘说："扬·比比扬，你到了我们的王国了，向过去告别吧，你要服从我们的命令！"无底洞里亮着可怕的青光，像恶魔冷酷的眼睛。这里还有一种可怕的声音，似乎是几十条毒蛇发出的咝咝声。扬·比比扬害怕极了，要阿嘘带他回去。小魔鬼不肯听他的话，继续往洞里飞。扬·比比扬心里充满了愤怒和仇恨，在他的泥脑袋里第一次浮现出慈爱的母亲和善良的父亲的面容。"要满怀希望，振作精神。"扬·比比扬想起了这句话，于是抓住小魔鬼阿嘘的尾巴，像拔草一样，把魔鬼的尾巴拔了下来，用尾巴使劲抽打阿嘘的脑袋。

小魔鬼受不了尾巴的抽打，嚎叫着把扬·比比扬从背上甩了下来。终于，扬·比比扬落到了一个大厅里。这里的天花板和四面墙壁全都是用黑色的镜子砌成的。扬·比比扬手里紧紧抓着小魔鬼的尾巴，在大厅里徘徊，孤零零地像是一只落进黑盒子里的小甲虫。他看到墙面的镜子里有一张可怕的僵死的丑脸在盯着他，不由得不寒而栗。扬·比比扬试着摇了摇头，那张僵死的丑脸也学他的样摇了摇头。"这是我的新脑袋呀！"想到原来的脑袋上闪着水灵灵的眼珠和红艳艳的嘴唇，洁白的牙齿……可怜的孩子伤心地哭泣起来。"还我活泼漂亮的脑袋……"扬·比比扬大叫着。

扬·比比扬从一面镜子跑到另一面镜子，每一面镜子里自己的脑袋都不一样：一会儿是驴头；一会儿是狗头；一会儿又变成了猫头、猴头；一会儿又是狐狸头、蛤蟆头、蛇头……扬·比比扬绝望地用小魔鬼的尾巴抽打镜子，玻璃被打得粉碎，但过一会儿又恢复了原先的模样。

可怜的扬·比比扬终于筋疲力尽，倒在地上睡着了。他做了一个奇怪的梦，梦见自己走进了一条浊浪翻滚的河流，狂涛把他在两岸之间来回扔着。他喊着："救命！"但是，没有人来救他。河面越来越宽，浪涛越来越高，他的身体被石头撞得痛极了……惊涛骇浪带着他在河流上奔驰，他忽然看到镇上的小朋友拿着书本，沿着开满鲜花的草地去上学。他们多幸福啊！忽然他又看到勤劳的庄稼人，他们唱着歌，拉着犁翻耕土地，他们多么自豪！远处是一座阳光普照的小村庄。啊，那不是母亲吗？妈妈轻轻地呼唤着："扬·比比扬……我的好儿子……""妈妈！"扬·比比扬绝望地喊着，向妈妈伸出双手，可是，妈妈的身影消失了。从高山上下来一个人，头发苍白，泪水已经在他凹陷的眼窝里干涸了。扬·比比扬认出那是自己的爸爸，大声呼喊着"爸爸——"可是爸爸的身影也消失了，河水咆哮着继续向前奔流而去。

突然，扬·比比扬看见了制陶老人的作坊和泥孩子卡尔乔。"还我脑袋！"扬·比比扬向泥孩子扑过去。"泥巴脑袋对你很合适，"他原来的脑袋笑着对他说，"而我长在卡尔乔的脖子上也很合适……"扬·比比扬大叫着"把脑袋还给我！"终于，扬·比比扬被自己的喊声惊醒了过来。

醒来后，扬·比比扬在大厅里徘徊了很久，他想赶快离开这里。可是，周围却是死一般的寂静，叫人害怕。他渴极了，他找不到出口，他哭了。泪水不停地往下淌……突然，他发现自己的泪水在地板上汇成了一条小溪，小溪弯弯曲曲地画出了一排字："勇敢地跟着我们！"扬·比比扬跟着溪水走，一直走到墙壁挡住了去路。他发现黑墙上映出一个门的轮廓。他用力一推，门开了，面前是一片荒漠，荒漠的四边都是门，红的、绿的、蓝的……数也数不清，每扇门上都写着斗大的字。他刚走出的那扇门上面，写着"伟大的魔法师"六个字。

在旁边的一扇黑门上则写着"魔鬼王国。"

扬·比比扬暗暗庆幸自己没有走进魔鬼王国。扬·比比扬正想往前走，突然听见魔鬼王国里有声音，好奇心诱使他走到黑门跟前，听见里面在拷打小魔鬼阿嘘，只听有一个人用恶狠狠的声音说道："小傻瓜，你可要知道，只要我们的尾巴被人抓在手里，我们就无法在人间造恶了。"

另一个声音回答道："我一定要把尾巴骗回来，我去找扬，比比扬。"

扬·比比扬听出来了，后一个声音是小魔鬼阿嘘的。扬·比比扬屏住呼吸，心怦怦直跳，他非常高兴，因为小魔鬼的尾巴已经抓在自己手里了，他不能再加害于人了。应该好好保护小魔鬼的尾巴，就像保护自己的眼珠一样。他暗下决心，低头向自己手里看去。可是，尾巴不见了。他急忙回头，向黑镜子大厅奔去。他想，一定是丢在那儿了。

黑镜子大厅仍然是一片昏黑，没有一点儿生命的气息。突然，扬·比比扬看到一个老头儿出现在那里，怪模怪样的，雪白的胡子一直拖到地上，身上穿着宽大的长袍，手里拿着一本大书，大书的封面上写着"生活教科书。"神秘老头正想从地上拾起阿嘘的尾巴，扬·比比扬赶紧冲上去，推开老头，用身体把小魔鬼的尾巴压住。他打定主意，死也不能把尾巴交出去。

老头儿被吓了一跳，把书丢在地上，就消失了。扬·比比扬站起身来，为了不再丢掉阿嘘的尾巴，他把尾巴藏在衬衣里面。

扬·比比扬这时又饿又渴，他看到大书的封面上，写着：我——生活教科书。下面还有两行字：读了我——就不会渴；读了我——就不会饿。他小心翼翼地绕着大书走了几圈，然后翻开书读起来。原来，书中的字母都是用小矮人拼成的，书中是一个一个故事，说的是远古时代人类是怎样生活的，人类是怎样与自然界斗争的，人类为了更美好的生活是怎样不倦地从事劳动的……扬·比比扬读着读着，忘记了疲劳，却有点饿了。字母

A和B就从纸上跳下来，给他弄了好些吃的.

扬·比比扬读了很久。他从书本里汲取了很多知识，懂得了一个人在生活中，无论犯了什么错误，都可以改正。扬·比比扬下定决心，无论如何要冲破牢笼，找到自己的脑袋，回到家里。当他把书翻到最后一页，书本消失了，他看到镜子里的自己足足长高了10厘米。知识振作了他的精神，使他心里充满了希望。扬·比比扬高兴地大声唱起了歌，他的歌声响彻大厅，把四周的黑镜子震得四分五裂，大厅里射进了亮光。

小矮人惊慌失措地跑出来，跪在地上央求他别唱了。扬·比比扬挥动小魔鬼的尾巴，说道："带我到大魔法师那儿去！"

小矮人回答说："我们和大魔法师米里莱莱老爷是最怕魔鬼尾巴的了，请你扔掉它吧！我们会带你去找米里莱莱的。"

扬·比比扬当然不会扔掉魔鬼的尾巴的，因为他知道，只有魔鬼的尾巴才能制服他们。小矮人无奈，只好领扬·比比扬走出大厅，来到一片美丽的绿色森林前。森林里，冒着一股浓烟。扬·比比扬看到，在大厅里丢掉大书逃走的白胡子老头正在忙着，他就是大魔法师米里莱莱。在米里莱莱的身边的火堆上面，挂着一只瓦罐，从瓦罐里冒出难闻的气味和五彩缤纷的蒸气。

"喂，你这该死的老头，让我从这出去！"扬·比比扬大声喊道，他一点儿也不害怕。

米里莱莱一站起来，他的身体变得又高又大。老头伸出长长的手臂，对扬·比比扬吼道："扬·比比扬，你这胆大妄为的小鬼！你是我的俘虏，我要把你丢进瓦罐，把你化成一团蒸气！"

扬·比比扬往旁边一躲，赶紧从怀里掏出魔鬼的尾巴，向魔法师挥了挥。顿时，米里莱莱的身体慢慢缩小了，一直缩到和扬·比比扬一般高。魔法师吓得脸色发白，直发抖。他对扬·比比扬说："开开恩吧！开开恩吧！只要你收起尾巴，你马上就可以得到自由。"

扬·比比扬收起尾巴，米里莱莱命令小矮人们扛来一架很长很长的梯子，梯子的顶端直插云霄。米里莱莱说："你顺着梯子爬上去，就可以回到人间。"

扬·比比扬立即像猫似的爬上梯子。突然，梯子剧烈地摇晃起来，他支撑不住掉了下来，一下子失去了知觉。当扬·比比扬醒来时，他发现自己在汪洋大海里的一艘白船上。巨浪一会儿把白船像木片一样抛上抛下，一会儿又像洪水暴涨一样淹没了甲板。扬·比比扬全身湿透了。他看到不远处有一艘红船，大魔法师坐在甲板上一张安乐椅里，得意地举着望远镜，往这边看。扬·比比扬举起魔鬼的尾巴，对着红船一挥，大魔法师立刻丢掉手里的望远镜，从安乐椅上滚到了甲板上。他呻吟着说："饶恕我吧，扬·比比扬，求你把魔鬼尾巴收起来，我这就把你送到岸上去。"

大魔法师走近船舷，对着波浪用手势施了魔法，两艘船就沿着平静的湖面向岸边驶去。船靠岸以后，扬·比比扬跳上红船的甲板，甲板上站着吓得发抖的大魔法师，围着他的小矮人们也在不停地哆嗦。扬·比比扬用魔鬼尾巴敲了一下船舷说："大家都上岸去！"

他们上了岸，不多久，来到一片无边无际、死气沉沉的森林。这里的树和草全是铁的，甚至脚下的路，也铺满了铁沙。原来，他们来到了铁森林。最可怕的是，在铁的大树上，还蹲着许多铁鸟，它们笨重的身体压弯了树枝，这些鸟不叫也不动，只有眼睛忧郁地转动着。扬·比比扬仿佛在梦里，迷迷糊糊地跟着大魔法师走。这时，森林里出现了一座铁的宫殿。魔法师沿着台阶走向又大又厚的铁门。门自动打开了，魔法师快步走进宫殿，随后只听见轰隆一声，门关上了，扬·比比扬一个人留在了外面。

扬·比比扬知道自己又受骗了，于是他用小魔鬼的尾巴向铁门抽去，吱呀一声、铁门打开了。他跑进宫殿，看到一条巨蟒蜷成环状缩在地上。巨蟒在地板上打了一个滚，变成了魔法师米里莱莱。米里莱莱说："扬·比比扬，把魔鬼的尾巴交给我，我给你自由，不然你永远回不到人间。"

扬·比比扬没有理会米里莱莱，用尾巴抽打起来。米里莱莱哀求说："不要打我，不要打我！要不我就把你永远关在这里。我要把你变成一只铁鸟，锁在宫墙外的铁树上。"说着，米里莱莱逃走了。铁门砰地一声在他后面关上了。扬·比比扬听到米里莱莱在召唤小矮人，他走到宫殿门口，从锁孔里看到了里面的一切。他看到，有许多小奴仆簇拥着魔法师。有一个总管模样的小矮人毕恭毕敬地站在魔法师面前，他头上插着一支很长的羽毛，羽毛上有三只向四面八方转动着的眼睛。

"柳——柳！"米里莱莱吩咐总管说，"你有三只旋转的眼睛，你的眼力比大家强三倍，我的全部秘密你都知道。我命令你把扬·比比扬抓住，把他丢进铁水里，让他变成一只铁鸟，永远地把他锁在树枝上。"

"我用花香使他昏迷不醒，"柳柳说，"然后夺下他手中的尾巴，把他抛进铁水。"

扬·比比扬马上离开大门。过了一会儿，柳柳出现在他面前，十分礼貌地向扬·比比扬鞠了一躬，并且献上一束非常美丽的鲜花，说："米里莱莱谨向你献上这束鲜花，请你闻一闻它，就表示彼此和解了。"扬·比比扬接过花束抛在地上，一把抓住柳柳，挥动起魔鬼的尾巴，柳柳吓得浑身发抖，拼命挣扎。但是，扬·比比扬紧紧抓住他的衣领不放，说道："不许反抗，不然我就掐死你！"他决心从这个总管嘴里掏出米里莱莱的全部秘密。

小矮人总管开始时不肯说，但经受不住魔鬼尾巴的抽打，终于把米里莱莱的全部秘密都告诉了扬·比比扬。他说："是这样的，魔法师有三个老婆，她们要侍候他，给他唱歌，逗他开心，当米里莱莱不用她们侍候时，他还可以把她们变成自己脸上的三根胡须，铁的、金的和银的。铁的是最凶最丑的；金胡须的比铁胡须的好些，但她专吃人的眼睛；银的是最善良的，她喜欢唱歌，如果她喜欢听你唱歌，她就会救你，否则就会把你变成乌鸦。你一定要拔下这三根胡须。你在拔胡须时，千万不要把它们拉断，否则你就会变成一条蚯蚓。你快去找米里莱莱吧，他正在睡觉，他只要一看见魔鬼尾巴，就会身染重病，卧床不起。"

扬·比比扬放走了矮人总管柳柳，用尾巴抽打开铁门，又穿过一间又一间房屋，终于看到一个洞穴，米里莱莱正躲在洞穴深处。扬·比比扬向大魔法师扑过去，抓住了他的大胡子。米里莱莱醒了过来，跪在地上哀求留下他的银胡须，他保证将扬·比比扬送回人间。扬·比比扬知道这又是米里莱莱的花招，便毫不犹豫地拔下了铁胡须、金胡须和银胡须。"现在你可以滚回宫里去了。"他对米里莱莱命令道。米里莱莱慌忙走开了。

扬·比比扬先给铁胡须打了一个结，在他面前立刻出现了一个肥胖的、丑陋的，长着一双绿眼睛的妖婆。她对准扬·比比扬的喉咙，伸出瘦骨嶙峋的手。扬·比比扬高高举起阿嘘的尾巴，妖婆被吓得缩成一团，向后倒退了几步。扬·比比扬马上又把金胡须打一个结，在他面前，出现了一个身材苗条，目光妖媚的女人。她用温和的语调说："我专吃人的眼睛，把你的眼珠给我，我就帮助你。"

扬·比比扬伤心地说："我自己的脑袋丢了，这是泥巴做的，我的眼睛一点儿都不好吃。"扬·比比扬说着，急忙给银胡须打了个结，于是在他面前出现了一个非常美丽的女人。水灵灵的眼睛像蔚蓝色的天空，双颊仿佛两朵玫瑰色的彩云。她带着惊讶的神情看了扬·比比扬一眼，"啊！"她轻轻叫了一声。她的声音像唱歌一样，又迷人又动听。

一旦三个女人在一起出现，立即爆发了一场混战，胖妖婆和瘦妖婆一起扯住善良的美人的衣裙，揪她的头发。美人向扬·比比扬大声呼救。扬·比比扬一边挥动着魔鬼的尾巴，一边冲过去救那个善良、美丽的女人。另外两个女妖吓得赶快逃走了。美人柔声地说："谢谢你，扬·比比扬！你救了我，你提出来要什么，我就可以赏你什么。"

扬·比比扬要求美人帮助自己返回人间，他说：

"美人，请你帮助我返回人间。"

美人说："如果你的歌声使我喜欢，我就帮助你。"

扬·比比扬觉得有一种奇妙的力量充满在他的内心，他放开歌喉唱了起来。在他温暖的心田里涌上的第一声歌声，就是他对高山脚下故乡小镇的怀念，对辽阔的田野和草原的怀念，对滋润着土地的小河的怀念。可最使他怀念的还是亲爱的母亲，那忧郁的眼睛，那勤劳的双手。还有终年辛劳的父亲和他善良的教诲……男孩子的歌，唱了一支又一支。美人的蓝眼睛里，慢慢地装满了克制不住的泪水。她叹了一口气，笑了一笑，森林以及小鸟都活跃起来。美人走到扬·比比扬跟前，吻了吻他的前额，说："你的歌声温暖了我的心，唤起了我对自由的渴望，我一定要帮助你。你到前面大峭壁下的活水泉边等我，我马上就来带你走。你有希望了，但你还是要小心。"

扬·比比扬一直朝前走去，不久，就看见了一座长满青苔的大峭壁。在峭壁的脚下，有一股清澈见底的泉水，旁边是鲜花盛开的草地。扬·比比扬坐在活水泉旁边的石头上，心急如焚地等待着美人的到来。

突然，有一个影子在离他不远的地方一闪。原来，是米里莱莱的第一个妻子来了。扬·比比扬等她走到眼前，就从活水泉中舀了一勺神水，泼到女妖脸上。女妖立即变成了一只癞蛤蟆，咯咯咯地跳到泥塘里。男孩子追上去，踢了它一脚，癞蛤蟆撞到石头上，顿时皮开肉裂，那臭液溅到的地方长出了毒草。

魔法师的第二个妻子这时从森林里走出来，她手里拿着一张网。扬·比比扬等女妖走近，又从活水泉里舀起一勺神水，向女妖脸上泼去。霎时，女妖变成了一条凶恶的蝮蛇。扬·比比扬用一块大石头向毒蛇砸去，砸碎的蛇头里喷出黄色的毒液，溅到地上长出一片毒蘑菇。

这时，从远方传来欢乐的歌声，一个穿着白衣裙的美丽少女站在扬·比比扬面前。她淡褐色的辫子一直垂到地上，头上缀着白玫瑰扎成的花环，手里拿着一束鲜红的野天竺葵。她把花束浸到神水里，然后把水洒向四周。锁在树枝上的铁鸟，都变成了男孩和女孩。他们欢呼着，高唱着。阳光灿烂，整个森林充满了勃勃生机。

美人从宽大的袖子里拿出一只瓶子，装满了神水。扬·比比扬同所有的男孩、女孩一起，跟着美丽的少女去找米里莱莱。经过了一道又一道墙，走过了一扇又一扇门，他们终于看见了大魔法师。米里莱莱刚想作法，可是他失去了宝贝的三根胡须，就再也不能作法了。少女把神水洒向米里莱莱，大魔法师立刻变成一个盛葡萄酒的皮囊。扬·比比扬向它一脚踢去，皮囊砰地一声崩裂了，从里面流出带着酒味的黄水。

森林里响起了愉快的欢呼声："米里莱莱死了！""大魔法师完蛋了！"

少女回头对扬·比比扬激动地说："我们得救了！"

在他们前面，是一条笔直的、风景如画的大道。大道两旁列队站着无数的小矮人，他们哭着向少女求救。少女将神水向他们洒去，小矮人们立刻恢复了本来的面目。原来，它们是一群工蚁，向四面八方的森林爬散开，回它们的蚁穴去了。

扬·比比扬和少女来到一条宽广的河边，少女登上船头，和扬·比比扬依依惜别。原来她是一位船长的女儿，在一个雷雨之夜，被米里莱莱抢去当了第三个妻子。现在，她要去寻找她的父亲了。

太阳西斜，天色渐暗，虽然夜幕降临，透出一阵阵寒气，扬·比比扬心里很温暖。

突然，扬·比比扬看到前面有一条黑影一闪，他走近一看，原来是阿嘘坐在路边的石头上。小魔鬼阿嘘又瘦又弱，衣衫褴褛，好像是从垃圾堆里捡来的一件破衣衫。阿嘘对扬·比比扬说："自从你拔去了我的尾巴，没有哪一个小鬼比我更不幸了。按魔鬼法庭的判决，我被放到火上去烤，放在铁锅里熬，用铁叉刺……我没有了尾巴既不能隐身，又不能飞，只好变成乞丐。"

扬·比比扬答应阿嘘，等自己找回脑袋，就把尾巴还给他。他们又来到了镇外的林中草地，看到卡尔乔正在河里洗澡。从前蓬头垢面的脑袋，现在变得整齐清洁了，和善的眼睛流露出宁静的目光。扬·比比扬跳进河里，抱住卡尔乔。突然，他们俩的脑袋都从脖子上掉了下来，阿嘘很快把两个脑袋对换了一下。这时，小魔鬼的尾巴已经安好，不然他就不能用魔法。只是还有一根尾巴毛在扬·比比扬的手里。扬·比比扬终于找回了自己的脑袋，可是泥孩子卡尔乔因为泡在水里的时间太长，有些瘫软了。扬·比比扬便拿起少女临分别时送给他的花束，在卡尔乔的身上挥了几下。花束上面还留着几滴神水，当神水落在卡尔乔身上时，泥孩子立即有了生命，成了一个真正的男孩。

扬·比比扬把尾巴毛还给阿嘘，并且对他说："阿嘘，你可以走了。我们各走各的路吧。现在我懂得了什么是邪恶，如果你再想引诱我，注定是要失败，你将又一次失去尾巴。"阿嘘接过尾巴毛，很快消失了。

扬·比比扬太幸福了，他找回了自己的脑袋，又可以重新做人了。他的眼前是一个崭新的世界，他经历了一次善与恶的考验。他现在唯一的心愿是赶快回到自己的家乡。

扬·比比扬和卡尔乔一起，向山脚下的家乡小镇走去。

（赵大军　缩写）

龙 子 太 郎

〔日本〕松谷美代子　原著

在连绵不断的险峻山岭之中，有一个贫穷的小村庄。村里有一位姥姥和一个叫太郎的男孩儿。太郎的左腋和右腋下，分别长着三个鳞状的痣。村里的孩子们都说，太郎是龙的儿子，这样一来，太郎就被人们叫成了龙子太郎。

龙子太郎是一个懒蛋子，每天都带着姥姥给他做的30个稗子米饭团儿上山去玩。如果兔子和老鼠在身边，就和他们一起吃。相反，姥姥为了不让太郎挨饿，就得拼命干活。

有一天，龙子太郎照例在山上躺着。忽然，一阵微弱的笛声随风飘了过来。龙子太郎站了起来，兔子和老鼠也在竖着耳朵听。不一会，出现了一个像草莓果那样可爱的小女孩，她叫阿娅，住在河上游的村子。从这天起，他们成了好朋友。两人每夫都在山上碰面，阿娅吹笛子，龙子太郎和野兽摔跤，动物们也很喜欢听阿娅吹笛子。笛声一响，兔子、老鼠、野猪妈妈和孩子们，最先跑来，接下来的是狐狸、熊等。龙子太郎总是把自己带的饭团子分给大家，大家吃得很高兴。

有一天，一个红鬼提着一面小鼓大摇大摆地在山里走着。一边打鼓一边喊："我是爱打鼓的红鬼，打鼓要赛过吃白米饭哟！这会儿黑鬼大王可管不着我了，他吃了鸡正在睡午觉呢。"他走到一块石头上，敲起鼓来。可是，究竟怎么回事啊？四周一片寂静。要是往常，野兽们可是高兴地聚集过来的。红鬼勃然大怒，到处翻石头。挖泥土，终于抓住了一只小老鼠。"对不起，我耳朵里面长了个疖子，请您别让我听鼓吧。"老鼠唧唧地说。"耳朵有瘤那没办法，那么，狐狸是怎么回事？""他说他耳朵的中间疼。"老鼠答道。至于兔子嘛，是耳朵外边疼。红鬼气得乱喊乱叫，东找西翻，山上仍然寂静无声。红鬼累得一屁股坐在地上，直想哭。

突然，红鬼听到一阵优美的笛声。他扶着杉树，向山下望去。山谷里，阿娅、龙子太郎和动物们正在欢乐地玩耍。"岂有此理！"红鬼气极了，"我去把那个小姑娘抢来，让她从早到晚给我吹笛子。龙子太郎，到时候你可别哭！"

龙子太郎一点也不知道红鬼的坏主意。他从山上下来，一进门就大声喊叫："姥姥，姥姥！饭团子30个不够，给我做一百个。"回答他的却是姥姥的呻吟声。姥姥从山坡上摔下来了。

"虽然腰摔得很疼，可神志很清醒。不过，我已经上了岁数，说不准什么时候会突然死去。在这之前，我得把这件事先告诉你。"姥姥用哀伤的声音说，"是你爸和你妈的事，还有取名叫龙子太郎的事。"

"您不是说爸和妈都是人吗？"

"嗯，你爸是个樵夫，在你出生以前就死在山里了。不过，你妈也许还活着。"

姥姥慢慢讲起了下面的事情。

龙子太郎的妈妈叫阿辰，是姥姥的独生女，阿辰的丈夫死的时候，阿辰的肚子里已经有了小孩。有一天，阿辰上山干活。可是，突然群山摇撼，大雨倾盆。村民们连滚带爬地跑回了家，唯独不见阿辰。村民们说，阿辰留下来做饭，一阵雷雨过后，做饭的地方出现了一个池沼，阿辰却不见了。姥姥抽出一根燃烧着的柴棍，找到了那个池沼，喊道：
"阿辰啊！你还活着吗？你要是活着，就答应一声吧！"只见水面出现了
一条可怕的龙。"妈妈，"龙满眼含泪说："我因为某种缘故，变成了这
个样子。我唯一放心不下的就是我肚子里的孩子。妈妈，我生下他时，
请您抚养他吧。"姥姥被震惊得瘫坐在那里。龙悲哀地沉入了水底，再
也没有露面。

　　几个月过去了。有一天，姥姥下河去洗菜。她总是想着阿辰的事，因
为已经到了阿辰该生孩子的时候了。姥姥一边掉着眼泪，一边洗着菜。这
时她发现一个奇怪的东西晃晃悠悠从河上游漂了过来。那是用树枝编成的
鸟巢似的东西，上面放着一个东西。于是，姥姥唱道：

　　　要是我家的宝贝就过来，
　　　要是他家的宝贝就走开。

　　一唱完，那个怪东西就晃晃悠悠地飘到姥姥的身边来了。一个可爱的
婴儿裹在短褂子里，嘴里吮吸着一个水晶球似的东西。姥姥认出那个短褂
子是阿辰的，就抱起婴儿，哭了起来。婴儿的腋下长着鳞状的痣，这是个
很漂亮的男孩儿。他就是龙子太郎。

　　姥姥一边说一边流着泪。虽说拣回了龙子太郎，可是如何抚养才好
呢？姥姥很是发愁。不过，龙子太郎不用姥姥担心，他吮吸着手里拿着的
水晶一样的球，很快就长大了。

　　过了半年，那球没有了。姥姥煮了小米粥喂他，可他怎么也不肯吃。
没办法，姥姥抱着啼哭的龙子太郎朝山里的池沼走去。

　　到了池沼，姥姥喊道："阿辰！你出来一下吧。那个球没有了，龙子
太郎一个劲儿地哭，什么东西也喂不进去呀！"

　　于是，池沼哗哗地泛起波浪，出现了一条龙，它两眼闭着，成了瞎

子。

"妈妈。"变成龙的阿辰悲伤地喊道。"给您添麻烦了，实在对不起。我这儿还有一个球儿，球用完了，也就到了断奶的时候。拜托了。"龙这样说完，就摸索着让龙子太郎握住了一个透明的球儿。龙子太郎一下子不哭了，露出了笑容。

"可是阿辰哪！你的眼睛怎么瞎了呢？这个球儿莫非是……"姥姥喊道。可是龙已经消失了，龙子太郎吮着球儿天真地笑着。

在龙子太郎3岁的一个夏天，下了一整天的暴雨，在一阵天崩地裂般的电闪雷鸣中，姥姥看见一条龙飘在空中说："妈妈，我到遥远的北方的湖泊里去了，龙子太郎就托付给您了。"

姥姥冲出屋外，呜咽着喊道："阿辰！你到哪儿去？阿辰！"

"如果龙子太郎长成一个强壮、聪明的孩子的话，叫他来找我……"声音渐渐远去，一阵可怕的龙卷风过后，龙就消失不见了。

龙子太郎听了，半天没有说话，这一切让他感到太突然了，他一时不知如何是好。

"这么说，妈妈在北方的湖里，她还活着，在等着我去找她吧！我要去找妈妈！"龙子太郎说着，站了起来。

"你说什么呀！你还是个孩子呢，出远门还早得很呢！"姥姥话音刚落，四周突然响起了一片喧哗声。

"不好啦！姑娘被鬼抢走了！阿娅她……"阿娅的爷爷哭喊着，从门口跌爬进来。

"什么？阿娅被鬼抢走了？"龙子太郎和姥姥都是一惊。

"是啊，肯定是鬼。半夜里我渴了，说想喝水。阿娅就拿起水罐到泉边给我打水去了。不一会儿，传来可怕的呼救声，我跑出去一看，阿娅已经不见了，只见一个黑色的怪物的影子，风一样钻到森林中去了。那一定是鬼。在泉边，水罐翻倒在地上，新打上来的水洒得到处都是……"

龙子太郎听完，紧闭双唇，怒目凝视黑暗的天空。他觉得自己忽然间长大了许多。

天亮了，龙子太郎做好了出门的准备，把姥姥挣扎着给他做的饭团子挂在腰上，临走，他对姥姥说，找到阿娅之后，直接去寻找妈妈。

"我一定把阿娅带回来，把妈妈找回来。妈妈既然是突然变成龙的，就一定能再变成人，是吧？我一定要让妈妈恢复和从前一样的人类的模样，回到姥姥的身边。姥姥，您等着吧！"

听了这话，姥姥突然感到龙子太郎长高了，她点着头，从怀里掏出一把木梳，交给龙子太郎，说那是阿辰的梳子。

龙子太郎一直走到总是和阿娅一块游戏的山上。兔子、老鼠、野猪妈妈、狐狸和熊都来了，他们围坐在龙子太郎的四周。老鼠告诉他，阿娅是被泥山的红鬼抢走的。龙子太郎马上站起来，要去制服红鬼。

野猪妈妈说："龙子太郎，你应该去借天狗的力量。否则，以你现在的力量，是很难战胜红鬼的。"野猪妈妈自愿要带龙子太郎去找天狗。她向她的10个孩子交代了一下。10只野猪崽儿非常可爱，龙子太郎就把腰间的饭团子，给他们各分了一只。

野猪驮起龙子太郎，跑得风一样快。穿过树林，跨过小河，跑了一天一夜，来到了森林里的一小片开阔地。他们看见这里的兔子、鹿和猴子，又是抓挠，又是踢踹，龙子太郎问他们为什么要打架。兔子生气地说：

"这可不是打架，这是摔跤！"

龙子太郎发现，虽然动物们的喊声很雄壮，可姿势和摔法都不对。兔子拽着耳朵，鹿用犄角顶，野猪抱在一起打滚。龙子太郎笑得肚子都痛了。

"你们干吗这么卖力地摔跤啊？"

"天狗大人要光临呀。"熊答道。

"万太郎天狗大人和万治郎天狗大人是兄弟俩，都喜欢摔跤。他们都是好天狗。听说天狗大人要光临，大伙打算先摔跤给天狗大人看。"兔子说。

动物们跑过来，请求龙子太郎教他们摔跤，因为刚才龙子太郎说他们这样不叫摔跤。于是，龙子太郎就教起了他们。

突然，刮过来一阵大风。

"啊，是天狗大人！"

随着一阵翅膀拍击声，两只天狗轻飘飘地落在摔跤场上。动物们开始表演摔跤，由于龙子太郎刚刚教了他们几招，所以他们表演得很出色。"力油！加油！"呐喊声、助威声此起彼伏。

天狗很高兴，万治郎天狗还和龙子太郎比试了一番。天狗邀请龙子太郎到他们的岩洞去喝酒，龙子太郎慌忙摇头："不，我还急着赶路呢。"于是，龙子太郎把事情的经过讲了一遍。并请求天狗借给他力量。

两个天狗点了点头："好，就给你一百个人的力量吧！"说着，万治郎天狗提起拴在腰上的大葫芦，倒上满满一大杯果实酒。龙子太郎接过酒杯，一饮而尽。突然间，他觉得浑身直发热，力量一个劲儿地往外涌。他连饮三杯之后，一人多高的巨石，只用手指尖就弹得老远。

龙子太郎谢过了天狗，辞别了野猪妈妈就径奔泥山而去。

龙子太郎穿过一片片长满青苔的茂密的森林。来到了泥山。在一个陡峭的山崖上，挺立着一个高耸入云的巨大红门。龙子太郎把门打破，大摇大摆地走了进去，看见红鬼正在笨拙地敲着鼓。红鬼敲着奇怪的鼓点儿，而且声音大得简直要把耳朵震聋了，他摇头晃脑，自我陶醉着。突然，他发现了龙子太郎，惊呆了。

"哎？你是怎么到这儿来的？"

"听着，红鬼！放了阿娅！否则，我就揍扁了你！"

红鬼说阿娅被黑鬼带走了，黑鬼住在北边的铁山。龙子太郎一听就站了起来，红鬼连忙叫住他，说："让我把黑鬼大王送的大米做的饭团子拿给你吃吧！可是，你要替我在这儿打鼓，打到我把饭团子拿到这儿就行。"龙子太郎就开始敲了起来。

红鬼急忙从厨房里拿了一把生了锈的厚刃菜刀，喀哧喀哧地磨了起来："哼，小崽子，我要把你切成碎片，用大锅咕嘟咕嘟地煮了你！"

红鬼嘟嘟哝哝地磨刀的时候，鼓声仍在咚、咚地响着。

可是，红鬼的话却被地洞里的一只老鼠听到了。他急忙跑到龙子太郎那里，把一切都告诉了龙子太郎。龙子太郎非常生气，他让老鼠替他打鼓，自己走到红鬼身边，把红鬼吓了一跳："咦？鼓在响着，你却跑到这里来了，这是怎么回事？"

"你磨刀的声音比鼓声传得还远呢！"龙子太郎强忍住笑说。

红鬼挥起才磨了一面的菜刀朝龙子太郎扑过来。龙子太郎不费吹灰之力，就把红鬼摔得动弹不得。龙子太郎质问道：

"红鬼，你是个坏东西！你偷吃农民种的豆子和黍子，抢走了阿娅，还想杀了我。是不是这样！今天不能饶了你！我要把你扔到地狱里的阎王爷那里，成不成？"

"要是非扔不可，就把我扔到天上去吧。让我做雷公的弟子，把鼓打个够。我讨厌黑鬼大王。噢，你到黑鬼那儿去的话，可要当心。黑鬼什么都会变，在他变时，你就说：'南无阿拉比'，连说三遍。这样，你想变什么就能变什么了！"

"好的，红鬼，你平安到了天上，就敲鼓通知我。"说着，龙子太郎大喝一声，用天狗给他的力气，把红鬼扔到了天上。

过了一阵儿，传来一声悦耳的雷声。这是红鬼在天上打鼓。

把红鬼送到雷公那里之后，龙子太郎继续赶路，奔向铁山。他终于看见了一座漆黑的岩石山。突然，一阵微弱的笛声传来，他马上听出了是阿娅的笛声。他不顾一切地向前走着。终于，阿娅的背影出现了，在峭壁边缘，阿娅正吹奏着笛子。

阿娅转过身来，看见了龙子太郎，以为是做梦。她告诉龙子太郎说，黑鬼今晚要用从山下抓来的姑娘祭神，还控制了这一带的水源，要是不献人来，他就让这里发洪水。

龙子太郎非常气愤。这时，大地轰隆隆地响起来，"是黑鬼回来了，快过来！"阿娅惊叫起来，把龙子太郎藏到了木柜里。

鬼一走进岩洞就嚷起来："有人的气味！小姑娘，把那人交出来。洞口开的花是人花。男人来开白花，女人来开红花。刚才开的是两朵白花，一个是大王我，另一个是谁？"

要说这黑鬼模样真可怕。浑身是铁刺，指甲像铁钩，青面獠牙。

龙子太郎从柜中跳了出来，黑鬼龇牙冷笑着说："咱们比一比，赢的一方就吃掉输的一方，怎么样？"首先，比吃炒豆子，阿娅给他们炒豆子，她给龙子太郎炒的豆子软软的，而黑鬼的则硬的像石头，于是龙子太郎赢了。

接着，又比摔跤，摔了一阵不分胜负。龙子太郎个子小，眼前正好是黑鬼的肚脐眼，龙子太郎灵机一动，引逗黑鬼唱歌，结果，黑鬼一下子泄了气。龙子太郎又赢了。

第三局比赛，黑鬼变成了小山般的野猪，冲着龙子太郎扑过来。龙子太郎用红鬼教的方法，变成了小蜜蜂，钻到野猪的耳朵里，野猪翻筋斗打着滚，转眼间就从峭壁上摔了下去，变成了一块黑鬼模样的黑色岩石。

龙子太郎和阿娅都高兴地跳起了舞。阿娅还吹起了笛子。忽然，从远处飘来了微弱的笛声、鼓声和奇怪的歌声。两人朝山路望去，只见一队白衣人担着一顶白木头轿子，边吹笛子打鼓，边低沉地唱着歌。原来是老百姓给黑鬼送姑娘来了。

龙子太郎告诉乡亲们黑鬼死了，乡亲们高兴得流着热泪感谢他俩。龙子太郎和阿娅还把黑鬼洞里藏着的米和金银宝石分给了乡亲们，只留下一匹雪白的小马，那是一匹日行四百公里的马。

他们走上山坡，看见了一个清澈的池沼，一位老爷爷站在湖边。他看见龙子太郎和阿娅，高兴地笑了，他弯腰从岩石缝中拾起一面小镜子，递给阿娅。阿娅高兴地搂着镜子，说："这么漂亮的镜子，有了它我什么都不要了。"

龙子太郎看着这池沼，想起了妈妈。

"妈妈，您现在在哪里？我是为了寻找妈妈才走上旅途的。等着我吧。"龙子太郎在心里念叨着。

随后，三个人下了山，乡亲们已经把鬼的宝物装好，大家一同回村去了。老爷爷唱道：

嗨——哟——嗨！
龙子太郎哟龙子太郎，
他翻过山又跨过河，
打败黑鬼我们得快乐。

这时人们已离开了铁山，来到了村庄。山下的景色展现在眼前，一眼望不到边的碧绿的田野上，一条玉带般的小河弯弯曲曲，闪着光流过。在深山中长大的龙子太郎和阿娅，有生以来第一次看见这样广阔的土地，他们不由得发出了赞叹："多么广阔的土地呀！"

到了村里，乡亲们做了丰盛的饭菜，热情款待制伏了黑鬼的英雄。龙子太郎吃了88个大米饭团子。忽然，他的脸色变了，泪珠滚落下来，后来哇哇地哭了起来。乡亲们不知是怎么回事。龙子太郎说道："这么好吃的饭团子，要是我姥姥和我们村的乡亲们能吃上一口多好呵，我们村子太穷了，可我只知道缠着姥姥要饭团子。"

听到这儿，阿娅也伤心地哭起来，她想起了爷爷和山上的动物们。

"要是那样，把姥姥、村里的人都接到这儿来，大伙就在这里住下吧！"乡亲们说道。

龙子太郎擦干了眼泪，他决定去找妈妈，让阿娅骑着小白马回村里。

阿娅已经走了。龙子太郎深深地吸了一口早晨新鲜的空气。心想："我要一个一个池沼，一个一个湖地去找，直到见到妈妈为止。"

龙子太郎一直向北走去。路上遇见了一个年轻人，龙子太郎就向他打听，这一带是否有一个住着龙的湖。那人告诉他，听说鸡财主家的池沼里有条大蛇，也许是龙吧，沿北走一整天就到了鸡财主家。

龙子太郎走到晚上的时候，遇见了一个老太婆，她就是鸡财主。她家的地没人耕种，她急得疯了似的，看见龙子太郎，就让他为她干活。龙子太郎问她家的池沼里是否有龙，老太婆转了转眼睛说："当然是龙，不过，一年只能看见一次。"

于是，龙子太郎就决定留在她这儿。老太婆将他领进一个大房子，房子里空荡荡的，只有一根根的大圆木。屋后边，果然有个池沼。老太婆非常不客气，告诉龙子太郎鸡叫头遍就得干活，说完就走了。

龙子太郎走到池沼边，喊着妈妈，可池沼里一片寂静，喊了好几遍，还是那样。难道龙真的一年只露一次面吗？

龙子太郎枕在圆木上睡着了。没多一会儿，一个黑影站在门边，伸长脖子"喔喔"地叫了起来，原来是老太婆在学鸡叫。好将龙子太郎叫了起来，让他去干活。龙子太郎一个人就把从前365个人干的插秧的活全都干完了。

秋收的时候到了，龙子太郎还没有找到妈妈。在收割的前一天晚上，他又来到池沼边，喊妈妈，一不小心他手里的糠团子掉进了水里。这时，池沼波动起来，一条不大不小的白蛇浮现在水面。他说："是你给我的糠团子吗？我在这儿几百年了，那财主也没给过我一小把糠，今天我是特意出来看看，你有什么事吗？"

龙子太郎把事情的原委讲了出来。白蛇告诉他，这里没有龙，鸡财主是个贪心的老婆子，她骗了龙子太郎。白蛇还说，从这儿翻过九座山，有一个大湖，据说龙在那里。不过，要先到九座山的脚下去问山婆婆，她会给龙子太郎智慧。

龙子太郎开始割稻子，他只用一天工夫就收完了一千人收的庄稼。他向老太婆请假，而老太婆却想赶他走，说："你要走就算算工钱吧，我就给你一些稻子当工钱，你能背多少就背多少吧！"龙子太郎乐呵呵地走到田里，把割下来的小山似的稻捆，轻轻扛起来，往山里走去。

老太婆大叫起来："哎呀，这不是把我家的稻子全都背走了吗！等一等！"她拼命地追赶龙子太郎，可总也追不上，她追了三天三夜，可是只抓住三根稻子。她气得昏了过去。

龙子太郎背着稻捆，走进了山里，每走过一个村子，他都送给村民一些稻捆。山里的人从没吃过大米，他们除了高兴还想种大米，可是山里没有一块广阔的地。他们非常悲伤，龙子太郎心里更难受。山里人听说龙子太郎要去大湖找龙，都说要是把有龙住的那个湖填平，可以造成多么广阔的土地呀……可是，那不过是人们的梦想罢了。

龙子太郎已经坐不住了，他想："见到妈妈就先说这事，我要告诉妈妈，哪怕失去自己的生命，只要是对大家有好处的事我都做。"

山里枫叶似火的时候，龙子太郎翻过了九重山，在每个地方，他都能听到人们对土地的渴望。

终于，他发现山脚下有一座小屋。小屋里住着山婆婆。山婆婆告诉龙子太郎去大湖的路，还说路上有豺狗和蜘蛛。天又下雪了，山婆婆说下雪比豺狗还厉害，可是龙子太郎等不及，一定要走，就带着山婆婆给做的豆饭团子上路了。

他走过草地，果然看见两条豺狗，张开血盆大口扑过来。龙子太郎将豆饭团子扔过去，乘豺狗啃饭团子时，走了过去。

又到了一条小河边，他正不知怎么过河，从河里爬出一只小小的蜘蛛，他在龙子太郎的脚上拉了一根丝，又爬回河里去了，来回不断地牵。龙子太郎把线都挂在身旁的柳树桩子上，一会儿，树桩子就被拉到河里去了。龙子太郎这才明白刚才有多危险。

龙子太郎放了心，又往前走去。雪越下越大了。龙子太郎起劲地唱着小时候姥姥教的雪花歌，往前走着。大雪飘舞着变成雪烟泡，吹打在龙子太郎身上。

这时，四处响起了"哈哈哈"的嘲笑声，一些面孔雪白的雪女，时隐时现地飘舞在龙子太郎跟前。

龙子太郎挥舞着双手，不断拨开飘过来的雪女的面孔，不知走了多久，他什么也不知道了，颓然地趴在雪中。

雪不停地下，堆在龙子太郎身上，一会儿，他那结实的胳膊、宽厚的胸膛，以及那还很幼稚的脸庞，便都被雪埋住了。

天亮了。这时，天空中响起了叮当的铃声，阿娅和白马飞来了。阿娅找到了龙子太郎，白马使他苏醒过来，他看到阿娅来了非常高兴。

原来从黑鬼那里拿回来的镜子是个宝镜，阿娅从镜子中能看到龙子太郎的一切。看到他遇到了危险，就骑着白马飞来了。现在白马长大了，已经可以飞了。

白马说："那座山的对面就是湖，走吧，到湖边去。"说着，驮起两个人，飞过山峰，到了一个宽阔的大湖上面。龙子太郎坐在马背上看到了山那边的大海。他说："要是把靠海那边的小山推倒，湖水就会流向大海。这样，湖底就变成了一片平原，可以收获大米和豆子了。"

不一会儿，白马平稳落在湖边。龙子太郎对着湖水喊妈妈，可湖面一点动静也没有。阿娅掏出笛子吹了起来，于是，所有的鱼都游拢过来，阿娅问鱼儿们龙的事，鲤鱼说："是那个瞎眼的龙吗？我去给你找。"龙子太郎掏出珍藏的梳子交给了鲤鱼。不一会儿，鲤鱼就回来了，说："以前那只从没开过口的龙，一见到梳子就哭了，她让我告诉你，她马上就来。"

"那么，果然是妈妈。妈妈！"

于是，湖水分成两半，龙出现了。

"龙子太郎！是龙子太郎吗？"龙探头问道。

"是的，我就是龙子太郎啊！"龙子太郎流着眼泪，说："妈妈为了养育我，才把眼睛弄瞎的，现在我来了，再也不离开妈妈了。"

龙子太郎问道："妈妈，您是怎么变成龙的？您能重新变成人吗？"

龙妈妈低下了头，长叹一口气说："你知道那个古老的传说吗？一个人吃三条嘉鱼就会变成龙……"

"那是严冬刚过，我怀着你上山干活，为大伙做饭。我看见河里有三条嘉鱼，就抓了上来。我做熟了，等乡亲们回来，可是，我一闻那烤鱼的香味，就想吃。终于我吃了一条，可是怎么也控制不住了，又吃了第二条、第三条。结果，我喉咙里火烧似的，喝了一桶水还是渴得要命，就对着河水喝了起来。突然，我眼前一黑，便失去了知觉。醒过来时，妈妈已变成了可怕的龙。"龙妈妈说着，痛苦地摇着头，"我破坏了人世的规矩。"

"哪有这种道理！"龙子太郎喊道，"妈妈身体不舒服吃了三条爱吃的鱼，就不能做人了？"

"可是，嘉鱼只有三条啊。一个人把它全吃了，另一个人就要挨饿。在贫苦的山里生活，这可是规矩呀。"龙妈妈低声说。

龙子太郎目不转睛地盯着妈妈，将自己想要广阔田地的想法向妈妈说了。龙妈妈听了，认真地考虑着。这池塘是她好不容易找到的。若是离开这里，她就再也找不到这么大的湖了。可是，只为自己打算，才变成龙的，这是唯一赎过的方式。"龙子太郎，妈妈今天第一次为自己变成龙而感到高兴。我用自己坚硬的身体去撞山，你就骑在我的脖子上，代替妈妈的眼睛吧！"

龙子太郎高兴极了，他把阿娅叫过来，阿娅亲切地搂着龙妈妈，说马上骑马回山谷里，告诉人们躲在高山上。

所有的小动物都来了，他们都愿意帮忙。

龙子太郎高兴地说："咱们齐心合力摇晃那座山，让它就像换牙时松动的牙齿。"

天黑的时候，龙妈妈带着龙子太郎开始撞山了。天空乌云翻滚，凶猛的暴风雨来了。龙妈妈一次又一次地向山撞去。不久，天亮了，接着太阳又落了山。山还是没有撞开。龙妈妈的身体满是血。

这时，天边传来了一阵熟悉的大鼓声和歌声。这是红鬼在打鼓唱歌。龙子太郎请求红鬼帮他把山劈开。红鬼愉快地答应了。接着，红鬼召集上百个雷公的伙伴儿，一齐向小山落去。那可怕的声响，使人感到好像到了世界末日，然后又戛然而止了，山终于被劈开了一个大口子。龙妈妈拼尽最后的力气，朝山撞去。水从裂口处瀑布似地涌出来，从群山环抱的湖底渐渐显现出平坦而肥沃的土地。

云开雾散，黎明的光辉照耀着大地。龙子太郎抚摸着妈妈的遍体鳞伤，激动得流出了眼泪，当泪水滴进龙的眼里的时候，奇怪的事情发生了。龙的身子眼看着变成了一个温柔的女子，瞎了的眼睛也睁开了，龙子太郎的妈妈出现在那里。

"谢谢你，龙子太郎，是你帮我变成人的，是你的勇气救了我。"

不知什么时候，阿娅也来了，她美丽的黑眼睛里涌满了泪水。他们一起又投入了种田的工作中。

不久，在这新诞生的广阔土地上，一望无际的金黄稻子成熟了。在那里，龙子太郎和阿娅举行了热闹的婚礼，姥姥、阿娅的爷爷和村里的乡亲们都被请来了。

从此，大家过上了愉快而幸福的生活。他们世代在这片龙开出来的土地上播种、收获。

（李静　编写）

小 亨 利

〔法国〕塞居尔夫人　原著

一、可怜的妈妈病了

　　从前有一个可怜的寡妇，她和她的小儿子亨利一起过日子。妈妈很喜欢小亨利，因为没有一个孩子比他更可爱了。为了生活下去，妈妈每天都得做针线活，然后出去卖。亨利虽然只有7岁，但是在妈妈做活的时候，他担负了一切家务：扫地、擦地板、做饭，在园子里翻地、种菜、种花。做完这些事以后，他就给自己补衣服，给妈妈修鞋，或者钉板凳、钉桌子，凡是他能自己做的东西，他都试着做。他们住的房子是他们自己家的。这所房子孤零零地离别人家很远。窗户对面是一座大山，山高极了，几乎没有人爬到过山顶。另外这座山的四周有急流，有高高的墙，还有根本通不过的悬崖峭壁。

　　母子俩生活得不错，很幸福，很愉快。可是，突然有一天，妈妈病倒了。她不认识医生，也没有钱请医生看病。可怜的小亨利有什么办法呢？只有当妈妈渴的时候，给妈妈倒水喝，因为他没有别的东西可以给妈妈了。他日日夜夜守护在妈妈身旁。当他饿了的时候，就蹲在妈妈的床边啃一块干面包。妈妈睡着了的时候，他就望着妈妈流泪。但是，妈妈的病一天比一天重，最后，妈妈几乎要死了，她不能说话，什么东西也不能咽了，甚至连儿子也不认识了。小亨利抽噎着跪在床边，当他绝望的时候，他大声地喊起来：

"仁慈仙女，救救我吧，救救我的可怜的妈妈吧！"

话音刚落，窗户就开了，他看见一个衣着华丽的女人飘进来，用温柔的声音问道：

"你要我来做什么，我的小朋友？你叫我，我就来了。"

小亨利跪在仙女面前，拉着她的手说：

"夫人，如果你是仁慈仙女，那你救救我可怜的妈妈吧！她快死了，她要把我一个人扔在这个世界上了。"

仙女感动了，她看着亨利，一句话也没有说。她走近妈妈身边，弯下腰仔细地看了一下，往妈妈脸上吹了一口气，然后说：

"我的孩子，我治不了她的病。假如你有勇气按照我说的做一次旅行的话，你就能治好妈妈的病。"

"告诉我，夫人。你说吧，为了救活妈妈，没有我不能做的事情。"

仙女说："你必须去高山上找生命草，它就长在你从这个窗户里可以看到的那座大山上。你拿到生命草回来以后，从草里挤出汁液滴进你妈妈的嘴里，你妈妈就会立刻活过来的。"

"我这就动身，夫人。但是我不在的时候，谁来照顾妈妈呢？"小亨利哭得更厉害了。"可能我还没有回来，她就会死的。"

"放心吧，孩子。要是你去找生命草，直到你回来你妈妈什么也不需要，她会一直保持现在这个样子的。但是，你会遇到很多危险，在得到这棵生命草以前，你要受很多磨难。需要很大的勇气和信心才能得到它。"

"我不怕，夫人。我有勇气和信心。只要你告诉我怎样才能从漫山遍野的植物中认出这种草来。"

"你到山顶以后，高声呼喊管理这种草的博士，你就说是我叫你来的，他就会给你一棵这种草了。"

　　仙女微笑地看着他出发了。这个7岁的小孩子单独一个人去攀登那座危险的大山，而以前所有去登这座山的人都遇难了。

二、乌鸦、公鸡和青蛙

　　小亨利坚定不移地往山上走去。这座山比他想象的要远得多。他本来想走一个半小时就可以到达山脚下，然而他已经走了一天了。

　　差不多走了三分之一的路程的时候，他看见一只乌鸦，两个爪子被捆着，掉在一个坏孩子设下的陷阱里。乌鸦挣扎着，想逃出这个使它痛苦的残酷的陷阱，但是白费力气。小亨利跑过去，把捆在乌鸦爪子上的绳子弄断，乌鸦得救了。

　　"谢谢你，正直的小亨利，我会报答你的。"说完这话，乌鸦扑棱着翅膀飞走了。

　　小亨利听见乌鸦会说话，非常惊奇。但是他还是继续赶他的路。

　　走了一段时间以后，他在一个密密的荆棘丛旁坐下休息，开始吃面包。这时候，他看见一只狐狸正在追捕一只公鸡，尽管公鸡拼命逃，眼看狐狸就要捉住它了。正当公鸡从亨利身旁经过的时候，亨利一把抓住了它，巧妙地把它藏在自己的衣服下边。狡猾的狐狸竟没有发现，它继续往前跑，还以为公鸡早跑过去了呢。小亨利坐着不动，一直等到狐狸跑得看不见影子了，才放公鸡走，公鸡用微弱的声音对他说：

　　"谢谢你，正直的小亨利，我会报答你的。"

　　亨利休息了一阵，站起来继续往前走。当他又走了很长一段路的时候，看见一条蛇正要吞噬一只青蛙。青蛙吓得动也不动，直在那儿发抖。蛇张着大嘴向青蛙扑来。亨利拣起一块大石头，就向蛇打去，正巧，石头一下子投进了蛇张着的大嘴里，把嘴给堵住了。这时青蛙已经跳到远处去了。青蛙向亨利喊道：

"谢谢你，正直的小亨利，我会报答你的。"

亨利听见过乌鸦和公鸡说话，再听见青蛙说话就不觉得惊奇了，还是继续走他的路。

过了一会儿，他来到山脚下。他看见一条又宽又深的大河从山旁流过，这条河宽得简直看不到对岸。

亨利为难地停了下来。自言自语地说："大概我能找到一座桥、一条船，或者一个比较浅的地方可以过去。"他沿着河岸走，这条河原来是绕着山流的，他围着山转了一圈，到处河水都一样深，一样宽，既没有桥，也没有船，可怜的小亨利坐在河边上哭了。

"仁慈仙女，仁慈仙女，快来救救我吧！"小亨利喊。"如果我到不了山顶，即使我知道那里有能救我妈妈的生命草，那又有什么用处呢？"

刚说完这句话，一只大公鸡就出现在他面前。这正是他从狐狸那里救出来的那只公鸡。

"仁慈仙女现在为你做不了什么，因为这座山处在她的威力之外。但是，你救过我的命，为了感谢你，请你坐到我背上来。亨利，相信我，我能把你带到对岸去。"

亨利毫不犹豫地坐在公鸡背上，他想他大概会掉在水里，可是他身上连湿都没有湿，因为公鸡极巧妙地把他驮在背上，他觉得平稳得好像骑在马背上一样。他紧紧地抓住公鸡的冠子不放。他们开始过河了，河是那么宽，他们一直走了21天才到达对岸。在这21天里，亨利既不觉得饿和渴，也不觉得困。

他们到了对岸以后，亨利有礼貌地谢过了公鸡。公鸡亲切地竖起羽毛，然后就不见了。

三、收　割

他走啊，走啊，走了很长时间，但是他白走了，过了河以后，他还没有离开山脚。

要是别的孩子早就回去了，可是勇敢的小亨利没有灰心。他累极了，他走了21天，却一点儿也没有前进。这时候，他仍然和出发的第一天一样，一点也不失望。

"就是走上一百年，我也一定要走到山顶。"

他刚说完这句话，面前就出现了一个小老头儿。这个小老头儿用俏皮的目光注视着他。

"小孩子，你想到这座山的山顶上去吗？你去那儿找什么？"

"去找生命草，我的好爷爷。为了救活我快要死去的妈妈。"

小老头儿点点头，下巴挂在他金色手杖的圆头上，把亨利从上到下打量了一番。

"你这温和爽快的样子使我很喜欢。我的孩子，我是山神之一，你答应一个条件我就让你过去：你要把我的麦子全部收割完，打完场，磨成面，还要做成面包，然后你再叫我。你所需要的一切工具，都可以从旁边那条沟里找到。麦地就在你的前面，漫山遍野都是。"

小老头儿不见了。亨利惊惧地估量了一下展现在他眼前的一望无际的麦田。可是，他立刻就克服了这种失望的情绪，脱去上衣，从沟里拿起一把镰刀，充满信心地割起麦子来。他割了整整195个白天和195个夜晚。

麦子割完了，亨利开始打场。打完场，在麦地边上出现了一盘磨。亨利又开始磨面。他整整磨了90天。磨完面他又开始揉面烤面包，这样又干了120天。他把烤好的面包一个个放在面包架上，就像图书馆里的图书一样整齐。

把这一切都做完了以后，亨利觉得非常高兴，他招呼山神，山神立刻就来了。他数了数面包，一共有468329个。小老头儿在第一个面包上咬了一口，又在最后一个面包上咬了一口。然后走近亨利，在他的脸蛋儿上拍了一下，对他说：

"你是个好孩子。对你的劳动，我要给报酬的。"

他从口袋里掏出一个木制的小烟盒，交给亨利，亨利从来没有抽过烟，小老头儿的礼物对他好像没有什么用处。但他还是客气地表示了很满意的样子，他谢过了老头儿。小老头儿先是微笑，然后又大笑着消失了。

四、摘葡萄

亨利又开始往前走。他高兴地看到他离山顶越来越近了。三个小时，他走了差不多三分之二的路程，这时候，一堵他从来没见过的高大墙壁挡住了去路，他不得不停下来。他沿着墙走了三天，发现这墙绕山而筑，上面没有一个门或者一个缺口可以让人通过。

亨利坐在地上想，该怎么办呢？他决定在这儿等着。一直等到第45天的时候，亨利说：

"即使等一百年，我也不离开这个地方。"

话音刚落，只听得一声巨响，他面前的墙塌了一块，从缺口处走出来一个巨人，手里挥着一根大棍子。

"小孩子，你想过去，对吗？你到我的墙那边去找什么？"

"巨人先生，我去找生命草，为了给我快要死去的妈妈治病。要是这堵墙在你的权力管辖之内，就请放我过去，那样你命令我做什么，我就为你做什么。"

"真的？那么，你听着：你的样子使我喜欢，我是山神之一，要是你能把我的酒窖装满酒，我就放你过去。这是我全部的葡萄园，你把葡萄摘下来，榨成汁，然后放在桶里，再把这些木桶放到酒窖里。至于你所需要的工具，你都可以在墙角下找到。等你做完了这一切，你就叫我。"

巨人走了，墙又合拢来。

亨利看看四周，都是巨人的一望无际的葡萄园。

"我已经收割完了小老头儿的麦子，我也一定能摘完巨人的葡萄。"亨利说，"把葡萄酿成酒比把麦子做成面包要容易，而且用的时间也会短一些。"

亨利脱了上衣，从地上找到一把小刀子，开始干活。他把一串串葡萄割下来，放在酿酒桶里。这样干了30天。然后他把葡萄榨成汁，把葡萄汁倒在木桶里，接着就把一个个木桶运到酒窖里。酿酒用去了他90天的工夫。当酒酿好了，酒桶整整齐齐地排在那里，装满了酒窖的时候，亨利便招呼巨人，巨人马上就来了。他检查了一遍酒桶，尝了第一桶和最后一桶里的酒，然后转身走近亨利，对他说：

"你是一个勇敢的孩子。你的辛苦会得到报酬的，不要以为你给山上的巨人白白劳动了。"

巨人从口袋里拿出一根带刺的树枝，送给亨利，对他说：

"回到家以后，每当你需要什么东西的时候，你就碰一碰这根树枝。"

亨利觉得这件礼物并不太珍贵，但他还是微笑着客气地收下了。

五、打　猎

再有差不多半个小时的路程，他就可以到达山顶了。这时候，他看见前面横着一条深谷。他停下来。啊！这断崖深谷是那么宽，深得看不见底，根本就别想跳过去。

亨利并没有灰心，他沿着这条深谷走了一圈，结果又回到了他原来出发的地方。其实这条深谷把山顶围在中间了。

亨利想:"怎么办?我刚越过一个障碍,现在又来了一个。我怎样才能越过这条深谷呢?"

可怜的孩子这时第一次感到自己眼里充满了泪水,他得想办法过去,但是一筹莫展。他坐在深谷边上发愁。突然他听到一声可怕的吼叫,转身一看,只见一只大狼站在离他约10步远的地方,那闪闪发亮的眼睛正盯着他呢!

"你到我这边儿来干什么?"狼大声地问。

"狼先生,我是来找生命草的,给我快死去的妈妈治病,只要你让我通过这条深谷,我愿意做你忠实的仆人,你叫我干什么都行。"

"那么,好吧!要是你能把我森林里的所有猎物——无论是飞的或爬的——都捉住,并且把它们烤熟,做成肉饼。那你就相信山神吧,我一定会让你过去的,在这棵大树旁边,你会找到打猎用的东西和厨房用具的。等你把一切都做好了,再叫我来。"

说完,狼就不见了。

亨利鼓起勇气,找到了一张弓和一些箭,当他看见山鸡、山鹬、松鸡等飞来的时候,就射出箭去,可是因为他不会射箭,所以什么也没有捕着。八天过去了,他白白射了八天箭。他开始发愁了。这时候,他刚刚上路时救过的那只乌鸦来了。

乌鸦呱呱叫着说:"你救过我的命,我说过,我会报答你的,现在我要实现我的诺言,因为要是你完不成狼交给你的任务,它就要把你当成猎物吃掉的。跟我来,我去打猎,你只管捡起来把它们煮熟就行了。"

说着,乌鸦飞到树上,用它的尖喙和利爪,去捕捉森林里的动物,就这样过了150天,乌鸦一共捉了1860726件猎物,有狍子、山鸡、松鸡、欧石南鸡、鹌鹑等等。

乌鸦一边捉,亨利一边把它们拔毛,剥皮,切碎,有的煮熟,有的做成肉饼,有的烤熟。都做好以后,亨利就把它们干干净净地排列在树林里。这时乌鸦说：

"再见吧！亨利，你只剩下最后一个障碍了，但是我帮不了你的忙了。不要灰心，你的孝心会得到仙女的保护的。"

亨利还没有来得及谢乌鸦，它已经无影无踪了。亨利叫来了狼，对它说：

"先生，这就是你森林里所有的猎物，按照你的命令，我都把它们煮好了，请你让我越过这条深谷吧！"

狼把猎物查看了一遍，尝了烤狍子和肉饼，舔舔嘴巴说：

"你是一个勇敢善良的孩子，我要给你报酬的，不要说你白白帮助山上的狼干活儿了。"

说着，狼从森林里捡了一根小木棍，交给亨利，对他说：

"你拿到生命草以后，你想去什么地方，你就骑在这根棍子上。"

亨利真想把这根棍子扔回树林里去，但是他想，这太不礼貌了。他接下了这根棍子，谢过了狼。

"骑到我背上来，亨利。"狼说。

亨利跳到狼背上，狼立刻神奇地一跳，他们就到达深谷的另一边儿了。亨利从狼背上跳下来，向狼道了谢，又上路了。

六、捕　鱼

最后，亨利看到在山顶的花园里有一个栅栏，生命草就被围在栅栏中间，他高兴得心都快跳出来了。他一边往前走，一边仰着头注视着生命草。他用尽所有的力气，尽快往前走。突然，他跌进了一个坑里，他用力向后一跳，再看看旁边，发现旁边有一条水沟，里面满是水，沟又宽又长，简直看不到尽头。

亨利没有悲伤，没有泄气，他坐在沟边上说："在山神来帮助我之前，我就一动不动地在这儿等着。"

他刚说完这句话，就看到面前站着一只大极了的猫，大猫喵喵叫的声音那么大，那么可怕。大猫说：

"你在这儿干什么？我一爪子就可以把你撕成碎片。你知道吗？"

"这是真的，猫先生，我不怀疑。但是如果你知道，我是为了救我快死去的母亲而来找生命草的，你就不会把我撕成碎片了。如果你答应让我过这条沟，那你让我为你做什么都可以。"

"真的？那么你听着：你的样子使我很喜欢，如果你能把这条沟里所有的鱼都捞出来，煮熟了或者腌成咸鱼，我就让你过这条沟。相信我吧！至于捞鱼所需要的一切东西，你都会在沙滩上找到的。当你把这一切都做好了的时候，就招呼我来。"

亨利往前走了几步，看见地上有鱼网、钓鱼竿和鱼钩。他拿起一个网，想到一下子就会捞到很多鱼，这可能比用鱼竿钓鱼快得多。亨利把网撒出去，然后小心地拉网，但是，什么也没有捞到，真有点失望。亨利想，可能是这一次没有撒好。于是又撒了一次网，然后慢慢地往上拉，然而又是空的。亨利很耐心，他这样一直捞了10天，可是连一条鱼也没有捕到。他便放下网开始用鱼竿钓鱼。

他等啊，等了一个小时、两个小时，可是一条鱼也不上钩。他一次次地换地方，差不多沿着沟换了一圈位置，也没有钓上一条鱼来。就这样他一连干了15天。怎么办呢？亨利想仁慈仙女为什么在这最后一件事情上把他抛弃了呢？于是他坐在那儿，看着又宽又长的水沟发愁，突然，他发现水里冒泡，接着，出现了一只青蛙的头。

"亨利，"青蛙说，"你救过我的命，现在我该来救你了。要是你不执行山上的猫的命令，它就会把你当午饭吃掉。你是捕不到鱼的，因为这条沟太深了，鱼都跑到沟底去了。让我来做这件事吧，你只管点起火来，准备煮鱼，再准备好腌咸鱼的桶，我去替你捉鱼去。"

说着，青蛙就钻到水里去了。亨利看见水在动，在冒泡，好像一场激烈的战斗正在水里进行。一分钟以后，青蛙又出现了，他跳到岸边，把一条又大又好的鲑鱼放在那里，这是刚才它用爪子抓住的。当亨利刚拿起这条鲑鱼时，青蛙又送上来一条鲤鱼。就这样延续了60天，亨利把大鱼都煮了，把小鱼都放在桶里腌上了。最后过了两个多月，青蛙跳上了岸，对亨利说：

"现在沟里一条鱼也没有了，你可以叫山上的大猫来了。"

亨利向青蛙深深地道了谢，青蛙伸出湿漉漉的爪子向亨利表示它的友谊。亨利友好地同青蛙握过手后，青蛙便不见了。

小亨利用了15天的时间把所有煮好的鱼和咸鱼桶都整理好，就招呼山猫，猫立刻来了。

亨利说："猫先生，这就是为你煮好的鱼和腌好的咸鱼。现在履行你的诺言吧，让我越过这条沟吧！"

猫把鱼和桶都检查了一遍，尝了一条煮鱼和一条咸鱼，舔舔嘴巴，笑着说：

"你是一个勇敢的孩子，对于你的耐心，我是要给奖励的，以后不要说山上的猫没有给你报酬。"

说完这句话，猫拔下一只爪子，交给了亨利，对他说：

"当你病了的时候，或者当你感觉到你开始老起来的时候，你就用这只爪子抓抓你的前额，那么，无论是疾病啊，痛苦啊，衰老啊，都会消失的。这个药方，对你自己，对你所喜欢的人都是有效的。"

亨利深深地感谢了猫先生。他接过这只爪子，想立刻试一试，因为他觉得非常疲乏和难受，他用猫爪一碰自己的前额，立刻就感到那么轻松，那么舒服，就像早上刚刚起床的时候一样。

猫笑了，又对亨利说：

"现在，你坐在我的尾巴上吧。"

亨利照它说的做了，刚一坐到猫尾巴上，这条尾巴就无限地延长起来，亨利马上就到达了沟的对岸。

七、生命草

亨利怀着敬意向猫致了谢，就向长着生命草的花园跑去。离花园只有一百步远了，他真怕再遇到什么新的障碍，耽误他赶路。然而，他已经到了花园的栅栏旁边。他很快找到了门，因为花园并不大。可是这花园里有许多种植物，他全都不认识，怎么可能找出哪一种是生命草呢？

幸亏想起了仁慈仙女的话，他就呼叫管理这个花园的博士。他刚大喊一声，就听见旁边的草丛里有响动，他看见一个扫烟筒的笤帚那么大小的小人走了出来。这个小人夹着一本书、在鹰钩鼻子上架着一副眼镜，身上穿着一件博士的黑袍。

"小朋友，你到这里来找什么？"博士挺直身子向亨利问道。"你是怎样到这里来的？"

"博士先生，我是从仁慈仙女那里来的，是来向您要生命草，给我快死去的妈妈治病的。"

博士掀了掀他的帽子说："我欢迎从仁慈仙女那里来的人。来，小朋友，我给你找你要的生命草。"

他走进植物园深处，亨利有点跟不上他，因为他完全淹没在一片植物的海洋里了。最后，他们到了一棵孤零零的植物旁边，小人博士从他的小口袋里掏出一把剪枝用的小剪刀，剪下一个枝子来，递给了亨利，他说：

"这就是生命草，你就按照仙女告诉你的方法去做，但是一定要拿住，不要让它从你的手里滑掉了。否则，不管你把它放在哪儿，它都会逃走的，那你就别想再找到它了。"

亨利正要谢谢他，小人已经消失在茫茫的药草之中了，只留下亨利一个人站在那里。

"现在，怎样做才能快一点儿到家呢？如果回去的路上我还遇到像上山时遇到的那些困难，我就会丢掉这根草的。只有这根草，才能救活我可怜的妈妈的命啊！"

多亏他想起了狼送给他的那根木棍子。

"看看它是不是能把我送回家去。"亨利一边说，一边骑到这根棍子上，心里想着，他要回家去。立刻他就飞上了天空，像闪电似的，一会儿就站在妈妈的床边了。

他扑到妈妈身上，亲吻她，但是她却没有听见儿子的声音。亨利一分钟也没有耽误，他用力挤这根草，草汁流进妈妈的嘴里，妈妈顿时睁开了眼睛，用两只手臂抱住亨利的脖子，对他说：

"我的孩子，我亲爱的亨利，我病得多么厉害，可是现在我觉得好多了，我饿了。"

然后，妈妈惊奇地望着亨利说：

"你怎么长得这么大了，我的孩子。怎么回事？几天之内，你怎么会变得这样高了？"

亨利真的长高了一头，因为他已经走了两年七个月零六天了，这时亨利已经快10岁了。还没有等亨利回答，窗户开了，仁慈仙女走了进来。她拥抱了亨利，又走近妈妈的床边，她给妈妈讲了亨利为了救她而做的一切事情：他遇到了多少危险，受了多少磨难，亨利是怎样勇敢、耐心和善良。听到仙女的夸奖，亨利脸都红了。妈妈把亨利拉到自己的怀里，不断地亲吻他。他们是多么激动，多么幸福啊！过了一会儿，仙女说：

"亨利，现在你把小老头和巨人给你的礼物拿出来，按照他们的嘱咐试试吧！"

亨利拿出了烟盒，一打开它，立刻从里边钻出来了一大群小小的工人，这些工人只有蜜蜂那么点儿大，整整装满了一间房子。他们灵巧而迅速地开始工作了，只用了一刻钟，他们就造好了一座漂亮的房子。房子坐落在一个大花园中间，周围有树林和草地，而且房子里也都布置好了。

"这一切都属于你的，正直的小亨利。"仙女说，"巨人给你的那根树枝会给你带来你缺少的东西；狼的棍子会把你带到你想去的地方；猫的爪子会使你和妈妈两个人永远健康、永远年轻。再见吧！亨利。幸福地生活下去吧！不要忘记，美好的品德和孝顺的情操总是会得到应有的奖赏的。"

人们不知道亨利和妈妈活了多长时间。可能仙女王后使他们长生不老，并且把他们搬到了仙女住的宫殿里去了。

（倪维中　王晔　译）

杰克和豆茎

〔英国〕詹姆士·利维兹　原著

从前有一个穷寡妇，她和她的独生子杰克住在一所小茅舍里。杰克是个聪明的孩子，他身强力壮，性情温厚，手脚勤快。他没有外出谋生，而待在家里，帮母亲料理家务，照管园子。他劈柴、生火，在那小小的菜地里松土、锄草，给他们唯一的奶牛"乳白"挤奶。寡妇烧饭做菜，洒扫洗涮，缝缝补补。母子俩虽然贫寒，但有吃有喝，倒也过得心满意足。

有一年，过了寒冷的春天，接着又是一个干旱的夏天，草地上牧草枯萎，"乳白"挤不出奶了。不久，杰克和他母亲就没有黄油可吃，没有牛奶可喝、可卖了。天气干旱，蔬菜也不长，他们迫不得已，只好把平时攒的一点钱也拿出来花掉。

"杰克，"他母亲说，"我想，咱们还是把'乳白'卖掉吧。它没有草吃，不久就会死的，而且我们也得有钱买吃的喝的啊。"

"很好，妈妈，"杰克说，"我把它牵到市场上，用卖得的钱办点货，开个小铺子。我们可以弄点盘子、杯子、带子、线、廉价书和诸如此类街坊邻居所需要的东西。我们很快就会富裕起来的，您瞧着吧。明天是赶集的日子，我一早就去。"

"我真不忍心卖掉'乳白',"寡妇叹了口气说,"可不卖又不行。一定得卖个好价钱,记住,不能少于10英镑,也许可以卖12英镑呢。"

第二天早上,杰克吃了母亲给他做的一点点早饭,就把"乳白"从地里赶出来,走上一条小路。这条路往日到处是水坑、泥沼,如今却晒干了,硬得像饼干一样。他从树篱上折了一根树枝,不时轻轻敲一下牛肚子,让它往前走。不久,他赶着牛走上了大路,朝集镇走去。

他们没走多远,就遇见一个奇怪的老头儿。这个老头儿低低地弯着腰,用拐杖敲敲点点探着路往前走。杰克走近时,老头儿抬头看看,杰克发现他的一双很亮的眼睛在闪闪发光。

"您好。"杰克说,他是个待人友好的孩子。

"你好,小伙子,"走路的人说,"这么好的天气,你上哪儿去呀?"

"我到集市上去卖牛。"杰克告诉他。

"啊,真的,"老头儿说,"不知你想怎么卖法。让我看看,你是不是像你的外表那么聪明。你能告诉我,多少豆子可以组成五吗?"

"嘿,这不难,"杰克笑着说,心想这老头儿有点蠢,"我左手拿两粒,右手拿两粒,口里含一粒。"

"说得对,年轻人,你过来。"

杰克朝两眼明亮的老人走过去。老人把手伸进旅行袋里,取出五粒豆子。

"这是五粒豆子,"他说,"换你的牛怎么样"?

"什么!用五粒豆子换'乳白'!"杰克问,"你这叫什么交易?"

"啊!"老头儿说,"这可不是一般的豆子。只要一种上,就会长得高入云霄。你看上去像是个向往奇迹和神秘事物的小伙子。你听说过这样的奇迹吗,嗯?"

杰克说,他没听说过。但是他怎么知道这几粒豆子是否真有老头儿所说的那种魔力呢?

"你听我说，"老头说，"你把豆子拿去，把牛给我；如果这些豆子不像我说的那样，明天这个时候你到这儿来找我，把牛牵回去，你不会吃亏的。"

杰克认为这个提议倒也公平合理，所以也没说什么，接过豆子，把"乳白"的缰绳交给眼睛明亮的老人。

杰克的母亲看到他这么早就回来，觉得奇怪。

"啊，"她说，"我的天啊！我看你已经把'乳白'卖掉了，一定卖了好价钱，要不你怎么回来得这么快，卖了多少钱？"

"妈妈，"杰克打断了她的话。"我根本没把它卖钱。妈妈，钱嘛，任何人都可以搞到——但是您等会儿看我弄到了什么啦。"

说着，杰克从口袋里掏出五粒豆子放在母亲手里。

"就这些？"她说，几乎不相信自己的眼睛了。"豆子？你把我仅有的奶牛牵到集市上去，带回家的就这么几粒干瘪无用的——"

"这不是一般的豆子，妈妈，"杰克说，是魔豆！"

杰克的母亲是个脾气随和的女人，但这一次她真的发火了。

"魔豆，胡说！"她嚷道，"唉，你这个可怜的、愚蠢的、无知的浪子呀，你受骗了，就是这么回事！现在我们完蛋了，这几粒豆子甚至连做汤都不顶用！睡觉去吧，你这个傻瓜，此刻就去。没有晚饭给这样的傻瓜吃。"

就这样，她不让杰克分辩，便把豆子扔到窗一外，把孩子推到楼上他的小屋去，砰的一声关上了门。

可怜的杰克躺在床上想，自己真蠢啊，他想到自己使老母亲十分失望，想到母亲一定认为他是个无用的废物，心里也很难过，他很饿，可并不怎么想吃晚饭，连衣服也没脱，一会儿便睡着了。

第二天早上，杰克发现房间里充满淡绿色的光，感到很惊讶。起初他以为是在做梦，后来，他听到邻居家的公鸡熟悉的啼声，又听到从路那边农场空地上传来老牧羊狗的叫声。他朝窗外望去，发现窗子被粗壮弯曲的茎上长出来的宽宽的绿叶组成的图形挡住了。看上去像——对，是啊——是豆叶！魔豆！豆子怎么样了？

杰克从床上一跃而起，朝窗口跑去。果然！他母亲昨天晚上把豆子扔到园子里去了，豆子准是在夜里发芽生长起来的。这么说，真是魔豆了！他推开窗户朝下看去，只见从下面的地上长出盘绕绞扭在一起的豆茎，周围长满肥大的绿叶，形成一架牢固的梯子，后来他朝上看，对，豆茎往上长去，长啊，长啊，直上天空，顶端消失在云中。

杰克想也不想，就爬上窗台，抓住豆茎试了试，看它是否经得住他身体的重量。豆茎完全经受得住。他立刻开始往上爬。他很会攀登，一点也不怕登高。他往上爬呀，爬呀，爬呀，往下一看，只见他家的村舍远在下面，烟囱里冒出一缕青烟，袅袅上升，几块洗碗布晾在园子的树篱上。不久，他就在云中消失了。

在云层上，阳光灿烂，一条宽阔的白色大道伸向远方，一眼望不到头。杰克从豆茎梯子上下来，沿着大路走去，看不见人，看不见动物，也看不见房子。要不是偶尔有一只陌生的鸟飞过，简直连一点生命的迹象也没有。

杰克正想着这条路大概没有尽头，就看见远处有一所很高很高的房子。当他走近那所房子时，又看见一个很高很高的女人，手里提着一只桶，从门里走出来。杰克赶紧向那所房子走去，厚着脸皮问那女人能否给他一点早饭吃。

"快离开这儿，小孩子，"她大声说，"你不但吃不上早饭，反而会被当作早饭吃掉！我男人是个吃人妖魔——又大又可怕的吃人妖魔，他凶得像10只老虎。他非常喜欢把你这样的孩子，加上一块黄油，放在面包片上烘烤，使它鲜嫩可口！"

"哎呀，太太，"杰克说，"我饿得要命，家里没有东西吃了，如果你能给我一点早饭吃，以后我被人吃了也无所谓。"

妖魔的妻子不是坏人，尽管她有个妖魔丈夫，心肠变硬了。她朝周围瞧瞧，看妖魔在不在附近，就把杰克推进门，叫他坐在厨房里，给他一些抹了乳酪的面包和一杯鲜牛奶。

杰克刚吃完早饭，就传来可怕的响声，房子都动起来。砰，砰，砰！妖魔回家了。

"快！"那女人说，"躲进炉子里去！他不会往那儿瞧。假如他看见你，顶多三口，也许两口就把你吃掉。"

杰克跳进大炉子，妖魔的妻子砰的一声关上炉门，妖魔刚好走进厨房。他腰带上挂着三条死小牛，他把小牛丢在桌上，叫妻子替他烧好做早饭。然后，他环顾四周，用鼻子嗅来嗅去，嗅呀，嗅呀，虽然炉门是生铁铸的，还有结实的铜把手，杰克仍能隔着炉门听到妖魔用鼻子吸气的声音。后来，他听见妖魔大声吼道："

费，非，弗，夫！
英国人的血味我闻到，
他是死是活无关紧要，
我要碾碎他的骨头做面包！"

妖魔的鼻子真灵，他一定闻到了杰克的气味。但他妻子说：

"净胡扯，嗨！除了昨天晚上你当晚饭吃掉的那孩子的味儿，什么也没有。你坐下，脱掉靴子，早饭马上就做好。"

妖魔脱掉靴子，他老婆把三只小牛烧好给他当早饭吃．吃过早饭，妖魔走到靠墙放着的、包着铁皮的箱子跟前，从里面取出三袋金币。他把金币倒在桌上数起来，数完金币，又把它装进袋里。他整夜在外找早上吃的东西，觉得很困，打起吨来了，一会儿鼾声大作。即使隔着带有铜把手的铁炉门，杰克也能听到妖魔的鼾声。那鼾声像最热的8月里山间打上10个闷雷那样响。妖魔的老婆打开炉门，让杰克出来。

"你最好赶快走吧，"她小声说，"他睡着了，要是你还没走，他就醒过来，那就让老天爷保佑你吧。"

克杰的眼睛尖，他看见桌上的三个钱袋，就趁那女人转过身子去的时候，抓起一个钱袋拼命跑出门去，

他手里抓着装金币的口袋，顺着那条白色宽阔的大道飞快地跑回去，一直跑到豆茎前，回头一看，发现没有人追他，便踏上豆茎，尽快向下爬。他往下爬时，把装金币的袋子扔了下去，当然正好落在他母亲的园子里。

"哎呀！"当口袋落地，在杰克的母亲脚边绽开时，她叫道，"我活了这么大年纪，见过了不少事情，可从来没见过夏天晴朗的早晨天上下金币的。"她正要拣金币，杰克从豆茎上跳下来，她又添了一句："还有孩子呢！"

"喂，妈妈，"杰克说着，抱住母亲在洋葱地里跳起舞来，"现在，您觉得您这个懒懒散散、毫无用处、又愚蠢、又无知的笨儿子怎么样？但愿我从天上带下来的这点金子会帮助我们免于饥饿，勉强度日。"

老太婆承认儿子比她想象的要精明。她当然一向认为儿子比大多数孩子都聪明。那几粒豆子的交易毕竟不坏——当然，要是她没把豆子扔到窗外那块肥沃的土地上，豆子也许根本不会发芽生长呢。

于是，他们娘儿俩一同进城，给杰克的母亲买了一件黑色的新衣服，买了两只上等火腿，还买了一匹小马和一辆双轮轻便马车，好坐着回家，又买了一套新盘子、一把崭新的斧头和一把小刀，还买了些男孩子所需要的东西。他们靠杰克从妖魔家里带回来的金币，在很长一段时间里过着舒服又愉快的日子。

即使是一袋金币也不会永远花不完，杰克和他母亲又没钱了。杰

克不愿意把用妖魔的钱买来的小马、双轮马车和别的东西卖掉。还没有这么做，他就决心再到那所高大的房子去一趟，看能在那儿找到点什么。当然那是危险的，因为妖魔的妻子一定记得他第一次到那儿去的时候丢了一袋金币。尽管如此，杰克可不是那种在乎冒小危险的孩子。其实，他还喜欢冒点险，在他母亲的村舍里的生活可不会有多少奇遇。

于是，在一个晴朗的早晨，他又爬出窗户，登上豆茎梯子。他往上爬呀，爬呀，一直爬到云层深处白色宽阔的大路上。他轻快地大步走去，不久就到了妖魔的家，那个高高的女人正在门口抖拖把。

"您好，太太，"杰克说，"您今天早上怎么样？"

"看到你之前我倒是相当好的，小伙子"。妖魔的老婆说。

"那么，给点早饭吃怎么样？"

"上次我给你吃了点早饭，"她说，"就在我眼前丢了一袋金币。"

"您可别这么说！"杰克用吃惊的语调说，"那怎么可能呢？"

"也许你比我知道得更清楚。"妖魔的老婆说。

"嗯，也许是吧，"杰克说，"如果您给我点早饭吃，我就把所知道的情况都告诉您。"

妖魔的老婆很想知道那袋金币到底是怎么回事，因此她同意给杰克吃顿早饭，然后把他领到厨房去，给他端来一些涂上乳酪的面包和一杯牛奶。

杰克快要吃完时，听到巨大的声响，整座房子摇晃起来。砰，砰，砰！妖魔回家吃早饭来了。"快进炉子，"妖魔的妻子说着把杰克匆匆忙忙地塞进炉子，把炉门关上。厨房的门砰的一声开了，妖魔走了进来，腰带上挂着两条大牛。

"瞧，老婆子，"他说着把牛丢在桌子上。"把这两头牛做好，给我当早饭。我闻到什么味儿？"

"胡说！"妖魔的老婆说，"你闻到的就是昨天晚饭的味儿——就是和面包一起烤的那两个胖男孩的味儿。坐下歇会儿，我给你做早饭。"

吃过早饭后，妖魔对妻子说：

"给我把下金蛋的母鸡抱来。"

那女人走出去，把一只有灰白斑点的硕大的母鸡抱了进来。妖魔把鸡放在桌上说了声"下蛋！"母鸡当即下了一个纯金的蛋，蛋落在桌上，滚向桌边，妖魔接住，装进自己的口袋里。然后妖魔又说了声"下蛋！"母鸡又在厨房桌子上下了一个金蛋。但是这一次，妖魔没有把蛋装进口袋，他干了一夜活儿，忽然昏昏欲睡，头向前一栽，就打起呼噜来。那声音之大，就像打20个雷那样，尽管杰克躲在隔看带有铜把手的铁炉门的炉子内，还是响得叫他害怕。

妖魔刚一睡着，那女人就让杰克从炉中出来，她想听杰克讲钱袋被盗的事。杰克看到那只母鸡站在桌上，旁边还有一个金蛋，他想这倒是一只有用的母鸡。于是他对妖魔的老婆说：

"到外面抽水机那儿给我打杯水来，我待在炉子里，渴得要命，嗓子发干，不能讲这事儿。"

她照杰克说的话出去了，杰克立刻抓起母鸡，用胳臂一夹，跑出门去，吓得母鸡马上咯路地叫起来。

妖魔从睡梦中跳起来，抓起他那冬青木大棒，冲出门去追杰克，妖魔的妻子正在后院，也跑进来看看出了什么事。这时，杰克、母鸡和妖魔都不见了。

杰克顺着大路像一阵风似的跑着，妖魔在后面紧追不舍。妖魔腿长，不过他还没有完全清醒过来，而且早饭还在肚子里沉甸甸地没消化掉。此外，杰克很灵活，充分利用他的有利条件，拐来拐去，躲躲闪闪，在白色的路上飞奔，他腋下夹着的灰色母鸡拍打着翅膀，咯咯地叫着，好像要把死人叫醒似的。妖魔挥舞着圆头大棒，用可以想象得到的最可怕的话语大声叫骂，在他后面猛追。他的叫骂声传来，好像把杰克逼得往前越跑越快。但妖魔还是越追越近，只离几码远了。他猛然挥起大棒，差一点击中杰克的脑袋。杰克闪开，继续向前飞跑。后来，发生了一件事，救了他。一片比别的云都大的云从路边滚滚而来，把一切都卷入白色的浓雾之中。杰克尽力向前冲去，钻进雾中。他只能看清前面几码远的路面。杰克跳进路旁一条沟里，躺在那里未被发现，等妖魔雷鸣般轰隆轰隆地跑过。妖魔挥舞大棒向四面乱打，嘴里可怕地咒骂着，过了一会儿，他迈着沉重的步子走回来。杰克听见他嘟嘟囔囔地说什么他今天倒霉，要回家去。杰克听不到妖魔的声响，马上就从沟里爬起来，继续向前走，不久来到豆茎旁，他把母鸡牢牢夹在腋下向下爬去。往下爬呀，爬呀，直到钻出云层，可以看到他母亲在下面的园子里转悠。

"瞧！"杰克说着气喘吁吁地落在母亲身旁，手里紧紧抓着那只有斑点的母鸡。"您认为这鸡怎么样？"

"哎呀！"他母亲说，"这孩子往后还会干什么事呢？"

她随孩子走进农舍，杰克等她进来后，小心地把门关好，以防母鸡逃走。然后，他把母鸡放在地上，叫母鸡下蛋，那母鸡蹲伏在地上，一会儿就下了一个纯金的蛋。寡妇被她那宝贝儿子的聪明惊呆了。她把母鸡牢牢关进木笼里，马上就裹上头巾，动身进城去买迫切需要的食品。此后，他们需要什么东西，就叫带斑点的母鸡下一个蛋。他们很快又富裕起来了。

后来，杰克又渴望找点儿刺激了。他决定再去一次妖魔的家。当然，他知道那是危险的，因为现在妖魔和他的妻子两人都想杀他，但是他不怕。在一个晴朗的早晨，杰克又一次走到外面去，踏上豆茎，开始往上爬，他爬呀，爬呀，一直爬到白色宽阔的大路上。阳光灿烂，他觉得轻松愉快，无忧无虑。然而当他走近那所高大的房子时，就十分留神地往前走了。妖魔的妻子果然在门口。杰克等到她不见了，才偷偷地走到门口，小心翼翼地向里张望。一个人也没有，那女人一定到后院或楼上去了。

杰克溜进厨房，四下张望，找个藏身的地方。那女人一定会往炉子里看，而且炉子里面正发出唑唑的响声，又很热，显然在烤什么东西。杰克打开一个铜器的盖子往里看看，里面地方很大。他小心地爬进去，放下盖子。

他刚躲好，妖魔的妻子就进来了。过了一会儿就听见砰、砰、砰的脚步声！妖魔也大踏步走进来，把整个房子都震得摇摇晃晃，还嚷着要早饭吃。他突然站住，满腹狐疑地嗅着空气。

这一回他老婆不再说"胡扯"了，她说："这回也许你说得对，我想我也闻到什么气味儿了。"

她走到炉子跟前，打开炉门，里面烤着三只给妖魔当早饭吃的整羊。杰克当然不在那里。她把羊取出来放在桌上，妖魔开始吃早饭。他的妻子就在屋里四处查看，椅子底下，碗柜里面，甚至妖魔放钱袋的大箱子里都看遍了。

"我闻到孩子的味儿。"妖魔说.

"没错儿，"他老婆说，"就是那个偷母鸡的该死的孩子，我真想用手卡住他的喉咙，我会的！"

她继续搜寻，但她没想到去看看那个铜器。

"连他的影子都没有。"妖魔的老婆最后说。

"嗯，我敢发誓，我闻到了孩子的气味。"妖魔说。

妖魔吃完早饭，昏昏欲睡。于是他在摇椅上坐下，要他的魔竖琴。那个女人取出一张小巧的金竖琴，放在桌子上。

"唱歌，竖琴。"她说，竖琴立刻自己弹唱起来，歌声非常奇妙动听，过了一会儿，妖魔睡着了，隆隆的鼾声传到铜器内杰克那里。杰克偷偷地朝外看，发现妖魔的妻子出去了。他悄悄从铜器里爬出来，抓住魔竖琴。他刚把竖琴抓到手，它就发出了巨大的拔琴弦的声音，并且清晰响亮地唱道："救命啊，主人！救命啊，主人！"杰克拿着竖琴跑出门去，妖魔一跃而起，抄起冬青木大棒追了出去。

杰克顺着白色宽阔的大路飞奔。幸好，妖魔出门时匆忙中在门前石阶上绊倒了。他咒骂着爬起来，揉揉摔痛的地方，拾起棒子，又猛追杰克去了。

这一次可没有好心的云涌来掩护这孩子。他拐来绕去地躲避追赶者，但妖魔还是追上来了。那竖琴一直发出痛苦的喊声："主人，主人，救救我！"

杰克及时赶到豆茎边，马上闪电般往下爬去，几乎没把脚放在豆叶做的梯级上，简直就是向下溜去。他往下溜了一半时，整个豆茎遭到飓风袭击般晃悠起来。杰克往上一瞧，看见妖魔已经跳上豆茎，下来追他了。妖魔的重量坠得豆茎摇摇晃晃，妖魔每秒钟都更逼近杰克一步。

快到地面时，杰克嚷道：

"妈妈，妈妈，您在哪儿？斧头，拿斧头来！"

杰克刚碰着地面，他母亲手里拿着新斧头从茅屋里跑出来。巨大的妖魔越来越近，一个黑影突然笼罩着整个菜园。杰克抡起斧头尽力向盘绕着的豆茎劈去。整个高大的植物摇晃起来。杰克又劈了一下，豆茎砍断了。妖魔失去攀附的东西，大叫一声，掉在地上，摔断了脖子，立即一命呜呼。妖魔落地时砸了一个大坑，后来杰克花了三天工夫才把它填平。

魔豆茎完了，妖魔也完了。至于妖魔的老婆和那所高大的房子嘛，我想大概还在云层上面那条宽阔的道路尽头吧，但再也没听人说过了。每当风刮得猛的时候，杰克常对他母亲说，那一定是妖魔的妻子因失去丈夫而哭泣的声音。不过我想，他讲得不对，因为大家知道，妖魔的妻子们在丈夫一旦有个三长两短时，马上就会另找一个新丈夫的。

　　杰克和他的母亲继续在小茅屋里过着幸福的生活。每当他们要钱用时，就叫有斑点的母鸡下蛋；他们感到烦闷，就让魔竖琴唱歌。魔竖琴唱的歌非常动听，附近和远处的人们都来听它唱歌，所以他们从来不会没有朋友。

　　　　　　　　　　　　　　　　　　（万兆凤　林洪志　译）

公主和妖魔

〔英国〕乔·麦唐纳　原著

　　从前有个小公主叫艾丽娜，她的父亲统治着一个大国家。这个国家有许多高山大谷，皇宫就建造在一座大山上，非常宏伟壮丽。小艾丽娜就诞生在这座宫里，但是因为母亲身体不大好，她生下来不久，就被送到另一座山上去。那座山的半山腰有一幢半城堡半农舍的大房子，她就在那里由一群奴仆抚育长大。

　　艾丽娜的容貌非常美丽，两只眼睛就像夜里与蓝天融成一片的两颗星星。她所居住的房间的蓝蓝的天花板，上面嵌着许多星星，设计得跟真的天空一样。小公主经常朝上忽闪她的眼睛，让人觉得这双眼睛就是那上面掉下来的。

　　但是，小公主可能从未看到过布满星星的真天空，因为在这座山下的岩洞里，生活着一群奇丑百怪、身材矮小、力气却很大的妖魔。这群妖魔已经形成了一个独立王国，他们最大的乐趣就是千方百计捉弄生活在他们上面的人们，他们白天从不出现，总是在夜里才成群结队地出来作恶，地面上的人的黑夜正是妖魔的白天。正因为这样，小公主夜晚从不敢走出屋门，国王派一个卫队的人保护和抚育她。

　　小公主感到太寂寞了。特别是在浓雾迷漫、雨帘斜织的日子，她更加烦闷、无聊，她多想自由自在地玩个痛快呀。

机会终于来了，趁保姆不在身边，小公主爬上了阁楼里的一座落满灰尘的扶梯，她很早就想看看上面究竟是怎样一个世界了。

她一步步登上去，登一段扶梯，走一段走廊，后来，她看见到处都是扶梯，都是走廊，到处都有门。小公主再也找不到回家的路。她伤心地哭了，等安静下来，她听到了一阵奇怪的嗡嗡声。这低沉悦耳的声音连续不断，好像一群蜜蜂在花丛中飞来飞去。小公主忘记了害怕，好奇地循声走进一扇门。她看到了什么呢？

小公主惊奇地看到：一位很老很老的妇人坐在那里纺纱！

这位老妇人的头发白得像雪一样，从额头和两边往后梳，蓬蓬松松披在肩上。她的脸很光洁，眼睛流露出睿智的光芒。

正当小公主不知该如何是好的时候，那老妇人用一种颤颤巍巍、但很悦耳的声音说起话来：

"进来，亲爱的。进来，我很高兴看到你。你找不到回家的路了吧？来，让我给你擦擦眼泪吧。"老妇人停下纺车，拿过来一只小银脸盆和一块雪白柔软的毛巾。

给小公主擦完脸后，老妇人把脸盆拿走。这样大的年纪，老妇人背却一点不弯，穿着一件镶有又阔又厚的白花边的黑天鹅绒的袍子。这身黑衣服把她的白发衬托得像银子一样闪闪发光。

"你想知道我是谁吗？"老妇人转回身来。

"我非常想知道。"小公主目不转睛地打量着老妇人。

"我是你祖母的祖母。"

"祖母的祖母？……您怎么在这里？"

"我到这里来是来照顾你的。"

"奇怪。怎么保姆从来没有告诉过我？"

"保姆不知道。谁也不知道。"

"您吃的饭是从哪里来的呢？"

"我饲养一种家禽，吃它们下的蛋。"老妇人一边说着一边拉着公主的手，领她走出房间。小公主感觉老妇人的手特别光滑、特别细嫩，根本不像老年人的手。

老妇人打开另一扇门，小公主看到的竟是蓝色的天空，一大群可爱的鸽子飞来走去，互相鞠着躬，在讲一种她听不懂的语言。原来老妇人就靠吃鸽蛋生活的。

小公主正看得入迷，这时老妇人说：

"你该回去了，保姆可急坏了。"

小公主恋恋不舍地随老妇人一层层地走下楼梯。当小公主终于看清自己的房子的时候，老妇人向小公主挥挥手，转身就上楼去了，她走得很快，完全不像是个年纪大的老祖母。老妇人不一会儿就重又坐在那里纺纱了，她那张虽然年老却十分甜蜜的脸上浮现出一种奇怪的微笑。

小公主艾丽娜把这次奇遇讲给保姆露蒂听，不用说露蒂，谁也不会相信的。何况她们当晚又上楼寻找过，根本不见老妇人的踪影。小公主也奇怪，心想：这不是一场梦吧。

第二天，乌云散去，雨后的天气特别清新，小公主欢快地和保姆一起出游。她们太高兴了，竟然忘记了太阳已经偏西了。

她们飞快地向家里跑着，保姆吓得惊恐万状。公主不知道保姆害怕的原因，因为国王不允许仆人们对公主提起妖魔的事。

天逐渐黑暗下来。妖魔的白天又开始了。在一个峡谷边上，一阵粗鲁的傻笑声阴森地传来，沙哑而含混的鬼话在山谷里回荡，更加恐怖，令人毛骨悚然。

"天哪！"保姆吓得瘫软在地上。

忽然间，不知所措的公主听到一阵清亮的口哨声，接着，口哨声又变成了歌声：

"叮叮！当当！砰砰！

铁锤声儿铿锵！

敲啊，抢啊，

轰开妖魔的胸膛！

一，二，三，

金子一样闪光！

四，五，六，

铲子，镐子，鹤嘴锄！

七，八，九，

点起头上的矿灯。

我们是快乐的小矿工，

不准妖魔逞威肆虐闹哄哄。

……"

果然，妖魔听到这歌声，就销声匿迹了。

这时，歌声中走来一个小男孩。这男孩十几岁的样子，穿着矿工的衣服，头上戴着一顶古怪的帽子。他是一个容貌很秀气的男孩，一双乌黑的眼珠，像他做工的矿井一样漆黑，却又像岩石里的水晶一样发亮。

原来，这个可爱的小男孩叫凯里埃，是这里一个矿工的儿子，他专门靠这种诗歌来驱散妖魔，妖魔最怕他的这种诗歌了。

凯里埃一直把公主和保姆送到家。为表谢意，公主伸出手臂想抱住凯里埃的脖子，给他一个感激的吻。

保姆一把抓住公主："公主不能随便给人吻，这完全不合规矩。"

"可是我已许给他一个吻，公主是必须遵守诺言的。"公主恳求说。

看公主和保姆争执不下，凯里埃对公主说："不要紧，艾丽娜公主。

你不一定要今晚吻我，这样不算你不守诺言。"

凯里埃和公主相互问候着告别了。而保姆露蒂却又要提防凯里埃，她不允许公主随便去吻一个小矿工。

凯里埃回到家的当夜，就有一群妖魔小矮人到他的窗下探听，凯里埃又唱起"一，二，三"的歌，小矮人立刻狼奔豕突四处逃散了。凯里埃估计，可能是由于他保护公主，惹恼了妖魔。

于是，凯里埃决定夜下矿井，一是探听一下虚实，据夜间工作的矿工反映，总能听到妖魔整夜凿石的声音，却弄不清妖魔究竟要干什么；二是他想多挣些钱，好给母亲买件红衬裙，这是他很早就有的心愿了。

凯里埃精神饱满地凿着矿石，到了半夜，他想休息一会儿，刚靠在石壁上，他就听到了妖魔含混的谈话声：

"咱们还是马上搬走为妙。"

"别忙。那个讨厌的小矿工今晚再卖力，也不会捅穿石壁的。"另一个沙哑的声音说。

"不行，为防万一，咱们必须把家搬走。海尔弗，搬上这只大箱子。"

"是的。爹。"又一个声音回应道，"不过，咱们什么时候才能不被地面上的人追赶呢？他们一把矿井凿到附近，我们就得赶紧逃避。"

凯里埃把耳朵紧贴在石壁上，他相信，他和妖魔只隔一层很薄的墙壁了。他不弄出一点声音，妖魔以为他早已走了。

凯里埃从妖魔的谈话中知道，妖魔的脑袋特别硬，甚至刀枪不入，但他们的脚特别弱小，都没有脚趾，都不穿鞋子。此外，凯里埃还偷听到一件特别重要的事情，就是妖魔正在酝酿一场深重的灾难，不久就会降临在矿工们的头上。但这几个妖魔没有说出具体内容，只是说他们马上要到妖魔王国的王宫里去开会。

凯里埃马上就把已经松动的石壁上的石头一块一块地搬了下来，然后偷偷地跟着这几个妖魔来到了妖魔的王宫。王宫是一座天然岩洞，里面挤满了妖魔，无数火炬把四周照得如同白昼。在一块很高的青铜矿石上，坐着他们的魔王。

凯里埃偷偷躲在角落里，窥视着妖魔的会议。只听刚才那个海尔弗称之为爹的妖魔向众妖说，有一个小矿工已经把矿井凿到离他们家很近很近的地方，他们的安全受到了威胁。这时魔王说：

"格洛姆普汇报的情况很重要，不过咱们的第一个计划应当首先执行。这有利于我们王国的和平，至少能维持一代的和平。要使和平有绝对保证还要由咱们的王子陛下立下誓言，并保证他的女方亲属具有良好的行为。万一这一计划不成功的话，咱们就只好实施第二计划了——凿开山里天然水坑的出水口，以及山里的其他水道，淹没地面人的矿井。"

凯里埃惊恐得差点喊出声来。这时，妖魔的会议似乎已接近尾声，凯里埃赶紧沿原路返回矿井，又急忙用石块堵上了石壁上的洞，他怎么也搞不清妖魔的第一计划是什么，但似乎好像是联姻什么的。

凯里埃急忙回到家中，把情况跟父亲说了，父亲认为先不要把那条矿井打通，以免弄不好妖魔把水放过来，不过还有必要装出偶尔在那里干活的样子，以免引起妖魔的疑心。

时间匆匆而过，艾丽娜为自己没有兑现诺言而深感不安，她从没有忘记凯里埃，她想，她一定要偿还凯里埃的情分。艾丽娜还有另外一个心愿，就是她还想去看看她的老祖母。

保姆对公主看管得越来越严，父王又增加了保护女儿的卫队。尽管这样，还是出了差错，公主的大拇指被胸针刺出了血，肿得很高，小公主痛得哇哇直叫，夜里也睡不好觉。于是她又走上了那座老扶梯。

在扶梯的尽头，她终于又看见了她的老祖母！老祖母还在那纺纱，说这纱是专为小公主纺的，不久她就会用到。老祖母又亲热地留公主住了一夜，小公主甜美地偎依在老祖母胸前，幸福极了。她梦到夏天的海洋、皎洁的月光和沙沙作响的树林，还梦到了漫山遍野的野花丛，散发出一种从来没有闻到过的扑鼻的异香。

第二天早晨醒来，公主发现自己仍睡在自己的床上。老祖母不见了，老祖母漂亮的卧室也不见了，只留下一股芬芳的香味在身边萦绕。奇怪的是，她的手一点也不痛了，完全好了。小公主忽又记起了昨晚老祖母曾一再嘱托她的话：一周后一定要再到老祖母那儿去。

一周后，艾丽娜又爬上扶梯，老祖母果真在那里等她。老祖母的线已经纺完了，挽成金光夺目的一团。老祖母把一枚钻石戒指戴在公主的手指上，并告诉公主，只要戴上它，就可以摸到这肉眼看不到的纱线，线把公主引到哪里，公主就要跟到哪里，特别是在危险的时候。

凯里埃这边还在进行着他的侦察，他每次深入魔窟，都把一根很细很长的绳子的一端固定在矿井这边的鹤嘴锄上，然后走一步放一步绳子，回来的时候，再沿着绳子回来，就势把绳子也收回来。这样，凯里埃就不会迷路了。

可是有一天夜里，当凯里埃顺着绳子往回返的时候，他发现绳子已经不在原来的路线上。原来，绳子另一端的鹤嘴锄被妖魔饲养的牲畜给叨换了位置。凯里埃找不到回矿井的路了。于是，他将计就计，索性顺着绳子来到了魔宫附近。透过岩洞豁口，凯里埃看见一小群妖魔围火而坐，黑暗中缭绕的烟向高处散去，山洞四壁都是闪烁发光的矿石，像妖魔大殿一样。他一眼就认出了魔王，魔王正和几个妖魔聊天，从他们的谈话中，凯里埃知道，魔王身边坐着的有妖魔王子哈尔立浦和魔宫内唯一穿鞋子的妖后，还有几个宠臣。

凯里埃急着想听清楚他们的每句话，冒险从脚下一块光滑的石头上滑下去，想滑到一块凸出的石头上坐下来。然而，那块石头已经松动，凯里埃随石头哗啦一声掉了下去。

几个妖魔惊恐万状。魔王发出一声怪叫，只见许多妖魔蜂拥而至，面目狰狞地一步步向凯里埃逼近。

凯里埃急忙念起诗来，妖魔怪叫着逐渐后退，可诗一停下来，妖魔又重新围过来。这样重复了好多次。凯里埃弄得口干舌燥，只要诗一停，就有成百双长手臂伸出没有指甲的大手要来抓他。凯里埃只好举起鹤嘴锄，向妖魔的脑袋上重重地砸去，不料妖魔只发出一声恐怖的喊叫，就扑来抓他的喉咙，就在这紧要关头，他想起妖魔身上脆弱的部位。他急忙把身子一闪，突然冲到魔王身边，使出浑身力气朝魔王脚上踏去。魔王大声嗥叫起来，几乎跌倒在火堆里。凯里埃左右拼杀，他所到之处，妖魔纷纷抱脚滚去，一边还哇哇乱叫。就在凯里埃乘胜突围之时，穿鞋子的妖后两眼冒火，鼻孔大张，头发几乎根根竖起，向凯里埃冲来。凯里埃已经探听到，妖后是来自地面的败类，她的脚长得很结实。她的鞋子是用花岗石凿成的，很有威力。凯里埃和妖后打了几个回合，妖后使出一个绝招，然后抱住凯里埃冲出岩洞，猛地把他推进石壁上的一个小洞里，这一下差点没让他昏倒，使他动弹不得，妖魔们大叫着冲过来，许多石子砸过来，凯里埃终于昏了过去。

等凯里埃苏醒过来时，发现自己被关了起来，鹤嘴锄也不见了。现在他唯一的武器就是作诗，把这些诗储备起来备用。他寻找一切机会设法逃出去。

然而，妖魔们决定要吃掉凯里埃。

就在凯里埃落入魔窟的那天早晨，小公主艾丽娜一早醒来就吓了一大跳。她房间里有一种可怕的声音：好像是狗叫，又好像是蛇在打架，也可能是别的什么野兽在撕咬。小公主似乎正面临着一种危险。她猛然想起老祖母的吩咐，把戒指戴上了。马上，她的手心里好像有根线在轻轻牵动。公主在丝线的牵引下，走出房门，穿过庭院，走上了对面的山坡。

前面山上飘着一根波浪起伏长长的蛛丝，在阳光中闪闪发光。艾丽娜很快就发现，前面那根蛛丝就是她手中的丝线，在领她到一个陌生的地方去。

丝线引着艾丽娜上上下下、左转右拐，最后，走进了一个岩洞，那里有一堆烧成木炭的余烬，还在发出红光。这时丝线忽然升高，像她的宝石戒指在余烬的火光中一样闪出红光。

接着她来到一大堆石子前面，这堆石子与岩洞的石壁成了一斜坡。这时丝线一转眼就钻进石子堆里不见了。一刹那间她十分害怕，仿佛老祖母丢弃了她。她伤心地哭了起来。幸亏她还不知道隔壁洞穴里躺着几个什么样的怪物，其中一个还穿着一双石头鞋子呢！当然她也不知道大石头后面还有谁在那儿。

渐渐地，她不哭了，她产生了一个念头，干嘛不搬开几块石头看看那丝线钻到什么地方去了呢。

于是，她一块一块地搬起来。丝线就在石块的缝隙中！她搬开一块，丝线又钻进另一个石缝中。就这样，小公主奇迹般地搬走了许多石块。

忽然，她听到有人在念诗！

凯里埃！不错，肯定是他的声音！小公主喊了起来："凯里埃——"

"嘘！嘘！小点声。"凯里埃回答，"你是谁？"

"我是艾丽娜。"

小公主干得更起劲了，不多时，凯里埃就从石洞里钻了出来！

"你怎么会到这里来？"凯里埃问。"

小公主把前后情况说了一遍，然而凯里埃像在听天方夜谭一样，一点也搞不明白，认为小公主在说谎。后来，等他们逃出来之后，小公主把凯里埃带到了老祖母那儿，老祖母心疼地望着小公主："勇敢的公主，你受苦了……"

然而，凯里埃却什么也没听到，什么也没看到。

"作为公主，不应该说假话的。"凯里埃小声地说。

"老祖母，凯里埃不相信我的话。"小公主委屈地对老祖母说。

"人只有相信他们能够相信的事，那些对某些事情自己很相信的人不应该去责备那些还不太相信的人。我很怀疑，要是你没有亲眼看见过，你能相信吗?"老祖母意味深长地对小公主说。

凯里埃回到家中，虽然他对小公主的话不太理解，但小公主救了他的性命，还让他高兴的是，他逃出魔窟时，趁妖后睡觉时，偷出了她的一只鞋子，还找回了鹤嘴锄。

第二天晚上，凯里埃又开始了对妖魔的侦察。终于有一天，查出了妖魔正在往王宫方向挖洞，要从地下钻进宫里，打算抢走小公主艾丽娜，作妖魔王子哈尔立浦的老婆，这正是妖魔的第一计划。

凯里埃发现，妖魔先是把洞往深挖，然后又往上挖，又向水平方向挖去，接着就径直向公主住的王宫挖去。凯里埃几次想方设法要把这一危险情况告诉给王宫里的人，但王宫把守很严，凯里埃没有机会接近他们。于是他只好在每天夜里，偷偷地潜入王宫的花园，把耳朵贴近地面，听妖魔的动静。

可是有一天夜里，不幸的事情发生了。正当凯里埃在草地上仔细地探听之时，忽听得耳边飕的一声，腿上已经中了一箭。凯里埃被国王的卫队给关了起来。不容他开口说明情况，所有的卫兵就已离开，只留下凯里埃一个人在一间封闭的屋子里呻吟，更让他着急的是，公主正面临着极其危险的处境。

就在同一个夜里，妖魔打通了进入王宫的地道，从国王装酒的地下酒窖里钻出了地面。妖魔王国的臣民都来了，都巴不得在这天夜里得到抢走艾丽娜公主的殊荣。妖后也只穿着一只石头鞋子参加了劫持勾当。

凯里埃正在熟睡。他梦见屋子里四处都是妖魔，正当他绝望之际，他恍惚觉得门开了，走进一个白发妇人，手里拿着一只银盆子，坐在了他的身边，只觉得她在用清凉、柔软的手摸了摸他的额头，然后把一种发出玫瑰香味的东西搽在他腿上的伤口上，接着白发妇人挥了挥手就消失了。

当凯里埃醒过来时，忽然听到整幢房子里有无数杂乱而又轻软的脚步声和武器叮叮当当的声音，有男人的说话声和女人的喊叫声，还夹杂着吓人的怪叫。

妖魔在这幢房子里！他一下子蹦了起来，操起墙上挂着的一把旧猎刀，破门而出。

他看见妖魔云集，国王的卫队已被打得溃败。他一个箭步冲进了妖魔群里，大声唱喝：

"一，二

打打打，砍砍砍！

三，四

炸炸炸，挖挖挖！

……"

他每念一句诗，就把穿着钉鞋的脚向妖魔的脚用力踩一下，同时还用猎刀去砍他们的脸。凯里埃奋力拼杀，左一踩右一踏，迅雷不及掩耳，勇猛无前。顿时，妖魔掩耳抱脚，翻滚鼠窜。

凯里埃冲进王宫大厅，看见魔王和妖后正把侍卫队长按在地上。妖后像一只激怒的猫，倒竖的眼睛里闪出绿光，头发也半竖在她可怕的头上。这时她狠命朝凯里埃冲过来，凯里埃机警地一闪，妖后扑了个空，凯里埃使出浑身力气，用自己的钉鞋在妖后没穿石头鞋的脚上猛踩一下，只听妖后大叫一声，落荒而逃。这时，几个卫队员也冲了过来，和凯里埃齐心协力，打败了魔王，救出了奄奄一息的侍卫队长。

"公主在哪里？"凯里埃一遍一遍地问。

没有人知道公主的去向，大家慌忙冲出大厅去寻找。

这边妖魔王子哈尔立浦正带着一队妖魔四处搜查，横冲直撞，他好像决心要超过他的父亲，娶一个太阳底下的女人，来分享他未来的王位。他抓住保姆露蒂，飞快地把她拖到地道洞口，这时凯里埃及时赶到，猛冲过去，朝哈尔立浦那双毫无防备的脚狠狠地踩了两下子。哈尔立浦丢下露蒂，钻入正在抢酒喝的妖魔群中。

这时，魔王和妖后还不甘心失败，又气急败坏地冲将过来，然而他们已经没有能力击败已经知道他们弱处的国王卫队，几个回合，就使妖魔大败而退。

凯里埃和卫队以及侍从们四处寻找公主，可是一点也没公主的形迹。凯里埃猜想，公主一定是在袭击一开始就被抢走了。

凯里埃决心要深入魔窟，搭救艾丽娜公主。他正打算去跟踪进洞的妖魔，这时忽然有一样东西碰到了他的手上。这种感觉十分轻微，他看了看，没有看出什么来。他在灰蒙蒙的曙光中，仔细看看，反复摸摸，手指头摸到了一根绷得很紧的线。他突然想起，那一定是公主说过的丝线。他没有说什么，因为他知道没有人会相信他，正如他过去不相信公主一样。他跟随牵着他手指的丝线走去，他很惊讶，难道这丝线真是老祖母派来送信的？它一定像他猜想的那样，把公主领上山，她在那里一定会遇到一群溃败的妖魔。他急急忙忙地跑去，希望能早一步把公主追回来，可是丝线却笔直地往山上他的家的方向引去，等到太阳出来之前，丝线果真把他领到了他自己家的门口。

当凯里埃疑惑地走进屋时，发现艾丽娜公主正安详地躺在他母亲怀中睡得正甜。

原来，当妖魔攻入王宫时，公主就顺着牵着她的丝线来到了这里，从而幸免于难。

凯里埃和已经醒了的公主欢呼着他们的胜利。这时凯里埃突然想起妖魔曾经做过的决定，如果第一个计划失败，他们就要实行第二个计划——放水淹矿井！

现在，矿井正面临着淹没和毁坏的极大危险，矿工们的生命也危在旦夕。

凯里埃急忙通知了矿工，大家做好了迎战准备，都行动起来，去堵妖魔凿开的许多地下水通道。

山里的天气一日三变，正在大家忙碌之时，一阵暴风雨过后，山洪暴发。由于地势的原因，妖魔的地下水没有放出来，山洪却冲进了妖魔的岩洞。妖魔的第二计划非但没有成功，反而自食其果，妖魔的整个地下王国都被山洪吞没。妖魔尸横遍野，随洪水四处漂泊，从而宣布了妖魔王国的彻底崩溃。

洪水暴发的第二天早晨，太阳格外地明朗，艾丽娜说雨水洗过了太阳的脸，才放出这样灿烂的光芒来。

这天傍晚时分，国王骑着大马，领着侍从来接公主。凯里埃默默地看着无比激动的国王和公主，自己也满心的欢喜。凯里埃的母亲听着国王感激凯里埃的话，心里感到异常的欣慰。本来嘛，儿子的功绩在母亲的耳朵里不就是一首悦耳动听的歌曲吗？

"父王，"公主对国王说，"我必须告诉您一件事。很久以前在一天夜里，凯里埃搭救了我。当他把我和露蒂送到家时，我答应给他一个吻，可是露蒂不让我这样做。我希望父王不要责备露蒂，不过我请您告诉她，一个公主是必须遵守诺言的。"

"的确，你应该遵守诺言，我的孩子，除非这个诺言是错误的。"国王开明地说，"那你就给凯里埃一个吻吧。"

公主双臂楼住凯里埃的脖子，在他嘴上轻轻地纯美地吻了一下。公主终于实现了她的诺言。

临走国王想把凯里埃带到自己的身边，去享受一些幸福的生活，凯里埃说："国王陛下，谢谢您。不过我的父亲和母亲更需要我。如果您不介意的话，就请您赐给我母亲一件红衬裙吧！"

"等我们一回家，"国王说："艾丽娜和我会找一件最最暖和的红衬裙给你们送来。"

"对，我们一定做到，凯里埃妈妈。当我们再来的时候，但愿您正穿着它。"公主高兴地说。

凯里埃一家和矿工们目送着公主在国王及其卫队的拥护下，消失在布满星星的夜色里。

从此以后的每个夜晚，小公主再也不用担心妖魔了，她可以自由自在地眨着她星星般晶莹的眼睛，数天上那些眼睛般晶莹的星星了。

（孙天纬　缩写）

金 发 公 主

〔法国〕奥尔诺夫人　原著

　　从前有一位公主，世界上谁也比不上她更美丽。她有一头波浪般的金发，几乎拖到地上。因为她如此漂亮，所以人们都称她为"美丽的金发公主"。她常常戴一顶花冠，衣裙上缀着钻石和珍珠，谁见了谁都会爱上她的。

　　公主的邻邦有一位尚未娶亲的年轻国王。他富有、英俊，老听人说起"金发公主"，尽管从没见过面，可是已经深深爱上了她，整天不想吃不想喝。所以他决定派一个使者去求婚。国王为使者准备了一辆华丽的马车，给他一百多匹骏马和一百多个随从。临行时再三叮嘱，一定要把金发公主迎回来。

　　使者出发后宫廷里尽在议论这件事。国王觉得很有把握，公主一定会答应婚事，所以让手下人动手缝制漂亮的衣服、制作华丽的家具，做好一切准备。话说使者来到金发公主的宫里，传达了国王求婚的口信。可是不知那天公主正巧情绪不好，还是使者的赞辞不合她的心意，谁也说不清。公主只答道，她非常感谢国王的垂爱，不过她并没有结婚的愿望。使者只得垂头丧气带着国王的全部礼物动身回国。金发公主很有教养，既然她没有答应婚事，钻石和珍珠也一概不收，为了免得对方过于难堪，只收下了

25枚英国饰针。

　　使者回国，国王早已等得心烦意乱，大家责怪使者没能把金发公主迎回来，国王哭得像个孩子，谁都安慰不了他。当时宫廷里有位青年，他聪明伶俐，谁也比不上，所以人们叫他"可人儿"。大家都喜欢可人儿，只有几个人恨得他要死，因为他受国王宠爱，知道国家的全部机密。有一天他凑巧碰到一些人，正在议论使者迎亲失败，即使再去也无济于事，可人儿脱口而出：

　　"要是国王派我去，我一定把金发公主迎回来。"

　　谁知他的对头马上去国王那儿汇报：

　　"陛下，您一定不会相信，可人儿竟如此狂妄说——只要派他到金发公主那儿，他准把公主接回来。他这是在说，陛下比不上他英俊，金发公主一见便会爱上他，心甘情愿跟他走的。"

　　国王听了谗言勃然大怒。

　　"好哇！"国王说，"他竟敢嘲笑我的痛苦，以为自己比我更吸引人！快去，把他关进塔楼，让他活活饿死！"

　　国王的卫兵立刻去抓可人儿，他却早就把随口讲过的话忘得一干二净。卫兵粗暴地把他关进了监狱。牢房里床上只有一点稻草，要不是塔顶流下一小股水，他可能早就渴死了。

　　有一天他绝望地自言自语道：

　　"难道我冒犯了国王？我是他最忠诚的臣子，从来没有违背过他。"

　　正巧国主路过塔楼，听出来那是他以前的宠臣可人儿的声音。国王停下脚步，想听听他究竟说些什么。随行中有跟可人儿作对的人，当即劝阻道，叛臣的话有什么可听，没想到国王说：

　　"别出声，我想听听他还有什么可说的。"

　　国王随即打开了牢门，把可人儿传来。可人儿垂头丧气地来见国王，他吻了吻国王的手说：

"陛下，我干了什么错事，该受如此残酷的惩罚？"

"你嘲笑了我和我的使者，"国王说，"你说只要把你派去，就能迎回金发公主来。"

"正是这样，陛下，"可人儿回答说，"我会生动地描绘您的容貌，竭力推崇您的高贵品质。我敢保证，公主听了准会觉得自己再也无法拒绝您了。可是我不明白，为什么您对此大发雷霆？"

现在真相大白，国王知道自己错怪了可人儿。所以他眉头紧蹙，严厉地看了看几个搬弄是非的大臣。

国王把他接回宫里，请他吃完丰盛的晚宴后说：

"你知道，至今我依然迷恋着美丽的金发公主，她的拒绝改变不了我的决心；可我不知道怎样才能改变她的主意？我真想派你前去，看看你能不能劝得她回心转意，答应我。"

可人儿连忙答应十分愿意为他去出力，并且第二天就动身。

"那得等我为你准备好一队随从再走，"国王说道。没想到可人儿说他只要一匹好马就行。国王见他准备马上出发，心里非常高兴，随即把自己给金发公主的信交他带走，并祝他成功。

星期一早晨他便一个人动身了，路上一直在苦思冥想，怎样才能说服金发公主答应嫁给国王。他随身带着笔记本，一旦想到什么得意的念头，就赶紧下马，坐在树荫底下记下来，加进他为金发公主准备好的赞辞里，这样便不会忘记了。

有一天，可人儿大清早就上了路，正当他骑马过大草地时，突然想起一个好主意，跃下马背，在小河边柳树底下坐了下来。等到把想到的都记下了，他朝四周看了看，十分高兴地发现自己来到了一个景色非常美丽的地方。这时他忽然看到一条金色的大鲤鱼在草地上精疲力尽喘着大气。它像虫子一样蹦起来又从高处摔落在河岸上，奄奄一息地躺在那儿。可人儿非常可怜它，尽管不由自主想到可以美餐一顿，但还是轻轻地把它送回到河里去。鲤鱼接触到清凉的河水，便欢天喜地沉入河底，然后又壮着胆子游回岸边，说道：

"谢谢你，可人儿，你为我做了件好事，救了我的命；总有一天我会报答你的。"说完它又沉到水里去了。可人儿听到它的感谢惊讶不已。

另一天，他正在赶路，蓦地瞧见一只渡鸦情况十分危急，有一只大鹰在它后面紧追不舍，眼看就要把它吃掉了。可人儿眼明手快，弯弓搭箭一下把大鹰射死了。渡鸦栖在树上非常高兴。

"可人儿，"它说，"你见义勇为救了一只可怜的渡鸦，它绝不会忘恩负义，总有一天要报答你的。"

可人儿觉得渡鸦讲得很有趣，就继续骑马向前。

那天太阳还没升起，他走进一座密林，里面暗得很，路也认不清，可人儿听到猫头鹰绝望的叫喊声。

"听！"他说："一定是猫头鹰遭了难，十有八九中了圈套。"他循声找过去，果然发现了捕鸟人在头天晚上布下的大鸟网。

"人也真是的，干吗非要去折磨、残杀这些无辜的小鸟！"他说着便抽刀把网上的绳索割断，猫头鹰扑棱扑棱翅膀向黑暗中飞去了，可是它马上又飞了回来对可人儿说：

"不必多讲，你为我做了件多大的好事。我给逮住了，再有几分钟捕鸟人就要来啦——要不是你救了我，他们准会把我宰了。我感谢你，总有一天会报答你的。"

他旅途中碰到这三桩奇遇，便算是大事了。现在他必须竭尽全力尽快赶到金发公主那儿去了。

可人儿到达金发公主的王宫，他觉得自己看到的一切都是那样令人高兴和富丽堂皇；这儿钻石多得像卵石，到处都是金器银器，精美华服和山珍海味，简直使他眼花缭乱。可人儿暗暗思忖："要是公主能撇下这一切，同意亲事，跟我回国同国王去成婚，那国王也该认为自己是最幸运的人了！"

他把自己仔细地打扮一番，穿上一件雍容华贵饰有红白羽毛的锦缎外套，肩披一条有精致刺绣的披巾。他尽量使自己显得潇洒自然，落落大方；他来到宫廷门口，怀里抱一只路上买来的可爱的小狗。卫兵向他致敬，一位传令官连忙去通报公主，邻国使者可人儿求见。

"可人儿，"公主说，"这名字很有意思。我敢说他一定很好看，比谁都吸引人。"

"真是这样，公主，"宫廷侍女们异口同声说。"我们在顶楼纺麻线，无意中打窗子里看到了他，大家就怎么看也看不够。"

"哎呀！"公主说，"瞧你们多会找自在！偷看窗外的陌生小伙！快，给我穿上绣花蓝锦缎长裙，把我的金发梳理一下，叫人编一个花冠，把我的高跟鞋和扇子都拿来，让仆人们把大厅和宝座打扫干净。我要大家都夸我是个真正美丽的金发公主。"

你可以想象，宫女们有多忙乱，她们为公主梳妆打扮，又相互妨碍，公主觉得一辈子也打扮不好啦。后来宫女们终于簇拥着公主走进周围全是镜子的走廊，让公主确信自己的容貌和仪表已经尽善尽美，然后登上用黄金、乌檀木和象牙精制的宝座。这时宫廷贵妇拿起六弦琴，开始轻声哼唱起来。可人儿进了宫殿，看见眼前的一切，诧异和爱慕得一时说不出话来。不过他很快就鼓起了勇气，献上他的赞辞，并在结尾大胆恳求公主随他回国，不要让他失望而归。

"可人儿，"公主回答说，"你的赞辞美妙动人。请你相信，你提出的请求，我最乐意答应。不过有一件事你得听我说明：一个月以前我和夫人们在河边散步，脱手套时没留神，把指环掉进了河里。我把那个指环看得比国土还重，你可以想象，我当时失去它有多么懊丧。所以我起过誓，除非哪一位使者先把指环找来还给我，否则任何人求婚提亲我一概不听。现在总该明白我对你的期望了吧，现在你即使磨破嘴皮说上15个白天和15

个黑夜也动摇不了我的决心。

可人儿对她的回答十分惊讶，他对公主深深地鞠了个躬，请求她接受自己随身带来的薄礼：绣花披巾和小狗。公主却回答说，她什么礼物也不收，只要他记住她刚才说的话。可人儿回到宾馆，晚饭也不吃就上了床，那只他叫作弗里斯克的小狗，也什么都不吃跳上床睡在他身边。整整一夜可人儿连连唉声叹气。

"教我上哪儿去找一个月以前丢在河里的指环？"他说。"就是去找也是白费力气。公主一定是明知办不到，故意让我去找。"说罢他又叹了口气。

小狗弗里斯克听他讲完竟开口说道：

"亲爱的主人，别发愁，你会走运的，你心地善良，不该有什么不愉快的事情。等天一亮，我们就到河边去吧。"

可人儿只是轻轻拍了它两下，什么也没说。一会儿他就睡着了。

清早，天边刚露鱼肚白，弗里斯克已经跳跳蹦蹦把可人儿闹醒。他们一起出宾馆进花园，来到河边，在那儿蹀来蹀去。小伙子正在为找不到指环愁眉不展，忽地听到有人在叫："可人儿！可人儿！"他往四周瞧瞧，却不见一个人影，还以为自己在做梦。谁知过一会儿他又听到了呼唤声："可人儿，可人儿！"

"谁在叫我？"他问道。弗里斯克因为长得小巧，能更直切地看到水中的动静，因此大声嚷了起来："我看到一尾金色大鲤鱼正在游过来。"原来正是那条大鲤鱼在跟可人儿说话：

"你在大草地柳树底下救过我的命，我答应过要报答你。快拿着，这就是金发公主的指环。"

可人儿从大鲤鱼口中取下了指环，忙不迭连连道谢。接着他就带着小狗弗里斯克径直向王宫走去，求见公主。

"哎！可怜的人儿，"她说，"他一定是来向我告别的，他一定觉得我的要求是无法做到的。"

谁料可人儿一到公主跟前，就献上指环，并说道：

"公主殿下，您的吩咐已经照办。您总该答应我主人的婚事了吧？"公主看到指环完完整整回到她手里，简直不敢相信这是真的。

"说实话，可人儿，"她说道，"你一定有仙女在暗中帮忙，要不然你是决不会找到指环的。"

"殿下，"他回答道，"谁也没帮助我，全靠服从您的旨意才找到的。"

"既然你助人为乐，"她说，"也许你愿意再为我效劳一次，否则别指望我会同意嫁给你主人。离这儿不远，有个名叫格里弗隆的王子，他曾经向我求过婚，我回绝了他，他便用最可怕的语言威胁我说，他发誓一定要毁灭我的国家。这叫我怎么办呢？我可不能嫁给一个黑塔一般好可怕的巨人，他吃起人来就像猴子吃核桃；他说话的声音像炸雷，把人们耳朵都要震聋。可是至今他一直在跟我纠缠不清，还要残害我的臣民。如果你不把他杀死，并把他的头颅带回来，我是不会答应你的请求的。"

可人儿听她这么吩咐，不免有些灰心丧气，不过他还是说：

"遵命，公主。我一定去跟格里弗隆搏斗，我看他会把我杀死，不过无论如何我总是为了保卫您才去死的。"

这时公主听了，反倒害怕起来，想出种种理由劝阻可人儿别去跟巨人决斗，可是劝也白劝，可人儿离开公主，就去配备了合用的武装，带着小狗，骑马往格里弗隆的国土驰去。一路上人们都告诉他，巨人格里弗隆可怕得不得了，没有人敢靠近他。可人儿越听越发怵。弗里斯克想鼓起他的勇气便说道：

"亲爱的主人，你跟巨人决斗时，我咬他的脚跟，等他俯身看我时，你就可以把他杀死了。"

可人儿对小狗的办法称赞了一番，可是心里明白这帮不了什么忙。

他终于来到巨人城堡附近，看到条条通向城堡的路上都布满骸骨，不

觉心惊胆战。不久他就看到格里弗隆正在向他走来，他身体比参天的大树
还要高，嘴里唱着，声音好不可怕：

　　"快把男孩女孩献上来，

　　别耽搁时间去剪发，

　　我的胃口大无比，

　　一口吞下管它头发不头发！"

　　可人儿提高嗓门，用同样调子唱道：

　　"我可人儿英勇胆大，

　　见了你根本不怕；

　　虽然我身材矮小，

　　尽可以把你打趴下！"

　　尽管韵押得不大正确，可你瞧，可人儿那么快就编成了一支歌，还编
得挺不错，特别当时是在他内心惊恐万状时作的，所以简直是个奇迹，格
里弗隆听到歌声便向周围张望，一看可人儿执着剑站在前面，巨人顿时气
得暴跳如雷，他操起大铁棒对准可人儿狠狠打来，要是给他打到，可人儿
必死无疑，可是正在这千钧一发之际，一只渡鸦飞到巨人头上，用它那只
厉害的鸟喙和一对大翅膀猛啄猛扑，弄得巨人晕头转向，巨人挥舞大铁棒
东一下西一下全都打空，没伤到可人儿。可人儿却不失时机冲上前去，锋
利的宝剑对准巨人狠刺几下，终于把巨人刺倒在地。巨人还没弄清是怎么
一回事，头颅已经让可人儿割了下来。那只渡鸦在附近树上叫道：

　　"瞧，你在鹰爪子下救我一命，我并没有忘记。今天总算实现了我的
愿望，报答了你。"

　　"说实话，我欠你的情意比你欠我的多得多。"可人儿回答道。

说罢，他提了巨人头颅跨上马走了。

到了城里，百姓们全都拥上街头迎接可人儿，人们高声欢呼：

"看哪，英勇的可人儿把巨人杀啦！"

公主听到街上喧闹，打听都不敢去打听，唯恐人们来告诉她巨人把可人儿杀了，不多一会儿可人儿提着巨人头颅进了宫门。尽管巨人已经死了，公主见了他的头颅依然吓得胆战心惊。

"公主，"可人儿说，"我已经把您的敌人杀了，我现在希望您答应嫁给我国国王。"

"喔！那可不行，"公主说，"还得等你到大黑洞去打一些水来，我才能同意。离这儿不远有一个很深的地洞，入口有两条眼睛喷火的巨龙守卫着，不让任何人进去。要是能进去就会找到一个巨大的地洞，你得下去，地洞里尽是癞蛤蟆和毒蛇，到了洞底另有一个小洞，那里便是永葆美丽和长生的泉源。说真的，我非要一些神泉的水不可。任何东西洒上几滴神泉水便会产生奇迹：美的能永远保持下去，丑的也会变得可爱；年轻人会长生不老，老年人能返老还童。你瞧，可人儿，要是不带上一点神泉水，我怎么能离开我的国家呢？"

"公主，"他说，"您根本不需要那种泉水，只因为我是个倒霉的使者，您总是想把我置于死地。尽管我明知去了回不来，您派我去的地方我还是要去的。"

说完后，公主脸上毫无怜悯的表示，可人儿就带了小狗向大黑洞赶去。路上碰到的人都这么说：

"多可惜啊！一个漂漂亮亮的小伙子就这么冒冒失失去送死！别说他单独一人去，就算带上百十个人也成功不了。公主为什么要他去做办不到的事呢？"

可人儿什么也没说，心里却很难过。他到山顶下了马，让马去吃草，小狗弗里斯克这时自个儿在追蝴蝶玩儿。可人儿知道自己离大黑洞不可能很远，他朝四周一看，只见一块险峻可怕的大黑岩下飘出一股浓烟，紧接着就有一条眼睛、嘴巴喷火的巨龙出现了。它全身黄一块、绿一块，爪子却是猩红色的，长长的尾巴盘成一圈又一圈，足足有上百个圈。弗里斯克看见这个景象，吓得不知往哪儿躲藏才好。可人儿却下定决心，不弄到神水就死在那儿，所以抽出宝剑，带上公主给他灌神水的水晶瓶，对弗里斯克说：

"我感到今天这场恶斗，我是绝对没法活着回去了，等我死后，你回去告诉公主，为了她的差遣，我把命都丢了。然后你再去找我的国王，把我的经历全都告诉他。"

正在说这话时，他听到有个声音在唤他："可人儿！可人儿！"

"谁在叫我？"他刚问了一声，只见树洞里躲着一只猫头鹰，原来说话的是它：

"我中了圈套，是你救了我的命，现在该我来报答你了。请你放心大胆，把水晶瓶给我，我对大黑洞里的路一清二楚，我能灌到神泉水。"

可人儿喜出望外，连忙把瓶子交给猫头鹰，它悄悄飞进洞去，喷火的巨龙一点也没有觉察。过了一些时候，猫头鹰带着水晶瓶飞了回来，闪光的神泉水一直灌到瓶口，可人儿诚心诚意向它道谢后，就快快活活赶回城里去。

可人儿径直来到王宫，把神泉水呈给公主，现在她再也不表示反对了。她向可人儿道谢，并下令马上做好一切离宫的准备，不久他们便一起出发了。公主觉得可人儿是个非常讨人喜欢的伴侣，所以对他说：

"为什么我们俩不能一起呆在这儿呢？我可以让你当国王，我们俩一定非常幸福！"

谁知可人儿却回答道：

"即使我能得到一个王国，即使我能讨好您，并且我知道您像太阳一样光辉美丽，我也决不做任何使我主人恼火的事情。"

　　可人儿终于伴同公主回到了京城，国王带上贵重礼物亲自出迎，接着举国欢庆国王和金发公主的婚礼。金发公主非常喜欢可人儿，只要他不在身边就会不高兴，她经常颂扬他的美德。

　　"要不是为了可人儿，"她对国王说，"我绝不会到这儿来，你该好好感谢他才是，他完成了许多别人无法办到的事，如为我到神泉取来了神水，所以我不仅永远不会变老，而且会一年比一年美丽。"

　　后来可人儿的敌人对国王说：

　　"陛下您竟然一点不妒忌真是件怪事，王后认为全世界谁也比不上可人儿。倒好像陛下派任何人当使者，都干不了他干的那些事情似的。"

　　"这话有道理，现在我这才明白过来，"国王说。"给他戴上脚镣手铐，关进监狱去。"

　　就这样，可人儿忠心耿耿为国王效劳，得到的报酬却是给人关进了塔楼。在那儿他唯一能见到的人只是每天给他送来一块黑面包一壶清水的狱卒。

　　只有小狗弗里斯克前来安慰他，告诉他种种新闻。

　　金发公主听说发生这件事以后，就跪在国王脚下，请求他释放可人儿。不料公主越是哭得厉害国王越是大发雷霆，最后她终于明白过来，再求也是白搭，心里非常难过。这时国王脑子里忽然产生一个念头，以为自己不够漂亮，因此公主不怎么喜欢他。他想不妨用神泉水来洗个脸，那神水公主放在卧室的架子上，以便随时能够看到。有一天，公主的一个侍女在抓蜘蛛时，一不小心把架子上的神泉水砸了，泉水流了个精光，侍女急得不知所措，连忙把碎瓶子打扫干净，她突然想起国王卧室里也有同样的一个瓶子，瓶子里盛的也是闪闪发光的水。所以她对谁也没说，悄悄取来放在公主卧室的架子上。

　　谁知那瓶子里的水是用来解除死囚痛苦的药水。有人犯了死罪通常要砍头，但也可以用这药水洗洗脸，洗了以后他马上闭上眼睛，永远也醒不来啦。因此，国王想让自己变得更加漂亮，拿起水晶瓶，把水洒在自己脸上以后，就立刻睡着了，而且谁也没法再把他唤醒了。

小狗弗里斯克头一个听到这件事，便马上跑去告诉可人儿，可人儿差小狗去见公主，请她别忘了可怜的囚犯。由于国王去世，王宫里乱糟糟的，小狗弗里斯克挤过人群来到公主身边说：

"公主，不要忘了不幸的可人儿！"

公主想起可人儿为自己所做的一切，跟谁都不讲一声，径直来到塔楼，并亲手为他打开了锁链。然后她又将一顶金冠戴在可人儿头上，将国王的长袍披在可人儿的身上，说道：

"来吧，忠诚的可人儿，我要尊你为王，把你当作我的丈夫。"

可人儿又一次获得了自由和幸福，他跪倒在公主脚下，感谢她的深情厚意。

人人都愿意可人儿来做国王，婚礼马上举行，可以想象婚礼说有多豪华就有多豪华。从此以后，国王可人儿和金发公主生活得非常美满幸福。

（圣洁　译）

出卖笑的孩子

〔德国〕詹·克吕斯　原著

　　这是一个关于小孩和巨款、笑和哭、打赌交易和怪老头的故事。木偶剧演员蒂姆把这个故事给我讲了七天，下面我就把蒂姆的讲述整理出来，奉献给您。

　　在繁华大都市的某些僻静处，有一些狭窄的胡同，这里生活着很多贫苦的人们。蒂姆3岁时，妈妈就去世了，父子俩便搬到这里。不久，蒂姆就有了个尖嘴猴腮的干瘪的继母和一个过继的哥哥，这个哥哥脸色苍白，娇生惯养，又调皮捣蛋。

　　由于难以维持生计，爸爸到一个很远的建筑工地做工。蒂姆虽小，但笑得特别惹人喜爱；可那个异母兄弟埃尔温总是欺负他，而过后受罚的，却总是蒂姆。这些不可理解的事，使蒂姆难见欢颜，只有在星期天爸爸回家时，才听到他那甜美天真的笑声。

　　不幸的事接二连三地降到蒂姆的头上。在他上小学四年级的时候，爸爸在建筑工地被一块从楼上掉下来的木板砸死了。

　　举行葬礼的那天，蒂姆才意识到，他现在是多么孤独。墓地上度过的那些时光像是一场噩梦，醒来后只留下一块凌乱的记忆。蒂姆恨透了周围的人，他要独自追悼爸爸。当人群散去后，他就趁机跑掉了。

他不知不觉来到了赛马场。爸爸在世时，经常带他一道来这里。

第一场赛事正值高潮。大批观众的欢呼声使蒂姆暂时忘掉墓地和眼泪，情不自禁地发出了逗人的笑声。他的笑声吸引了身旁一位穿着古怪西装、长得又高又大的老先生，这位老先生回过头来打量着这个孩子。

老先生和蒂姆打了个照面，问道："孩子，你想不想买马票？"

蒂姆望着面前的陌生人，听到这突如其来的问话，便喃喃地说："我……我没钱买马票。"

"我给你五马克，如果你想用它来买马票，就把这张票拿去，我已经填好了，这一局十拿九稳啊。"陌生人说。

蒂姆犹豫了一阵后，接过那张马票和钱，向售票窗走去。他回过头再看一眼陌生人，陌生人已经不见了。

第二场赛马开始了。蒂姆押了赌注的那匹马领先五个马位冲到终点。蒂姆从窗口那儿领到了许多钱。他兴冲冲地从栅栏里钻出去，他不想再见到怪老头。

赛马场后面有片草地，他躺下来，琢磨着如何使用这笔财富。孩子浮想联翩，直到他想得累了就睡着了。

一个刺耳的声音把蒂姆吵醒。他睁开睡眼，欠身坐了起来，只见怪老头站在一旁。蒂姆本能地摸摸口袋。奇怪，口袋是空的，钱不见了。怪老头冷笑着说："你这懒虫！钱被三个无赖拿走了。他们偷偷地跟踪你，看见我来，就跑掉了。"

蒂姆懊悔地叹口气。陌生人又说：

"孩子，回家去吧。下星期天再来。我会和你做一笔生意，如果咱们谈得好，你想要的东西全能得到。"

老头说完，急急忙忙地走了。

在这一个星期里，蒂姆出奇地快活。他打定主意准备和陌生人做那笔生意。这件事他想起来就高兴。他忽然又发出从前那种天真的笑声。大家都喜欢这种笑声，就连继母和埃尔温有时也被这笑声所感染。

星期天到了。蒂姆到爸爸的坟头献花完毕，便用最快的速度朝赛马场跑去。怪老头在入口处站着。他今天简直成了友好的化身，这位板着脸孔的严肃的陌生人，居然也开起玩笑来。

怪老头终于谈到做生意的事，他开腔了："亲爱的蒂姆，我给你钱，要多少给多少。我给你的不是现金。但我可以让你有一种本事，让你每一次打赌都能赢。明白吗？"

蒂姆心神不安地点点头，激动地问道："那么，您要什么？"

陌生人踌躇了一会儿，若有所思地凝视着蒂姆："我嘛，我要笑。"大概发现自己说得太快，他把这话重说一遍："我要你的笑。"

蒂姆的目光落在面前桌子上的奶油蛋糕上，此时，他准是想起家中欠的债，想起他能用钱买的许多东西。于是他说："如果这是真的话，我就同意。"怪老头说："好了，孩子，那就签个合同吧。"说着从上衣口袋里掏出一张纸，蒂姆认真地看着，听完怪老头的解释，便签上了自己的名字。

签字一结束，这位勒菲特先生（蒂姆从合同里得知怪老头的名字）便用极其美妙的方式笑了起来。蒂姆也想笑，可是连微微一笑也办不到了。他的嘴唇绷得紧紧的，嘴巴变成一条缝。

双方收好合同，并立下誓言：彼此保守秘密。然后怪老头把两个五马克硬币往桌上一放，说："这就是你发财的本钱。"说完，就匆匆离去。蒂姆连忙去买马票，果不出所料，他赢了。他把领到的钱塞进口袋里，就迅速离开了赛马场。

回到家里已经很晚了，继母发现了蒂姆口袋里的钱，于是她审问起蒂姆来。蒂姆支吾了一会儿，心想：千万不能谈勒菲特的事！要不事情将对他不利！于是他结结巴巴地说："我……，有一次捡到五……十马克，我便去赛马场碰运气，果然赢了这些钱。"接着他从口袋里掏出马票的票据，和钱放在一起。

继母的脸色缓和了一些，她把钱全部放了起来，又命令蒂姆赶紧去睡觉，蒂姆拖着又累又饿的身子，闷闷不乐地躺到床上。

以后的几个星期天，蒂姆又到赛马场，结果都是中了大奖，他成了人们心目中的英雄。这孩子心里别提有多高兴了，可是他无法把这种兴奋表现出来，他不会笑。哪怕尽最大努力使劲地调动脸上所有的肌肉，发出来的笑也是厚颜无耻的奸笑。没多久，他再也不想笑了，习惯地摆出一副严肃的脸孔。

蒂姆的继母，再也不说赢来的钱不光彩了，她接二连三地怂恿蒂姆在星期天买马票，可是蒂姆从赢来的钱中没拿到一马克。他看透了继母那颗贪得无厌的心。这个不会笑的孩子，再也不相信继母了。

岁月匆匆流逝着，蒂姆已经14岁了。自从他买马票得到三万马克现金，他再也不去赛马场了。眼泪和棍棒都没能使他回心转意。继母想让蒂姆到赛马场办事处当学徒，可蒂姆说要去当海员。继母又暴跳如雷，打骂一通，这深深地刺痛了蒂姆的心。

蒂姆离开家，在一个僻静处坐下。此刻，他开始冷静地思考他的未来。他现在懂得了：为了一些他不需要的东西，他出卖了自己的笑。他暗暗地作出决定，他要找到勒菲特，赎回他的笑，哪怕是历尽艰辛，寻遍海角天涯。决心一确定，这孩子又变得坚强起来。

含着眼泪，蒂姆望了最后一眼他的家，然后毅然离开了。

在几乎空无一人的电车上，一位身体微胖的老先生，问蒂姆去什么地方。蒂姆说到火车站。那位老先生说："这路车不去火车站，我很清楚。那你得买一张转车票。"

蒂姆灵机一动，想到要尽可能多打些荒唐的赌。如果他输掉一场，那就可以把笑赎回来。于是他说："先生，我跟您打个赌，我说这电车是去火车站的。"

这位叫里克特的先生爽快地答应了。

过了一会儿，乘务员走到他们身边："各位旅客，今天我们破例去火车站，不过正常情况下，这路车不往这个方向跑，因为今天这路车前方正在维修线路。"

里克特先生笑起来。蒂姆总算明白了。勒菲特先生拥有非凡的法力。

这位里克特先生是一家航运公司的经理。他答应蒂姆到公司去做工。里克特先生用慈善的目光打量着蒂姆，他好奇地问道："孩子，你今天还没笑过一次呐，你有什么大不了的事吗？"

望着里克特先生和蔼的面容，蒂姆的身子因痛苦而抖动着，泪水像晶莹的珠子那样簌簌地滑落，他多想把那份酸楚倾吐出来呀。但为了那约定的誓言，他只好把它闷在心里。

蒂姆成为"海豚号"轮船的一名服务员。一天夜晚，大海波涛汹涌，这孩子睡得极不安宁，在床上辗转反侧。朦胧中听到一声惊雷。透过这雷声，蒂姆仿佛听到了自己的笑声。他赶紧睁开眼睛，目光落在舷窗上，看见两只水蓝色的眼睛隔着舷窗朝舱房里望，并且死死盯着他的脸。

顿时，惊慌和恐惧逼过来。蒂姆呼喊着服务员克雷施米尔的名字，可是没有回音。蒂姆拼命跑进驾驶室。舵手琼尼站在那儿，用安详而惊异的目光看着这孩子。

当蒂姆从琼尼口中得知克雷施米尔病了，被送到岸上时，便神情沮丧地说："克雷施米尔没有病。这一切都是勒菲特捣的鬼，我隔着舷窗看见他的眼睛了。"

可是蒂姆的话被琼尼的笑声打断了："孩子，你又在说胡话了。快脱了衣服，躺到软椅上去。到了我这儿你肯定不会做噩梦。

各种乱七八糟的念头，叫蒂姆无法入睡。这几个钟头他琢磨着要跟人打一个非常离奇的赌。它将令人难以置信，这回连他自己也觉得必输无疑了。

蒂姆找到琼尼："我说在热那亚有飞着的电车。不信，咱们就打赌。"

琼尼怀疑这孩子是否又在说胡话了，当他看见蒂姆很清醒时，便握手同意了。

过了几天，"海豚号"驶进了热那亚港。蒂姆和琼尼转过脸朝城郊望去，那不可避免的一幕，仿佛在他们的眼中定了格。的确，有一辆电车，在凌空滑翔，人们可以看得清清楚楚。

这次又是蒂姆赢了。他艰难地咽着口水，看来，即使打再荒唐的赌，也难以把自己的笑赎回来。躺在舱房里，他似睡非睡地好像陶醉在一个想象中的洒满阳光和友爱的世界里，自由洒脱地笑着。

突然，船上的喇叭播出一则通知，有一句话响在蒂姆耳畔："……蒂姆立即到驾驶室找船长！"

咦，蒂姆纳闷：平日哭丧着脸从不关注他的船长，今天怎么传唤起他来了呢？

蒂姆疑惑地来到驾驶室。只见船长用惊奇的目光注视着他，满脸布满了热情的笑容："你叫蒂姆吗？"蒂姆惶惑地点点头。沉默了一会儿，船长郑重地说："请允许我向您表示最热诚的祝贺！"

蒂姆更加大惑不解。这时，船长举着手中的一份电报，念道："勒菲特去世，请通知蒂姆，他已被指定为唯一的财产继承人。死者的孪生兄弟——新的勒菲特作他的监护人，直到他成年之日。"

蒂姆脸色铁青，他，一个14岁的孩子，转眼间成为地球上最富有的人。可是，他的笑却和勒菲特一道葬送了，他永远失去了笑。

热那亚海运公司经理格兰迪奇把蒂姆接到市内一家最有名的宾馆。蒂姆站在大理石露天台阶前面，有人从最上面的那级台阶喊了声"欢迎"。这是一位穿着古怪西装的先生，从他的笑声中，蒂姆认出了这个人，尽管一旁的格兰迪奇说这是新勒菲特，但蒂姆知道，他就是勒菲特，蒂姆的笑也和他一块儿活着。

故事讲到这里，我禁不住问：”小蒂姆真地无法从那该死的合同中解脱出来吗?”

"答案就在故事里头，"蒂姆说，"你继续听下去吧。"

经历过船上那惊心动魄的事件后，蒂姆第一次单独住在热那亚豪华的旅馆里。从天而降的财富转眼间使他的境遇发生了奇迹般的变化，但有一点他是再清楚不过的：勒菲特现在是他的监护人。蒂姆每天都在追踪自己的笑，如今猎物就在鼻子底下，就看怎样下手了。

勒菲特不请自入，在象牙雕花椅上坐下。蒂姆正斜躺在一张沙发床上，目光落在枝形吊灯上面，吊灯的玻璃珠子照出了勒菲特那变得奇形怪状的干瘪的身影。当勒菲特发现这孩子对他兴味寡然时，便问："浮士德博士对魔鬼念的咒语你想不想学?"说着他便用高得出奇的声音，一字一顿地念起了那些古怪神秘的语句。

这时，枝形吊灯开始轻微地晃动起来。中央一只受惊的大蜘蛛正顺着它吐的丝往下爬。蒂姆抓起脚上的丝质拖鞋，愤怒地朝那蜘蛛掷了过去。巨大的吊灯驮着它的玻璃珠子，轰的一声摔到地板上。再看勒菲特，额头上起了个包，他弓着腰、显出疲惫不堪的样子，靠在门后说："这是没道理的，对付无辜什么法也没有。"

勒菲特回到自己房间，蒂姆用拖鞋掷吊灯的情景又浮现在他脑际。勒菲特忽然纵声大笑，可他惊奇地发现，他这是在笑他自己。

"奇怪，我把笑买来，为的是要获得征服人心的威慑力。可现在……"勒菲特茫然不知所措地踱着步子。自言自语着，"可现在我再也没有威慑力了：我把笑给笑跑啦!"

这个瘦骨嶙峋的人又在一把沙发上坐定，脸上突然闪现出赛马场上怪老头的狡黠表情："你尽管跟踪你的笑好了，蒂姆，你的笑是要不回来了!我用钢牙和利爪把它牢牢扣住啦!"

蒂姆一身富有的继承人的装扮，在勒菲特陪同下，出入各种场合，应付着数不清的宴会。在外人看来，他是多么令人羡慕啊。可是，对蒂姆来说，一个不会笑也不会唱歌的孩子，却很想大哭一场。尤其是当他想到舵手琼尼时，他便忍不住要流下泪来。于是蒂姆便想方设法去找琼尼。

机会终于来了。蒂姆和勒菲特出席一个重大的宴会。酒过三巡，蒂姆借故到卫生间，趁监护他的保镖不注意，便蹑手蹑脚地溜了出去。

在车站广场的人群中，他发现了舵手。舵手正站在一棵棕榈树下，那魁梧的身躯非常显眼。要不是琼尼块头这么大，他真想和琼尼拥抱呢。蒂姆把这些天的经历简单地告诉了琼尼。然后，他们俩来到一家不显眼的酒馆，对饮起来。

琼尼对蒂姆打碎吊灯的做法表示赞许，他鼓励蒂姆说："要是勒菲特叫你受不了，你就再打碎几盏吊灯，明白吗？"见蒂姆点头，他又接着说："换取外在的自由，用你继承的那份财产就足够了；而要换取内在的自由，孩子，就得用另一种本钱：用笑。有一句古老的英国格言，你千万要记住：教我笑，拯救我的灵魂。"

就在这时，蒂姆抬头看见了服务员和他身后的勒菲特。蒂姆被勒菲特拉走了。

在一家豪华的花园饭店里，蒂姆和勒菲特面对面坐着。勒菲特说："世上的事都不是那么简单，人们用一句话无法把它解释清楚。而对人来说，笑意味着什么，这一点谁也说不清楚。"

蒂姆忽然想起琼尼的一句话："笑，意味着内在的自由。"这句话在蒂姆的心中掀起了巨澜，他终于明白了：为什么勒菲特买下了他的笑，为什么赛马场上那个愁眉苦脸的怪老头和现在的勒菲特竟有这么大的区别。勒菲特成了个自由人啦，而自己却成了再也不会笑的苦孩子。发现这一点，使得蒂姆分外恼火。但他已逐渐学会控制自己，他努力不让这愤怒发泄出来，以至于使勒菲特认为蒂姆再也不想要回自己的笑了。

勒菲特这些日子为人造黄油的制作和销售忙得不可开交。蒂姆现在有很多自由支配的时间。他在房间里想着那份生死攸关的合同。想啊想，始终想不出什么办法要回他的笑。

蒂姆终究是一个尚未成年的孩子，涉世未深，在老谋深算的勒菲特那里，他只能是一只关在笼子里的小鸟，有翅难飞。其实，在汉堡，有三个人发现了可以要回他的笑的捷径。一个非常偶然的机会使这孩子和他们联系上了。那是一部电话机提供的。

电话在蒂姆的房间里丁零零地响了。这孩子拿起听筒，就听到一个遥远的声音："这里是汉堡，我可以和勒菲特谈谈吗？"听到这声音，蒂姆一阵激动，他喊道："您是——里克特先生吗？我是蒂姆啊！"

那个遥远的声音变得响亮清楚些："我就是。天哪，孩子，我们真走运啊！克雷施米尔和琼尼都在我这儿……"就在这时，一只手越过蒂姆的肩膀伸过来把电话挂断了。吓得面如土色的孩子转过身去，在他的后面站着勒菲特。处于狂喜中的蒂姆没有听见勒菲特进来的声音。

"应当把这些老相识统统忘掉，蒂姆先生。"勒菲特语气平静地说，"不久的将来你就要继承一个王国。到那时，支配一切的将是数字，而不是感情。"

勒菲特刚刚离开，蒂姆再也控制不住了，伏在桌子上呜呜地哭起来。今天对于蒂姆来说，是个特别的日子，今天是他15岁的生日。本该是又喝可可又吃蛋糕，在喜气洋洋中度过的日子，此刻却冷冷清清，孤苦伶仃，绝望的眼泪。增添了没有笑容的苦涩。

蒂姆讲到这儿，顿了顿，我焦急地问："可怜的小蒂姆在勒菲特的圈套中到底还要折腾多久？"

"直到他或者别人想出一个十分简单的主意为止，"蒂姆说，"不过，他后来的情况怎么样，还是让我接着跟你讲吧。"

蒂姆同意勒菲特为庆贺他的生日而去做空中旅行。要说蒂姆在高高的云端上飞来飞去觉得不惬意，那简直是骗人，这里的日子好过得很。何况一个脑筋灵活的孩子在这里可以增长见识，学到许多东西。因此，蒂姆一般都保持着一副轻松的外表，以至于勒菲特觉得蒂姆已经屈从自己的命运，他勒菲特可以高枕无忧了。

其实，人需要笑，正如花儿需要阳光。尽管蒂姆表面上严肃，但他心里依然向往着、渴望着自己会笑。可是他的笑为另一个人所占有，一个在他身边的人，有时离他只有几步远，却无法得到自己珍贵的笑。

飞机终于把蒂姆送回汉堡。他隔着飞机的小窗望着下面的大地。他在那儿看到的尖塔，似乎就是汉堡城的建筑。蒂姆知道，为了讨回他的笑，他必须从高高的云端上面下来。他想去看一看琼尼、克雷施米尔和里克特先生。假如他们在汉堡，假如他们还活着。

蒂姆和勒菲特坐上车子向市内驶去。勒菲特正琢磨着新的买卖；而蒂姆的内心活动更为复杂。他重视的只有一样东西：他的笑，他的自由。

开车的司机不时偷偷地瞥一眼后望镜，蒂姆把目光投向他。蓦地，他的眼睛流露出激动的神采。他清楚地知道这位司机是谁了。这时他感觉肚子里像有什么东西直往喉咙上冒，那可不是想笑的咯咯声，而是想跟一个人说话但又说不出来的一种感觉。

出租车在一家旅馆前面停下。司机下车把两边的车门打开。勒菲特付过车钱，转身朝旅馆大门走去时，蒂姆好容易才克制住和这位司机拥抱的欲望。他激动得声音都有些沙哑："琼尼。"

司机摘下那副使他改变了模样的眼镜，凝视着孩子，并且大声说："再见，小先生！"他一边说着，一边和他握了握手，上车走了。

蒂姆感到手中有张小纸条。他觉得，拿着这纸片，比拿着勒菲特公司的全部股票还富有。他兴冲冲地跟着勒菲特步入旅馆。一张小纸条，改变了整个世界。

在旅行期间，蒂姆对勒菲特的监视和保镖们的盯梢早已习以为常。现在他兜里揣着那张宝贵的纸条，不敢拿出来看。还有，琼尼的化装以及他的冷漠态度，使蒂姆猜测出他的朋友们也和他本人一样受到盯梢。

后来，机会终于等到了——勒菲特说要睡一个钟头。这孩子急忙走进套间的洗澡间，从口袋里取出纸条，只见上面密密麻麻地写满了蝇头小字。肉眼看不清，得有一面放大镜才行呢。可是上哪儿去弄放大镜呀？他左思右想，苦无良策。这时他听到有人敲门而且随即走进他的套间。他故意把水冲得哗哗响，然后走回客厅。

客厅里的沙发上，坐着两位来访者，蒂姆平生第一次看到两张愚蠢的脸。来者是他的继母和继兄埃尔温。他只要片刻就能把他们认出来。猛然间，蒂姆觉得房间里弥漫着童年时那胡同里浑浊的气息。

蒂姆一出现，继母霍地站起来，蹬着高跟鞋忸怩作态地朝这孩子走过去，一把抱住他。可蒂姆已经学会控制自己的情绪和应付各种莫名其妙的场合。他默默地推开继母的手。继母抽噎了一会儿，笨手笨脚地掏出手绢，轻轻擦着那些假睫毛，同时嘟哝着："你知道吗，蒂姆，你走了以后，我们的日子多么难熬哟，我们遇到了许多倒霉事……"

蒂姆当然知道她说下去的内容，他打断继母的话。这时勒菲特把继母领到另一房间去，签订让继母经营一家海滨浴场的协议。身后的埃尔温想追他母亲去。蒂姆忽然灵机一动，他拦住埃尔温，小声告诉他："给我弄一面放大镜，把它放在河边那张长椅底下。"并且从口袋里抓了一把钞票塞给他。

埃尔温点点头，说："我不会说出去的，你放心。"蒂姆站在继兄后，在一段了结的往事后面，他砰的一声把房门关上。

第二天，蒂姆装作无所事事的样子，来到旅馆前面的阿尔斯特河边散步。他发现附近某个地方有个保镖在盯着他，便事先买了份报纸，在长椅上坐下。他发现了椅子下的放大镜。他故意让报纸滑落在地上，然后做出要俯身捡报纸的样子，顺便把放大镜放进西服衣袋里。

入夜，周围万籁俱寂，人们沉入梦乡。蒂姆迫不及待地打开门，走进客厅，反插上门，然后冲进洗澡间。他取出放大镜，又从玻璃孔中取出那张纸条。此刻，他的心脏仿佛跳到喉咙口，他站在浴池旁，透过放大镜看那份小小的文件，最后终于把那些字辨认出来了。

他越看越惊讶，同时一阵狂喜涌上心头。原来这是老相识们为了要回他的笑，而写明的路线。尽管写得很隐晦，但蒂姆还是把其中暗示的意思猜到了。

这孩子读懂了这张神秘的纸条后，就感到像小鸟一般轻盈。他的体内发起一股笑的冲动。于是，一种罕见的事情发生了，他的双唇不像往常那样抿得死死的，相反，他仿佛觉得他的嘴巴在微笑着呢。于是他对着镜子细看自己的脸：嘴角上出现了两道笑纹，清晰可见。自从签订那份合同后，这笑纹便再也没出现过。这一次，希望之神像画家的彩笔那样，在他脸上施了魔法，变出一丝微笑来。

这一天，勒菲特在离蒂姆不远的园亭里坐着，和一位公司的代表谈判。当他在适当时机，发出笑声时，他发觉这里面少了点什么。他借故出去，对着镜子，他发现嘴角上少了两道可爱的笑纹。顿时，他心中升上一种感觉，那就是莫名的恐惧。他有一种预感，他买来的笑正在一点点离他而去，犹如一片云，渐渐地飘向远方。

蒂姆此时离开浴室，在客厅的沙发椅上坐下，跷起二郎腿，以便好好地琢磨琢磨，他现在准备做的，就是那张神秘的纸条所建议的，也正是勒菲特所猜测的。勒菲特给他的零用钱很多，这对他很有利。

蒂姆按铃把服务员叫来，说他愿意出三百马克请他办一件事，就是尽快给他弄一套旧水手服。女服务员觉得这份神秘的差事既紧张又够刺激。她说，她有一位当海员的男朋友，她可以从他那儿弄到这东西。

晚上9点钟，蒂姆穿上了这身海员服，戴上鸭舌帽，从头到脚都散发出地道的海员味。下一步就是如何避开保镖，离开旅馆。聪明的蒂姆已经想好了办法：他给勒菲特写了一封约他明早喝茶的短信，然后按铃叫来侍者，塞给侍者二百马克，让他引开保镖。

好啦，现在可以畅通无阻地走了。外面的路灯柱子在孤灯下发着亮光。天空下起了小雨。他按照神秘纸条中约定的路线，向市府广场奔去。他看到广场上有一排出租车，只有一辆车的发动机还开着。蒂姆走过去，他认出了化了装的琼尼，然后急忙打开车门，在昔日的舵手身旁坐好。

车子向码头急驶而去。蒂姆那绷得紧紧的心稍微松弛了一点。他原来想象的这次午夜出逃还真富有戏剧性呢。可是机警的舵手从后望镜里看见一辆没开灯的小汽车在跟着他们，渐渐逼近了。

舵手紧刹住车，拉住蒂姆穿过马路，走进右边的一个灌木丛；翻过一堵墙，停下步子，琼尼吹了声口哨，附近一个地方有人用口哨回了一声。黑暗中走出两个人来，那是克雷施米尔和里克特先生。

"把手伸给我，蒂姆，跟我打赌：你会把你的笑要回来的。快点做！"这是克雷施米尔的熟悉的声音。蒂姆虽然给弄糊涂了，可他还是把手伸出去："跟我打赌：我会把我的笑要回来的……"

就在这时，有人在不远处喊着："停下！"

大家顺着声音望去，黑蒙蒙一片，看不见人的踪影。

蒂姆按照别人要他做的那样打了赌，他不晓得这到底是怎么回事。可他感到有样东西从肚子里往上涌，挤到喉咙口，变得轻柔的、像小鸟欢唱的声音。噢！是笑！是笑在他身上发作，他被他的欢乐牵着走。他激动得抖颤起来，仿佛经历了一次新生。他悲喜交集，笑和哭合二为一了。

蒂姆咯咯地尽情地笑着，周围的几个人笑容满面，分享着胜利的喜悦。零星小雨变成毛毛细雨，四个人谁也没觉察到。

一个干瘪的、颤巍巍的身影从黑暗中走来，他疲惫不堪地靠在石砖砌成的墙上，路灯映照着他苍白的脸。还能是谁呢？嘻，这位勒菲特先生，买来的笑已永远离他而去，冷漠和严肃的神情又笼罩了他阴沉沉的面容。

勒菲特什么也没说，只是透过路灯光，凝视了蒂姆一会儿，然后转身离去了。蒂姆和朋友们注视着勒菲特的身影。琼尼说："钱多得要命，却是个不会笑的可怜虫。"

多少个日子过去了，人们偶尔听到一些关于勒菲特的新闻，听说他独自待在一座城堡里，郁郁寡欢地打发着大部分时光。有关蒂姆的消息人们听得也很少，他和里克特的太太想好了一个木偶剧，剧名就叫《出卖笑的孩子》，然后，蒂姆就离开汉堡，从那以后，没有人知道他的下落。

蒂姆的故事讲完了，他长吁了一口气，然后孩子般甜美天真地笑了起来，我被这美妙的发自内心的笑声所感染。您呢，亲爱的读者朋友？

（孙天纬　缩写）

大盗霍震波

〔德国〕奥·普雷斯列　原著

一天，卡斯柏尔的奶奶坐在她家门前向阳地的长凳上磨咖啡。

这只咖啡磨具是卡斯柏尔和他的好友崔培尔送给奶奶的生日礼物。这种新式咖啡磨具，上面有一个把手。一摇把手，就会演奏一首叫作《五月里来好风光》的歌曲。奶奶挺喜欢听这首歌曲。

可正当奶奶打算磨咖啡时，忽听院子的灌木丛里传来嘎吱嘎吱、咔嚓咔嚓的声响，接着又传来粗暴的人声："把你手里的东西给我！"

奶奶慌忙戴上夹鼻眼镜一看，只见一个一脸络腮黑胡子、长着吓人的鹰钩鼻子的汉子站在眼前。他头上戴一顶插根红色野鸡毛的阔边帽子，右手拿着一把手枪，他那阔皮带上还插着一把大佩刀，里面插着七把短刀。

他就是大盗贼霍震波！

奶奶只好把咖啡磨具交给他。

"你从现在开始数数，数到999时才可以喊救命，否则可别怪我对你无情！"

奶奶吓得直打哆嗦，好容易数到999，她这才大声喊救命，接着便昏倒在地。

卡斯柏尔和朋友崔培尔上面包铺子买了一些优质面粉、酵母、砂糖和一些好吃的奶油。这是为明天奶奶做李子脯蛋糕准备的。

他们正说着话，忽然听到从远处传来了呼喊救命的声音，而且正是奶奶的声音。

卡斯柏尔和崔培尔马上赶回家去。他们走到院子门口，跟警官丁贝莫撞个正着。那警官也是听到了呼喊救命的声音，急急忙忙赶来的。

他们走进院子一看，奶奶正直挺挺地躺在长凳前的草坪上。大伙儿小心翼翼地把奶奶抱到室内的沙发椅子上。卡斯柏尔在奶奶的脸和手臂上用冷水喷一下，奶奶这才慢慢缓过气来。

"大盗贼霍震波进来啦！"

"什么，什么？"警官丁贝莫吃惊地说，他连忙掏出铅笔，打开记事本，把奶奶被抢的事前后一句不漏地记录下来。

"那家伙狡猾得很，他躲藏的窝子，我们眼下还不清楚。他混过警察耳目，至少已有二年半了。我们希望居民都能热心协助我们。"警官丁贝莫合上记事本说。

"我们！"卡斯柏尔转身对崔培尔说："崔培尔，咱们一块儿来干好吗？"

"那还用说！"崔培尔说。

可大盗岂是这么容易给他们抓到的？

霍震波到底躲藏在哪儿呢？他们想呀想的，绞尽脑汁考虑抓大盗的事，一直考虑到星期日晌午。忽然，卡斯柏尔想出了个主意。

两个孩子从奶奶家地下室里找到一个空土豆箱，搬到院子里，他俩用铁锹往那箱子里装白沙子，把箱子装得满满的，然后又把盖子钉了上去。

这时，卡斯柏尔去库房里拿出一支粗大的画笔来，在绘画用的颜料缸中搅拌红的颜料，接着卡斯柏尔在箱盖上涂上红颜料，只见那土豆箱子上写着"小心，内有黄金！"

"你到车房去给我把手推车推来，好吗？"卡斯柏尔对崔培尔说。

手推车推来了，两人把土豆箱子搬上车。卡斯柏尔从口袋里摸出一把锥子，在箱子底下钻了个小洞，锥子一拔掉，沙子往外面稀稀拉拉落下来。然后，他又用小刀把根火柴棒削得光滑滑的，塞进刚钻出的小洞，堵住了洞眼。

"好了。明天上午咱们把箱子推到森林里去。霍震波准是在森林里打埋伏，等候过往行人。他要是看到箱子上的大红字，一定会来抢这只箱子。我们在逃走之前先把火柴棒子拔掉，箱子底下的洞眼就会掉下沙子来。大盗贼当然要把箱子搬回他的贼窝去、这样，咱们根据地上沙子漏下来的痕迹，就知道霍震波躲到哪儿了。"卡斯柏尔自信地说，"怎么样，我这个主意好吗？"

崔培尔马上称赞说："你这个家伙真行！"

今天大盗霍震波从8点钟起，就躲在森林边沿的金雀花灌木丛后面，拿着望远镜望大路上过往人众。可是已到9点半钟了，连一点成绩也没有。

正当他懊丧之际，忽听得大路上传来了推手推车的声音。只见有两个人正费力地推着一辆装着一只大箱子的手推车，转弯绕过森林拐角走到大路上来。

一个人可以肯定是卡斯柏尔，因为从那顶毛线的尖顶帽老远一看就知道是卡斯柏尔了。那么，另外一个一定是他的好朋友崔培尔了，这种事对大盗霍震波来说当然早就知道了。

大盗霍震波对那箱子上的红字仔仔细细地看了几遍。哈！到底等到了一笔大买卖。

霍震波急忙从腰带里拔出手枪，等车子离地五六步路光景时，他便一个虎步跨到大路上去。"举起手来，不然我就开枪啦！"

卡斯柏尔和崔培尔一听吆喝，扭转屁股就逃。大盗对于他们的逃走，倒也不感到奇怪。

大盗霍震波放声大笑，把手枪往腰里一插，麻利地把箱子往肩上一背，飞起腿来，把那辆手推车踹翻在大路旁的水沟里。然后，他气喘吁吁地跨步越过灌木丛，扛着他抢劫来的箱子，径直往他的住窝赶去。一路上，因为急着赶回去，他却没留意背上扛的箱子，随着时间悄悄过去，分量慢慢儿在减轻。

原来卡斯柏尔没忘记把那火柴棒拔掉，于是霍震波走过的路上便出现了一条细白线。

霍震波回到住窝里，把箱子卸在桌子上，又取来锤子和钳子，没一会儿就把那箱子撬开了。

他回转身子，往箱子里一看，不由呆住了：箱子里尽是日常见惯的白沙子！

霍震波发怒地对着箱子一阵乱捣。最后他走到门前，想吸点新鲜空气。

可他发现那边地上，有一道细长的白线，从灌木丛过来，直通到他的住窝。

这下儿他可明白了。

卡斯柏尔和崔培尔躲在森林附近拐角的地方，看见霍震波把土豆箱子扛走了，便不由得高兴起来。

他们没费多大工夫就找到了那条白沙痕迹。在跟踪之前，他们互换了一下帽子，这样大盗霍震波就认不出他们了。

他们沿着细长的沙迹走去，大约走了一个来钟头，卡斯柏尔发现森林地面上的细沙迹这时忽然分为两道。一道向右，一道向左伸展开去。于是他们决定分头走着瞧。

卡斯柏尔和崔培尔讲定用钱币的正反面来决定左右。崔培尔扔钱币，两次扔成正面，一次扔在反面，于是他按事先商定的话，朝左面走去。

这时大盗霍震波正摸着黑胡子冷笑呢。他用箱子里残余的沙子另外撒了一道沙子的痕迹，那两个小子鲁莽跟踪，准会分头找上门来的。

朝左的一道沙踪是真的，直通到大盗住窝。大盗霍震波手拿装有胡椒粉揉成的弹丸子的手枪，躲在窝门前一棵有大瘤子的老槲树树荫下。

这时，树木中间隐隐约约出现了人形，还戴着一顶大红的尖顶帽子。"那是卡斯柏尔！"大盗暗想着，然后仔细瞄准过来的人，慢慢拨动手指。劈啪声响，只见火光一闪，发出了爆炸声，顿时烟火弥漫。

可怜的崔培尔被胡椒枪打中了脸面。他睁不开眼睛，也听不见，只是不断打喷嚏，吐口水，咳嗽。眼睛和脸火辣辣的。

这会儿，大盗霍震波用捆小牛犊的绳子捆住崔培尔的手脚，然后把他背回住窝。

这时，盗窝入口处亭柱上挂的电铃响了起来，大盗霍震波问道："这事还不明白吧？那丁零零、丁零零的响声，就是说，你的朋友崔培尔刚落到了洞里，也就是掉到陷阱里了。怎么，你竟想不到吧？"

霍震波放声大笑，劈劈啪啪地拍打着自己两条大腿。然后到床底下找出两三条麻绳和一只大口袋，走了出去。

话说卡斯柏尔跟崔培尔分手后，就按照预定方向，跟随沙子的踪迹逐渐走进了灌木丛。那羊肠小道上到处都是荆棘，崔培尔那顶尖马尾帽还老是一个劲儿滑到脸上来，这真让卡斯柏尔恼火。

正走得烦恼时，忽然听得一阵轰隆隆的响声，卡斯柏尔连帽子一起跌到一个大洞里去了。

忽然，卡斯柏尔听到仿佛有人在轻轻走路。当陷阱口陡然出现那个黑胡子拉碴的丑脸时，卡斯柏尔不由大吃一惊。

"喂，崔培尔？你想从这儿出来吗？那你就爬到这个口袋里面，这样才可以把你拉上来呀。快点，别忘了把帽子带上。"

卡斯柏尔从地上拾起帽子，便往口袋里爬进去。大盗霍震波往上拉那只口袋，就像吊车吊东西上来似的。装人的口袋一拉出陷阱口，霍震波迅速把袋口扎紧，然后他把口袋往肩上一背，大步流星向住窝走去。

"噢，咱们到了！"霍震波把口袋扑通一声扔到崔培尔旁边的地上。他把布袋揭开了一点口子，让卡斯柏尔的头刚露出在外面。当然他不肯多拉开布袋。

"这会儿可以断定你是卡斯柏尔了！"大盗霍震波向崔培尔大声嚷道，原来他一直把两个人认错了。

卡斯柏尔连忙对崔培尔使了个眼色，代替崔培尔说："有什么要回答的呢？大家都知道，你大叔是卜真里先生呀！"

"怎么叫我卜真里呢？我叫霍震波呀！"

"对不起，我叫错了。罗霍波先生。"

"我叫霍震波，混蛋！连这样简单的名字都搞不清楚！"

"不会记不清楚，卜霍罗先生。"

看来光火没有用，这个叫崔培尔的小鬼，外表虽戴顶马尾帽，实际上却是个糊涂透顶的傻瓜蛋。"现在我要用链子把你锁住，留在我的住窝里给我干活。干到你的皮肤发黑。至于你哪，"他指着卡斯柏尔说，"我要把你卖给一个叫作褚瓦猛的坏蛋大魔法师！他是老子的老朋友！"

坏蛋大魔法师褚瓦猛确实是一个精通魔法的大魔法师，他能轻易把人变为各种动物，也能把泥土变成黄金。不过要他用魔法削土豆皮却大伤脑筋，怎么也削不好。而且他每天吃通心粉和面粉又吃腻了，没办法，只能系上围裙，不嫌麻烦，亲自削土豆皮了。

这时门铃响了。褚瓦猛连忙解下围裙，嘴里念念有词，两个手指呱嗒一声，围裙径自飞到厨房里餐具和架子中间的挂钩上挂了起来。

褚瓦猛推起门闩，打开大门，只见大盗霍震波身上背着个布袋站在门外。

褚瓦猛高兴地把霍震波让到了书房。

那书房里堆满了硬封面的厚书，在写字台上方顶棚上，挂着一条鳄鱼标本。后面墙角落里站着一具死人骸骨，那只只有骨头的右手执着一支火光熠熠的蜡烛。

"咱们来做笔交易，好吗？"霍震波说，"我用布袋里的那个愣小子跟你换一袋鼻烟怎么样？"

霍震波说着解开布袋绳子，卡斯柏尔露了出来，"他叫崔培尔，正像你需要的糊涂蛋。"

褚瓦猛仔细地打量了一番卡斯柏尔。他之所以要雇糊涂蛋，是因为担心他的魔法会被人偷学去。"好极了！我就把你留下来。你会削土豆皮吗？"

"会，死纳门先生！"

褚瓦猛顿时光火起来，"你怎么把我的名字都改了，你必须称我'大魔法师褚瓦猛先生'。"

"是，大魔法师猪猡猛先生！"卡斯柏尔此刻装得格外的天真。

"你这畜生！你认为我被你嘲弄，能一直忍耐下去吗？你说，你想变成猴子还是蚯蚓？"

褚瓦猛两个手指呱嗒一响，手里来了根魔杖。正待下手时，霍震波连忙拦住了他，"我说褚瓦猛，这小子可不是故意把你的名字叫错的。他记不住你的名字呀！他本是个愣小子呗！"

"哦，原来是这样，"褚瓦猛笑了起来。

卡斯柏尔这天剩下的时间都在大魔法师褚瓦猛魔宅的厨房里削土豆皮。晚上时，褚瓦猛把卡斯柏尔带到一间小房间里。那儿只有一张光秃秃的床和一只洗濯用的桌子。大魔法师两个手指呱嗒一响，转眼间那只铁床上已铺上了一个厚厚的麦秸垫子。接着，褚瓦猛两个手指又呱嗒呱嗒响了第二下，第三下和第四下，只见那麦秸垫子上已堆满了衬衫、鹅绒被子和一个枕头。然后，褚瓦猛就径自走向他的寝室——一个塔形住宅的六层楼上。卡斯柏尔住的房间跟厨房一样也在底层。从窗里望出去，是一个菜园。菜园过去，是一片森林。

窗子没有窗栏，从室内向外推开，就能跳到外面！卡斯柏尔等天黑下来以后，就从窗里偷偷爬到外面菜园里。四周静悄悄的！

菜园的栅栏不高，可正当卡斯柏尔想跨过栅栏，忽然有人从后面抓住他上衣襟和后脖颈，硬行拖回去。他扑通一声，跌了个屁股墩。卡斯柏尔哆嗦着四下里张望了一下，一个人也没有！卡斯柏尔又换了个地方，又被人拽了回来。

第三次，卡斯柏尔决定从栅栏下钻过去。他把栅栏上的一块木板条往旁边推过去，正要往空子里钻时，似乎又有人在拖住他的两条腿，一股劲儿地往回拉。冷不防又给了他一个响亮的耳光。卡斯柏尔大吃一惊，高声叫喊起来。

这叫喊声惊醒了褚瓦猛。他点亮灯，从六楼寝室的窗里探出身来瞧下面。"你小子想溜吗？老实告诉你，进了我的魔宅，没有我的许可，你是逃不出去的，你还是乖乖去睡觉吧。"

说到这儿，卡斯柏尔陡然看到一道闪电从上面直劈下来，离他站的地方不到一巴掌远。卡斯柏尔吓得浑身哆嗦，褚瓦猛却在幸灾乐祸的讥笑声中砰的一声关上窗子。

第二天早上，褚瓦猛给卡斯柏尔留下四个任务，可卡斯柏尔尽量装出傻呆呆的样子，一样也记不住。最后褚瓦猛只好不耐烦地对他说："你今天做晚饭前，削六篮子土豆皮就算了。皮削好后，再切成细丝。好好记住，晚饭我想吃干炸土豆丝。我要赶紧走了，要不然，我在布克斯图台的同事准以为我把跟他的约定忘了。"

说完他急忙向魔宅塔顶的阳台上走去。到了那儿，他把他那件绣着红黄双色花纹的大魔褂子铺在地上，嘴里叽里咕噜念起咒来。不一会儿，大魔褂子便载着他升向空中，径直向布克斯图台飞去。

这时卡斯柏尔怎么样呢？

卡斯柏尔一面削土豆皮，一面在考虑这两天发生的事，崔培尔现在怎么样了……

崔培尔一个人躺在漆黑的盗窝子里，不知过了多长时间。要是脚上没有链子锁住的话，他早就瞅没人溜走了。

傍晚时分，霍震波骂骂咧咧地回窝了。他让崔培尔给他把那双溅满泥浆的长筒靴擦干净，然后又命令他去烤鹅，又让他去磨咖啡。

崔培尔用奶奶那只咖啡磨具磨咖啡豆，那首《五月里来好风光》的歌子便奏了起来。崔培尔不禁眼泪汪汪了。

"卡斯柏尔，你怎么哭丧着脸。我最讨厌人家哭了。你等着，我来让你开心开心！"

说罢，大盗抢过崔培尔头上的帽子，扔在火里烧了。

所有的活都干完后，崔培尔又被锁上链子。他躺在冰冷的石板地上，睡着了。

早上6点整，霍震波就睁开眼来，叫醒崔培尔，崔培尔又忙得一点也没时间休息了。

卡斯柏尔削完三篮子土豆皮，这才有工夫休息。他走进食物室去瞧瞧有没有什么可吃的东西。

呵！那里的东西可真不少！正当他愣愣地站在那儿时，陡然间传来一阵沉闷的、似诉似泣的声音："呜—啾啾—啾呜！"

卡斯柏尔侧着耳朵仔细倾听，接着就跟着声音走去。从食物室走出来，回到厨房，再从厨房走到外面走廊里，往直走到地下室入口处。

那声音是从地下室深处传出来的。卡斯柏尔回到厨房里，把洗盘台钩子上的煤油提灯取了下来，拿过火柴，点上灯芯，提灯亮了。

他小心翼翼地一步一步从容易滑跌的石阶上走下来。那里不但潮湿发霉，而且还有一股寒气。顶棚上滴滴答答落下一颗颗大水珠，不断落到他的帽子上。他走到一条狭长的走廊上，又走上一二十步，便看到一扇包着铁皮的门。门上挂着一块四周围着黑框的牌子：

禁止入内！

卡斯柏尔读牌子上的文字，犹豫了一阵子，接着又听到了那啜泣声。他一按门把手，推开了门。可他又遇到了第二道门，那门还是包着铁皮，上面挂着一块四周围着黑框的大牌子。

禁止入内！！

"哎哟！怎么越来越禁止得厉害了！"

但是他这时却来了勇气，当他又听到了啜泣声，他便推开那扇门。

真见鬼！又是一道门。那门上挂着一块围着黑框的更大的牌子：

禁止入内！！！

卡斯柏尔向前跨了一步，抓起了门把手，只听得咯吱咯吱几声，那道门便打开了。那咯吱咯吱的声音让人听得毛骨悚然。

"站住，赶快站住！不能再往前走一步！"

卡斯柏尔听到那声音喊叫，便站停下来。在提灯光照耀下，卡斯柏尔知道自己走进了一间有圆形顶棚的小房间。不过这地下有圆形顶棚的房间里却没有地板！离卡斯柏尔靴子有一个巴掌大的地方，前面却是一潭乌黑的水。

"你身子趴在地上往下面看，把提灯再往下低一点，就能看见我了。"那咯咯的声音说。

卡斯柏尔扑在地上，身子一寸一寸地朝深水池爬过去，手里提着提灯往下照去。在下面黑沉沉的水里，有个东西在漂浮。那东西眼睛鼓突着，嘴巴张得大大的。

"我是铃蟾，原来是个仙女，叫阿玛里斯。是褚瓦猛用魔法把我变成这个丑样子关在这儿的，已经有七年了。以前我经常阻止褚瓦猛用魔法害人，他就把我看作眼中钉、肉中刺。他骗我，说他要做好事。我一时麻痹大意，被他用魔法把我变成了一只铃蟾。"

那仙女说着又大哭起来。

"我可以帮你忙，脱离这可恶的魔法吗？"

"可以，你只要找到一种叫作神仙草的药草就可以了。这种仙草长在离这儿两个钟头路程的高原上。你找到了那种仙草，只要对我身上一点，我就可以马上恢复自由了。"

"可是我没法离开这所魔宅呀。"

"有一个办法，你只要把自己一件贴身穿戴的东西留在魔宅里，你就能随意走了。"

"要是这样的话，我就把这顶帽子留下来吧。"卡斯柏尔说："请你把仙草生长的地方和仙草的形状告诉我。我就去找来给你。"

"上那个高原去，"铃蟾说，"那儿有一个黑池子。池畔有一棵古老的大云杉树，只那么孤零零的一棵。你在那儿等到月亮出来了，才能找到仙草。那仙草受到月光照射，会发出光来。那是一种银色的伞形花。你只要得到一束那样的仙草，褚瓦猛就看不见你了。"

卡斯柏尔连忙站起身来，向铃蟾告别。他把一道道门都关紧，这才沿地下室的石阶走上去。他到食物室里取了一个面包和两条香肠后就立即动身上路了。

卡斯柏尔从窗口爬出去，跳到菜园里。他到了房子外面，就把帽子脱下来，放到离栅栏不远的香菜地里。这回他出去得非常顺利。

卡斯柏尔顺着铃蟾指点的道路一路摸索前去，最初，他穿过森林，在大路上走了一程，然后沿着小河走去。又走到了一处森林。那儿有三棵白桦树，当中一棵有一个大裂口。那里有一条直通到森林最稠密地方的羊肠小道。卡斯柏尔顺着这条小道走去，最后到达了目的地。

天慢慢黑下来了，可月亮还没有升上来。卡斯柏尔如坐针毡般地焦急等待着。

　　坏蛋大魔法师褚瓦猛坐着大魔褂回到家来，却到处也找不到卡斯柏尔了。搜呀搜呀，大魔法师忽然想到一个念头，他急忙飞步向菜园跑去。果然，离栅栏几步路的地方，放着崔培尔的帽子。

　　要知道，褚瓦猛有一种异常本事，任何人跟他相处过的，只要有一件随身携带的东西给他拿住了，他就能用魔法把那人召到跟前来。

　　大魔法师用双手拾起崔培尔的帽子，走进书房，作法弄来一支魔粉笔，在地板上画了个魔圈，再在圆圈中交叉划了若干条线。褚瓦猛把帽子放在魔圈当中，恰好放在交叉线上，他身子往后退二三步，双手高举，在空中交相挥舞数下，然后两眼瞅定帽子，发出打雷似的声音：

　　来来来，来来来，
　　帽子的主人，
　　不论你躲在什么地方，
　　立即显出你的原形。
　　帽子在什么地方，
　　主人就站在那个地方。
　　霍克斯布克斯，
　　立即显出你的原形！

　　褚瓦猛刚念完魔咒，便听得霹雳一声，书房的地板上顿时升起了一股红彤彤的火焰，火焰过后，在魔圈正中交叉线上，忽然站着一个人，那就是真正的崔培尔！

　　崔培尔左手拿着一只黑色长筒皮靴，右手拿着一只刷皮靴的刷子。褚瓦猛和崔培尔两人都愣住了。

　　当崔培尔搞清楚事情的来由后，不禁笑出了声，他将他和卡斯柏尔换帽子的事说了一遍，"霍震波已把卡斯柏尔的帽子扔在火里烧掉了，所以我现在已没有证据证明我就是真正的崔培尔。霍震波是故意这么做的。"

褚瓦猛大骂起来，突然他抓过崔培尔手里的靴子，又画了个新魔圈。这回在魔圈交叉线上放的是大盗霍震波的长筒靴。魔咒过后，大盗霍震波身穿睡衣，脚上套着短袜站在魔圈中央。

褚瓦猛不容他辩解，立刻把霍震波变成了一只灰雀子，然后把他塞入一个鸟笼里。

"现在你去给我削土豆皮吧。我要去找卡斯柏尔，然后好好抽他的皮。"褚瓦猛说。

正当褚瓦猛在魔褂上东张西望时，月亮已经在高原上空升起来了。卡斯柏尔迅速抓了一把放射着银色光辉的仙草，这样，褚瓦猛就看不到他的身形了。

卡斯柏尔精神抖擞地径直赶到魔宅。大门关得紧紧的。卡斯柏尔拿起仙草，往大门一点，门哗啦一声开了。这时呼啦一声，大魔法师也坐着魔大褂到了魔宅的塔顶。

这时，卡斯柏尔已朝铃蟾待的水池走去。这会儿，他没拿提灯，不过手里有仙草，在黑暗中走路，能像猫眼一样，看得清清楚楚。卡斯柏尔走到水潭边，用左手抓住铃蟾。把它拉到地上，用仙草点它的身体。

瞬时间，屋内大放光明，一个异常美丽的妇女站在卡斯柏尔的身旁。这时，褚瓦猛已来到了地下室。他仿佛被天雷击中似的，两膝哆嗦个不停，连魔杖也拿不住，从他手里落了下来。那魔杖一落地，仙女阿玛里斯用足尖轻轻一踢，它便扑通一声滚落到池子里了。

褚瓦猛向前一个虎步，想去抱那魔杖，可他扑了个空。只听得一声凄厉的叫嚷声，大魔法师褚瓦猛便消失在铃蟾池子黑沉沉的水里了。

话分两头，却说崔培尔那天被大魔法师用魔法拘来魔宅后，一直削土豆皮，直到半夜。他困得要命，开始打起瞌睡来。当崔培尔被大魔法师的叫骂声惊醒时，已是早晨了。

他打开门走到外面走廊里，没想到却看见了卡斯柏尔。仙女没容他们多说话，就把他俩拉到了外面，临走之前，崔培尔还不忘拿来了那个小鸟笼。

仙女见卡斯柏尔和崔培尔走到了森林那儿，就转身举起手来往魔宅一指，转眼间，魔宅变成了一大堆瓦砾。阿玛里斯又作法让倒塌的魔宅周围长满了荆棘，围上了灌木篱笆。然后，她飘到卡斯柏尔面前，从手上脱下一只小金戒指说："这是一只魔戒，可以满足你三个愿望，你只要把它转动一下，就可以使您得到满足。"

说罢，仙女阿玛里斯在空中飘然离去。

两个朋友争着把自己的经历告诉对方，然后卡斯柏尔转动魔戒，要了一顶和被烧毁的旧帽子一模一样的尖顶帽，当然还有奶奶的咖啡磨具。

奶奶非常担心，她不知道卡斯柏尔和崔培尔这么长时间，到底上哪儿去了。她只好去找警官丁贝莫，希望能得到好的消息。

丁贝莫皱起眉头想了一会儿，突然想起了个主意。他从抽屉里抽出一张大公文纸，又用钢笔写了一个寻找卡斯柏尔和崔培尔的布告。

他刚签上自己的名字，门忽然被打开了，卡斯柏尔和崔培尔飞也似的冲了进来。卡斯柏尔把鸟笼放到办公桌上，对警官说："这就是大盗霍震波。"说着，他随手把手上的魔戒一转。

"我希望，鸟笼里的灰雀子重新变回来，成为大盗霍震波。"

说时迟那时快，就在这一刹那，刚才还是灰雀子待的地方，此刻却站着大盗霍震波。他站在办公桌上，身穿睡衣，脚套短袜，从头到肩膀全套在鸟笼里。大家全愣住了。

那大盗霍震波从办公桌上跳下来，推开窗玻璃板，把头伸出去，打算逃走。崔培尔连忙抓住他的腿，卡斯柏尔迅速放下了铁百叶窗，只听咔嚓一声，大盗霍震波的身体被百叶窗夹住了，大盗终于逮捕归案了。

卡斯柏尔和崔培尔两人又坐在奶奶舒适的房间里了。他们又说又笑，快乐极了。

奶奶也笑眯眯的，她把一只装李子脯蛋糕的大马口铁盒子放到了餐桌上，旁边还放了一大盘新鲜奶油。

"我去玛雅太太家借只咖啡磨具来，"奶奶边说边快步向门口走去。

卡斯柏尔笑嘻嘻地从上衣下面拿出咖啡磨具，放在桌子上。奶奶用手一摇上面的把手，只听得咖啡磨具里唱出了《五月里来好风光》的二部合唱歌子。那是仙女为了让奶奶高兴对磨具施了魔法的缘故。

奶奶高兴地煮来了从来没有那么浓的咖啡，卡斯柏尔和崔培尔不住地吃着奶油李子脯蛋糕。吃得肚子也胀了，两个小朋友感到非常的幸福。

（艾力　缩写）

巫婆和她的仆人

〔俄国〕克雷特克　原著

　　从前有个国王，他有三个儿子。最大的名叫斯扎波，第二个叫瓦扎，最小的名叫伊瓦尼克。

　　一个美丽春天的清晨，国王和三个孩子在花园里散步。他们看到各种各样果树，其中一些开满了花，另一些则已经果实累累，使他们赞美不已。他们信步走去，不知不觉来到一片空地。那里只有三棵高大茂密的树。国王对三棵树望了一会儿，伤心地摇摇头，默默地走开了。

　　三个孩子不理解父亲的举动，就问他为什么叹气。国王说了下面的话：

　　"一看到这三棵树，我就要难过。我20岁那年，把它们种在这里。种子还是一个很有名气的巫师送给我父亲的呢。他当时向父亲保证，这些种子能长出三棵世人从未见过的好树。父亲没能活到巫师的话真的应验。父亲临终嘱咐我，把三棵树移植到这里精心照料。我一一照办。经过漫长的五年，我终于看到树上开了花，几天以后我也看到了从未看到过的精美果子。

　　我严令园丁总管精心照料这三棵树。因为巫师曾对父亲说过，一旦摘下一只未成熟的果子，其他果子就会立刻烂掉，还说果子成熟以后会变成金黄颜色，非常漂亮。

我天天去看那些可爱的果子，它们的样子越来越诱人。我尽了最大的努力不违背巫师的嘱咐。

一天夜里我梦见果子熟透了。我尝了几个，味道好极了，从来没吃过这么好吃的果子。我一觉醒来，赶紧派人去把园丁总管叫来，问他昨天夜里，三棵树上的果子是否已经熟透。

园丁总管并不回答，却一下子跪在我的面前，发誓说他是无辜的，他整夜守着那三棵树，可好像有什么魔法一样，树上的果子还是被洗劫了一空。

果子被窃，我十分伤心，也没有去惩罚园丁总管，我深信他是忠诚的。我决定来年不等果子成熟就全部摘下来，当时我对巫师的警告已经不太相信了。

我照我的意思去做，第二年从树上摘下了所有的果子。我尝了一个，又苦又涩。第二天其余的果子全都烂了。

从此以后，我总派最最忠实的仆人守护这些美丽的果树。但是年年到了那天夜里，就仿佛总有一只无形的手摘下果子并且偷走，第二天早晨树上一只果子也不剩。后来好几年，我甚至不再派人去看守这几棵果树了。"

国王讲完了故事，长子斯扎波对他说。"爸爸，请原谅，我觉得您说得不对。我坚信您的王国里一定有很多人能够战胜那种偷窃的妖术。作为长子，我头一个请您准许我今夜就去守卫那三棵果树。"

国王答应了下来。夜色降临时，斯扎波爬上一棵果树，决心要保护果子。哪怕牺牲性命也在所不惜。他看守到了半夜，有一股不可抗拒的睡意向他袭来，他很快就睡着了。这一觉一直睡到天亮。他醒来时树上的果子已经无影无踪。

第二年，次子瓦扎也去试试运气，结果和哥哥一样没能成功。接下来就轮到老三了。

　　尽管两个比他健壮的哥哥都失败了，伊瓦尼克倒并没有因此灰心丧气。那天晚上，伊瓦尼克像哥哥们一样，也爬到了树上。月亮升了起来，柔和的月光洒满大地。借着月光，警觉的小王子能清清楚楚分辨周围的一切。

　　午夜时分，一阵轻柔的西风吹动了树叶，一只白得像天鹅一样的鸟儿轻轻落在王子胸前，王子一把抓住鸟儿的翅膀，天哪，仔细一看抓在怀里的不是一只鸟，竟是一个美丽无比的姑娘。

　　姑娘亲热地看着王子说："你别怕，我是米丽莎。有个邪恶的魔术师没能抢走你们的果子，便偷走了我母亲的种子。我母亲因此丧命，她临终嘱咐我，要我每年果子熟了，便把果子摘走。其实你们无权占有这些果子，今天夜里我正想摘苹果，却被你有力地抓住，破了我中的魔法。"

　　伊瓦尼克原想对付一个可怕的巫师，没想到遇上了一个可爱的姑娘，立刻爱上了她。那天晚上便在愉快的交谈中过去了。米丽莎要走时，王子恳求她不要离开。

　　米丽莎说："我也想和你多待一会儿，不过从前有一个邪恶的巫婆趁我睡着，剪走我的一缕头发。她从此控制了我，假如她看到我早晨还在这儿，就会加害于我，加害于你。"

　　米丽莎说完之后，从手上取下一枚闪光的宝石戒指，递给王子，说："这是我米丽莎留给你的纪念。你看不到我，就请你日后想着我。如果你真的爱我，请到我的王国去找我吧。我不给你指路，不过这枚戒指可以做你的向导。

　　如果你真的爱我，又有足够的勇气长途跋涉，那么，我告诉你，每当你走到十字路口，就看一下这枚钻戒，然后再决定往哪个方向走。假如戒指像平时一样闪光，那么，你就一直往前走。假如戒指的光变得黯淡了，那就另选一条路。"

　　说完，米丽莎在树上俯下身来吻了吻王子的前额。王子还没来得及说声再见，米丽莎就化作了一朵白云消失在树丛中。

天亮了。王子满脑子都还是刚才奇异的情景。他爬下树梦游一般回到王宫，甚至不清楚树上果子有没有摘掉，光想着米丽莎，盘算怎样才能找到她。

园丁总管看到王子回王宫，就立刻跑去看三棵果树，只见树上果实累累，便急忙把这个好消息告诉国王。国王欣喜欲狂，立即赶到花园，让园丁总管摘下几个果子。他尝了几口，发觉滋味和梦里一样甜美。他立刻去找伊瓦尼克，亲亲热热拥抱着儿子，赞不绝口，问他昨晚怎样战胜了魔法师，把贵重的果子保存了下来。

国王对王子的话深信不疑。他叫儿子赶快去休息，恢复夜间消耗的体力。国王自己则去筹办盛宴，庆祝这些神果保存了下来。

全城人都很激动。他们分享了国王的快乐。只有王子一人没有出席这些盛宴。

趁国王还在庆宴上，伊瓦尼克取了些金子，在王宫的马厩里挑一匹最快的马，便神不知鬼不觉一阵风似的离开了王宫。

直到第二天早晨，人们才发觉王子不见了。国王很难过，派人分头在王国里到处寻找，结果白费力气。半年以后，他们不再寻找了，当他已经死了；又过半年，人们就把他淡忘了。其实在这期间，王子一直在长途跋涉，靠了戒指的帮助，旅途倒也十分顺利，没有遇到什么麻烦。

三个月之后，王子来到一座大森林面前。那森林莽莽苍苍看上去渺无人迹，无边无际。王子发现一条小路，正想走进森林去，只听得有人在喊："喂，年轻人，你要去哪儿？"

王子转过身去，只见一个又高又瘦的人，穿得破破烂烂，挂着一根弯弯的拐杖，坐在一棵橡树脚下。那人浑身上下跟橡树色调相同，难怪王子骑马经过没有发觉。

"你说我不进森林，还能到哪儿去呢？"王子答道。

　　"你想穿过森林？"老人惊奇地说道，"看来你从来没听人说起过这座森林，要不你不会这样鲁莽走向灭亡。你且别忙着走，让我跟你说说。这座密林深处不仅藏着无数豺狼虎豹、毒蛇猛禽，还有种种怪物。把你和你的马碎尸万段，还不够它们百分之一吃到一小口呢。你不想找死的话，那就听我的劝，改走别的路吧。"

　　老人的话使王子感到一征，思忖片刻那该怎么办呢？后来他的目光落到了手中的戒指上，只见那戒指还像以往一样闪闪发光。于是他大声说："即使森林里凶残的怪物比你说的还多，我也要穿过去，别无选择。"

　　于是王子策马往前走去，不料那个乞丐在后面连连大声尖叫，王子只好又掉转马头，回到橡树旁。

　　老头儿说："我实在替你难过。不过你打定主意要冒这个险，那么至少听我一个劝告，那会帮你对付怪物的。"

　　"你带上这一袋面包屑和这只活兔子。那是我送给你的两样礼物，我真担心你性命难保。不过你必须把马留下，因为马不是被倒在地上的树绊倒，就是被荆棘缠住。你大约走一百步野兽就会包围上来，那时你赶紧拿出袋子，把面包屑撒在它们中间。它们会立刻贪婪地扑向面包屑吃了起来。你抖光袋里的面包屑，必须马上把兔子扔给它们。兔子一着地，就会立刻拼命逃窜，野兽就会掉头去追赶它。这样一来你就可以安然无恙穿过森林了。"

　　伊瓦尼克很感激老人忠言相告。翻身下马，拿了口袋和兔子，这才走进森林。老人瘦削的身影刚从他视野中消失，就听得附近密林中传来了咆哮声。他还没来得及想一想，就被一群样子十分可怕的野兽包围了。一边是猛虎，眼睛像灯笼；一边是恶狼，牙齿寒光闪闪。这里有熊在疯狂地咆哮，那边有可怕的毒蛇盘绕在脚下的草丛中。

　　伊瓦尼克并没有忘记老人的忠告，迅速把手伸进口袋里大把大把抓出面包屑，投向这些动物。袋子越来越轻，王子有点害怕起来。扔掉了最后一把面包屑，饥饿的野兽就围住王子，贪婪地想把这个活的猎物吞掉。于是王子把兔子扔向这群野兽。

兔子一着地，立刻耳朵耷拉在背上，像离弦的箭一般逃走。野兽立刻紧追不舍，把王子撇下了。王子看看手中的戒指还在闪闪发光，便继续向前走去。

没走多久，王子就看见一个样子十分古怪的人向他走来。那人还没有三英尺高，罗圈腿，身上长满了刺，活像一只刺猬。他身边有两头狮子，由他长长的胡须牵着。

他拦住王子，用嘶哑的嗓音问道："是你刚才喂了我的卫士？"

伊瓦尼克吓了一跳，不知如何回答。那小矮人却又说："我衷心感谢你的好意，我怎样报答你呢？"

"我只求你让我安然无恙穿过森林。"伊瓦尼克答道。

"那当然。"小矮人说，"为了绝对安全起见，我让一头狮子保护你。不过你走出森林，到一座宫殿附近，请放走我的狮子，因为那里不是我的领地。否则我的狮子会落入敌手遭到杀害。"

说完，老人解开牵住狮子的胡须，吩咐它要好好地保护年轻人。

伊瓦尼克有了这个新的保护者，继续在森林中穿行。尽管他们又遇到更多豺狼虎豹以及种种野兽，但是它们一看到有狮子在护送王子，就都远远地躲开了。

王子以最快的速度向前走着。尽管如此，几个小时过去了，还是没有看到一片绿土和一处有人烟的地方。最后，快到傍晚时分，密林才渐渐稀疏明亮起来，透过交错的树枝，隐约看到了一片广阔的田野。

他们走出森林，狮子便停住了脚步。王子先对狮子热情感谢一番，才跟它告别。这时天已经相当黑了，伊瓦尼克不得不停下来，等待天亮继续赶路。

他用草和树叶铺了一张床，又用枯枝点起一堆篝火，然后倒头便睡，一直睡到第二天早晨。

他起身走向远处一座闪着白光的美丽宫殿。大约不到一小时，他来到王宫门口，推门走了进去。

王子穿过几个大理石的大厅，走下花纹石的石级，到了一个可爱的花园里。突然，王子高兴得叫了起来，原来他看到了米丽莎。米丽莎在一群姑娘中间，那些姑娘正在编织美丽的花环，打扮她们的主人。

米丽莎一看到王子，就朝他奔去，温柔地抱住了他。王子把自己的冒险经历一五一十告诉米丽莎。接着他们一起到王宫里去。那里已经摆上了丰盛的饭菜。接着公主把王公大臣全都召来，宣布伊瓦尼克是自己的未婚夫。

大家马上着手准备婚宴。不久，他们就举行了隆重豪华的婚礼。

一连三个月他俩沉浸在幸福中。后来有一天米丽莎收到姨妈的来信，邀请她前去作客。

尽管公主很不情愿离开丈夫，但她又不想回绝邀请。于是，她温情脉脉告别王子，答应最迟一个星期后就回来。公主说："我走之前，把城堡的所有的钥匙全部交给你保管。只是有一件事我要恳求你，千万千万不要打开北楼里上了七把锁和七道门闩的小铁门。你要是打开了，我们俩都要受苦受难。"

伊瓦尼克答应了公主的请求。米丽莎临走又重复一遍，她保证在一星期内赶回来。

王子一个人孤孤单单，强烈的好奇心就开始折磨他，很想知道北楼那个房间里究竟有什么东西。头两天，他还能挡住这种诱惑，可到了第三天，他再也忍不住了，手举火把匆匆来到北楼，打开小铁门上一道又一道锁。最后，小铁门哐地一下打开了。

王子看到的情景多么出乎意料啊！那是一间让烟熏黑的小屋。一堆火吐着长长的蓝色火舌，一股淡淡的烟袅袅升起，火上烧着一大锅沸腾的沥青。一个可怜巴巴的人让铁索捆住站在锅里，发出痛苦的尖叫。

王子被眼前的情景吓坏了。他问那人犯了什么滔天大罪，受到如此可怕的惩罚。

锅里的人回答道："我会把一切都告诉你的，不过求求你，先解除我一点痛苦吧。"

"要我怎样帮你呢?"王子问。

"只要一点水就行，"那人答道，"往我身上洒上几滴水，我就好受多了。"

王子动了怜悯之心，不假思索便跑到城堡的院子里，盛了一壶水，泼在锅里那个人的身上。

紧接着只听得轰隆一声巨响，仿佛王宫里所有的柱子都要塌了，迷迷糊糊的王子只觉得塔楼啊，门窗啊，和那口锅以及整个王宫都在旋转。持续几分钟之后，一切都消失不见，化作了一股轻烟。王子发现自己孤零零站在一片荒野之中，周围到处是巨石和沙砾。

这时王子才知道自己没把公主的话放在心上闯下了大祸，对自己的好奇后悔莫及。绝望之中，他在荒野里漫无目的地走着，心里充满着忧伤。后来他看到远处一间破旧的小屋里有灯光。

小屋的主人不是别人，正是那个瘦削的老人，给过王子一袋面包屑和一只兔子。老人听到敲门就来开门，没有认出伊瓦尼克来，他就留他住下了。

第二天早晨王子醒来，问老人能否替他找个活干，因为他地陌生疏，而又急需回家的旅费。

老人回答道："我的孩子，这里荒无人烟，我自己也得跑到老远的村子里去谋生。即使这样，我还是经常填不饱肚子。要是你愿意去给老巫婆柯瓦干活，那就顺着我房前的小溪向前走大约三个小时，便会看到左边一座沙丘。老巫婆就住在那儿。"

伊瓦尼克感谢了老人的指点，就上了路。

大约走了三个钟头，王子看到巫婆那幢房子背面死气沉沉的灰色石墙，心里不大自在。他绕到房子正面一看，就更加厌恶了，因为巫婆在房子周围筑了一道尖头木桩的栅栏，每一根栏杆上都插着一个骷髅。在这道可怖的栅栏中有一个黑色的小屋，小屋只开了两扇装铁条的小窗，窗上布满了蜘蛛网。那房门是一扇破铁门。

王子敲了敲门，里面传出一个女人刺耳的声音，让他进去。

伊瓦尼克推开门，只见里边是一间被烟熏黑的厨房，一个丑陋的老太婆正伸出干瘦的手在烤火。王子说想给她干活，老巫婆说她正缺人手，看上去王子正是她要雇的人。

伊瓦尼克问老太婆，要他干什么活，给多少工钱，老太婆就带他穿过一条又窄又潮的走道，来到了一个地窖里。看来那地窖已经用作了马厩，里面拴着两匹漆黑的马。

老太婆说："你看这匹母马和它的小马驹。你只要每天带它们到野外去，别的什么也不用干，不过留神一匹也不能丢失。如果你能看上一年马，你要什么，我就给你什么。不过万一你让其中一匹跑掉了，你就休想活命。我要将你的头颅插在我的最后一根尖头木桩上。你已经看到，其他尖头木桩上都已插上骷髅，他们原来都是给我干活的，因为没有干好我给他们的活，才有这个下场的。"

伊瓦尼克觉得现在就走比留下更糟，因此答应了老太婆的条件。

第二天，早晨他把马牵出去，晚上牵回来，两匹马很老实。老太婆站在门口，热情地迎接他，给他做了一顿香喷喷的晚餐。

有一段时间，王子一切都很顺利。每天早晨牵马出去，晚上安然无恙回来。

一天，王子牵着两匹马来到河岸边，看到一条大鱼不幸被抛到岸上正痛苦挣扎着，想跳回水中去。

伊瓦尼克很同情这个可怜的东西，就抓起它抛进了水中。那鱼刚回到水中，又游回到岸边来，对王子说起话来，让王子大吃了一惊。

"好心的恩人，我怎样报答您的恩情？"

"我不要什么，"王子答道，"能为你做点事，我就很高兴。"

"您一定要接受我的报答，"大鱼答道，"从我身上取下一个鳞片，好好保存。什么时候您需要我的帮助，就把它扔到水中，我会立刻赶来帮助您的。"

王子点了点头，从它身上取下一个鳞片，仔细放好，就回去了。

不久后一天早晨，王子又牵着马来到通常放马吃草的地方。只见一群鸟发疯似的飞来飞去，发出响亮的叫声。

王子非常好奇，跑去一看，只见一大群渡鸦包围着一只老鹰。

尽管那只鹰强壮有力，搏斗十分勇猛，终究寡不敌众，眼看就要不行了。

王子很可怜它，找来一根树枝去打渡鸦。渡鸦被这突如其来的袭击吓坏了，纷纷逃命，剩下的渡鸦死的死、伤的伤。

老鹰看到自己得救，立刻从翅膀上拔下一根羽毛，交给王子，说："我的恩人，收下这支羽毛，我对您表示感激。无论什么时候您需要我的帮助，把羽毛吹到空中，我就会全力以赴前来帮助您。"

王子感谢了老鹰，就把羽毛和鱼鳞放在一块儿，小心收藏好，然后牵着马回到老巫婆的家里。

又有一天，他比平时走得远些，来到一个农家大院旁边。那儿水草丰美，王子很喜欢，决定在那儿放一天马。他刚刚在一棵树旁坐下，就听到了呼救声，一看，原来有只狐狸掉进了农场主人的陷阱。

可怜的狐狸想挣扎出来，但显然只是白费力气。好心的王子把狐狸从陷阱里救了出来。

狐狸真诚地对王子表示感谢，然后从毛蓬蓬的尾巴上拔下两根毛，说："什么时候您需要帮助，就把这两根毛扔到火里。我会立刻来到您身边听从您的吩咐。"

伊瓦尼克把狐毛、鱼鳞和羽毛放在一起。天快黑了，他赶紧牵马回去。

这时候王子的活儿快要到期了。再过三天就是整整一年，到时候王子就能拿到报酬离开巫婆了。

谁知那天晚上，他回去吃晚饭，巫婆趁机偷偷溜进了马厩。

好在王子悄悄地跟着她，看她干什么。他蹲在门口，听到可恶的巫婆对两匹马说："明天早晨王子一睡着，你们就藏到水里去，老老实实在那里待着，我叫你们再出来。"巫婆还威胁它们说，"要是你们不照办，我就把你们揍得鲜血直流。"

伊瓦尼克听了这番话，就走回房间去，心想，明天无论如何也不能睡着。第二天早晨，他又牵着母马和小马驹出门。和往常不同的是，他用绳子拴住马，把绳子紧紧攥在手中。

几小时之后，老巫婆施展魔法，王子就沉沉入睡了。两匹马按照巫婆的吩咐逃走了。一直到晚上，王子才醒来。王子在绝望之中非常惊恐，他发现两匹马失踪了。骂自己当初不该答应给巫婆干活，他好像已经看到自己的脑袋被插在尖头木桩上了。

这时他突然想起了那片鱼鳞。他一直把鱼鳞和鸟羽、狐毛放在一起随身带着。他从口袋里取出鱼鳞，急忙跑到河边，把鱼鳞扔进了河里。不一会儿，那条知恩图报的鱼就游到岸边说："我的恩人，您有什么吩咐？"

王子回答道："我负责照看一匹母马和一匹小马驹。如今它们逃走了，藏在河里。你要救我，就请把它们赶回到地面上来。"

"您等着，"鱼儿回答道，"我和我的朋友们会马上把它们赶出水的。"说完，鱼儿潜入水中。

紧接着，水中哗哗直响，只见一个个浪头冲上岸来，浪花四溅。两匹马突然跃到地面上，吓得浑身打战。

王子立刻跳上了母马，同时抓紧了小马驹的笼头，兴高采烈地赶回巫婆家去。

巫婆看到王子牵马回来，不禁怒火中烧。她把晚饭端给王子，又偷偷地溜进马厩。王子跟上前去，只听得她在破口大骂两匹马为什么没有藏好。接着她吩咐道："明天早晨，等王子一睡着，你们就躲进云里去，老老实实地待着，我不叫你们别出来。你们再不照办，当心我打得你们死去活来。"

第二天早晨，伊瓦尼克牵马来到草地上，就又一次中了魔法呼呼入睡。那两匹马立刻躲进了高悬山际轻轻浮动的云朵里。

王子醒来发现两匹马又都不见了。他马上想到了老鹰，从口袋里取出羽毛吹到空中。不一会儿，老鹰就飞到他身边，问道："要我做什么吗？"

王子答道："我的两匹马逃走了，躲在云里。你想救我的命，就请帮我找回那两匹马来。"

"您等着，"老鹰说，我的朋友都会来帮忙，很快把它们赶回来。"

说完，老鹰就飞向高空，消失在云彩里。

没多大一会儿，伊瓦尼克只见一群大大小小的老鹰把马赶到了他面前。他抓住两匹马，谢了老鹰，又高高兴兴地回去了。

老巫婆看到王子又平安归来，更加气恼。她把晚饭端到王子面前，马上偷偷溜入马厩。王子听见她又在责骂那两匹马为什么不藏好。然后她吩咐道："明天早晨，等王子一睡着，你们就藏到远处国王的鸡舍里去。我不叫你们，你们就别出来。要是你们再做不到，别怪我不留情。"

第二天早晨，王子又牵着马来到草地上。他睡着以后，两匹马又像前几天一样逃走了。这回它们逃到国王的鸡舍里藏了起来。

王子醒来发现马又不见了，决定请求狐狸的帮助。他点着火，把两根狐毛扔进去。不一会儿，狐狸就出现在他身边，问："要我帮您什么忙？"

王子说："我想知道国王的鸡舍在哪儿。"

狐狸答道："不到一小时就能走到。"接着它主动要求给王子带路。

路上狐狸问王子为什么要去鸡舍。王子给它讲了自己遭到的不幸，还告诉它为什么一定要找回那两匹马来。

狐狸回答说："那还不容易！等等，我有个主意。你站在鸡舍门口，等你的马出来。同时我从墙洞里钻进去混到鸡群中，追赶它们。管理鸡舍的人听到吵声，便会赶来看个究竟。他们看到两匹马，一定会以为马惊吓了鸡群，就会把两匹马赶出来。那时候你要抓住马笼头，别让它们再跑了。"

后来发生的事，果然不出狐狸所料。王子翻身跃上母马，牵着小马的笼头，匆忙回去。

正当王子骑着马高高兴兴走在荒野中时，母马突然开口对他说："你是头一个用机智战胜老巫婆柯瓦的人，现在你干了一年，可以索取报酬了。要是你能保证决不出卖我，我就给你提个忠告，对你今后大有好处。"

王子说既然你这样信任我，我决不会出卖你，于是那匹母马就说："你要报酬，就要我的小马驹，别的什么都不要。因为我的小马驹是举世无双的无价之宝。它能在片刻之间从地球的一头走到另一头。当然狡诈的柯瓦会千方百计阻拦你带走小马驹。她会对你说，小马驹十分懒惰，老是生病。你千万不要相信她，要坚持带走小马驹。"

王子很想拥有这样一匹马，听从了母马的话。

这回柯瓦迎接王子回去显得格外热情，为王子准备了一顿丰盛的晚餐。王子刚吃完，她就问他，辛苦了一年想要什么报酬。

王子说："我只要那匹小马驹。"

巫婆假装对他的要求感到很惊讶。她说他应该得到更好的报酬。那匹小马又懒惰又爱发脾气，还瞎了一只眼，总之很不中用。

但王子清楚自己要的是什么样的马。老巫婆看到他决心已定，就说：

"我既然答应过你，就会把小马送给你。其实我知道你是谁，你想要什么。让我来告诉你，怎样使用这匹小马。你还记得那一大锅沸腾的沥青和那个站在锅中的人吗？他是一个巫师。由于你好奇和轻率，放跑了他。于是他就抢走了米丽莎，把她和她的宫殿送到了一个遥远的地方。"

"你是唯一能杀死那个巫师的人。所以他很怕你，派人在监视你，这些人天天都向他报告你的行动。""你看到他时，千万别和他说话，否则你将会落入他那些朋友手中。你要立刻揪住他的胡子，把他提起来，再摔到地上。"

伊瓦尼克谢了巫婆，便跃上小马驹，踢了下马刺，疾驰而去。

这时天已经快黑了。王子看到远处有攒动的人影。走近一看，原来是巫师和他的朋友们猫头鹰驾着他们的车从天而降。

巫师看到自己面对面遇到伊瓦尼克，就知道自己逃脱不了，于是他就走向王子假惺惺地招呼道："幸会，我的恩人！"

王子一言不发，当即抓住他的胡须，提起来摔在地上。与此同时小马驹跳到他的头上，又踢又踩，巫师就此一命呜呼。

于是伊瓦尼克发现自己又回到了王宫里，他的新娘米丽莎投入了他的怀抱。

这以后，他们一直过着幸福安宁的生活。

（蔡根林　蔡北国　译）

骑黑骏马的勇士

〔中国〕（新疆）

早先，黑山脚下，黑水河边，住着一个穷苦的老头儿，名叫哈扎卡甫尔。哈扎卡甫尔老两口靠打猎、捕鱼维持生活，都快60了，还没有一个孩子。一天，哈扎卡甫尔的老伴儿终于怀了孕。

老太婆怀胎九个月零九天，生下了一个大儿子。孩子一落地，就和别人家两三岁的娃娃一样大。长得也特别快，第一天会笑，第二天会走，到了第六天，孩子已经什么话都会说，什么事都会做了，而且力大无穷。不到一个月，孩子就长成一个魁梧、英俊的小伙子，能帮他父亲打猎捕鱼了。哈扎卡甫尔老汉没想到，晚年竟得了这么一个奇特的儿子，真是又惊又喜。老汉给孩子取名肯得克依。

一天，肯得克依想单独出去打猎，就对他的父亲说："爸爸，您上山下河辛苦了一辈子，如今年老了，那些打猎捕鱼的事，就让我一个人去做吧！"

哈扎卡甫尔开始很不放心，但终于被孩子说服了，拿出自己的腰刀、弓箭，叮嘱道："好吧，孩子，我同意啦！这是我用了多年的宝刀、弓箭，你带上吧。遇到什么事情，千万不要慌张，能捕到多少就捕多少，早一点回来。

　　肯得克依带上宝刀、弓箭进山去了。中午，肯得克依爬到黑山顶上，只见一只凶狠的恶狼，正疯狂地扑咬着一匹雪白的母马。母马已被扑倒在地，痛苦地挣扎着。肯得克依飞快地扑过去一刀将恶狼砍死，又忙去看那匹母马。母马的脖子已经被恶狼咬断，马上就要死了。母马见肯得克依过来，就开口说起人话："英雄的肯得克依！谢谢您杀死了这只恶狼，救了我的孩子。我死后，希望您好好照顾我的孩子，将来它会帮助您的。祝您幸福！"

　　肯得克依见母马竟知道他的名字，大为惊异，正打算问它的孩子在什么地方时，母马已经死了。肯得克依正打算埋了它，然后去找它的孩子，忽然又听见说话的声音。那声音像是从地底下传出来的："哎，肯得克依，快剖开我母亲的肚子，让我出来，不然我会憋死的！"

　　肯得克依急忙用刀小心地划开母马的肚子。从母马肚子里蹦出一匹四蹄如银，全身乌黑油亮的小马驹。马驹一出来，就像见到老朋友似的，欢跳着往他身上蹭。肯得克依见这匹白蹄乌锥驹胸宽腰细，脊背平直，知道是一匹出色的骏马，非常高兴，早忘了打猎的事，埋好了母马，牵着马驹兴冲冲地回去了。

　　到家以后，肯得克依把马驹的来历告诉自己的父亲。哈扎卡甫尔听了，又高兴又担忧。高兴的是，儿子得了这样一匹难得的宝驹；担忧的是，马驹还没有出世，母马就死了，自己家里连人吃的奶子都没有，怎么喂它呢？哈扎卡甫尔正在发愁，马驹说话了。它说："哎，肯得克依！黑山上有只母老虎刚生了孩子，你去找它要些奶子来给我吃吧！"

　　哈扎卡甫尔听见叫肯得克依去要老虎奶子，认为这太危险了，正准备拦住儿子，肯得克依早提着羊皮口袋走了。不一会儿，肯得克依就提着一皮袋老虎奶子回来了。黑马驹欢跳着迎了上去。它一边吃着奶子，一边不停地蹭肯得克依，好像肯得克依是它的母亲似的。从此，肯得克依每天打猎回来，便带回来一皮袋老虎奶子，喂他心爱的黑马驹。不久，黑马驹就长成了一匹长六庹长的黑骏马。

肯得克依有了这样的骏马简直如虎生翼，六个山头那面的野兽，只要肯得克依想要抓它，黑骏马撒开银蹄，一眨眼就追上了。因此肯得克依一天获得的猎物，一年也吃不完。他经常把猎物分给黑山脚下的穷苦乡亲。人们都亲热地叫他"骑黑骏马的肯得克依勇士"。

一天，肯得克依骑着黑骏马来到黑河下游一个富饶的草场。在草场上，肯得克依看见一个哭得十分伤心的放羊娃。肯得克依在马上问道："哎，小兄弟，你为什么哭得这么伤心？"

孩子擦干眼泪对肯得克依说："我是麦尔干拜勇士的独生子，今天刚满6岁。两年前的今天，我父母正为我过生日的时候，一支强大的军队侵入了我们村镇。他们让我父亲带他们去抓一个名叫肯得克依的英雄，我父亲不答应，他们就把我的父母和全村的牲畜一齐带走了。我当时躲在一个草垛子里，没被他们抓走。可是，我从此成了一个可怜的孤儿。为了救我的父母，我找了村里的大巴依，求他帮助，并答应他只要救回我的父母，我就给他放两年羊。谁知，巴依只是以救我父母为名，派人去给他抢牲畜，根本就没有去救我的父母。看来我白给巴依放了两年羊，我的父母不可能回来了！"说完，更加伤心地恸哭起来。

肯得克依听完孩子的话，非常气愤，当即对孩子说："好兄弟，你不要哭了。我就是你说的那个肯得克依。你要是相信我，就和我把羊群赶到我家里去，在我家里等我。我去把你的父母找回来。"

孩子一听，立即转哭为笑，对肯得克依说："哥哥，让我和您一块儿去吧！这些羊都是那个骗人的巴依的，我早不想给他放了！"

路上，他们经过一个风景秀丽的大湖，湖边有几顶牧民的毡房。他们肚子饿了，就到一家毡房里要些吃的。毡房的主人见肯得克依到来，非常高兴，专为他们宰了一只羊。肉快熟的时候，孩子说到湖边看看他的羊群，一去半天，也不见回来。肯得克依忙到湖边察看，发现孩子不知为什么昏倒在湖边了。肯得克依救醒孩子，问他是怎么回事。孩子说："我刚到湖边，就见从远处飞来六只雪白的天鹅。天鹅一面在我头顶盘旋，一面唱着非常好听的歌。我听那歌词像是找我对唱似的，就等它们唱完一段以后，顺着它们歌词的意思回答了几句。谁知我刚唱完，它们就用翅膀把我打昏了。"

肯得克依觉得十分奇怪，忙问孩子天鹅都唱的什么，他又是怎么回答的。孩子说，天鹅唱的是：

"肯得克依勇士在这里吗？
他是不是骑的那匹黑骏马？
他是不是一个真正勇敢的英雄？
他是不是真像传说的那样英姿焕发？"

对它们回答的是：

"我不就是肯得克依勇士吗！
我骑的就是黑骏马，
我是一个真正的英雄，
我就像传说的那样英姿焕发！"

肯得克依听了孩子的话，立即到湖边去找那几只天鹅。他围着大湖找了一圈，连只鸭子也没有找到。就在他准备回毡房的时候，忽听远处传来阵阵悠扬的歌声。眨眼工夫，六只白天鹅飞到肯得克依的头顶。肯得克依清楚地听见天鹅们唱道：

"肯得克依勇士在这里吗？

他是不是骑的那匹黑骏马？

他是不是一个真正勇敢的英雄？

他是不是真像传说的那样英姿焕发？"

肯得克依听了天鹅的歌，立即对着天空回了天鹅几句：

"我就是勇士肯得克依，

黑骏马是我胯下的坐骑，

你们是哪来的妖魔鬼怪，

竟敢对英雄无故地怀疑！"

六只天鹅听了肯得克依的歌，倏地向他扑了过来，想用翅膀打他。肯得克依暗暗好笑，等它们快到头顶，猛一挥手，把六只天鹅全部打落在地。六只天鹅没想到肯得克依的动作如此神速有力，吓得连忙从地上翻起来飞逃。肯得克依忙纵身跃起，想抓一只来详细问问。可是，天鹅已经飞远了，肯得克依只抓到一只天鹅留下来的金靴子。金靴子上镶着精致的花纹，花纹中还有一行醒目的字，很像一个姑娘的姓名。这一切，使肯得克依非常纳闷，他决定在湖边等那六只天鹅再来。

他一直等到天黑，也不见天鹅的影子。这时，他放出去吃草的黑骏马找他来了。黑骏马见肯得克依手上拿着一只金靴子，呆呆地望着天空，就明白发生了什么事，立即对他说："哎，肯得克依！快回去吧，那六个姑娘再不会到这儿来了！"

肯得克依没有听懂，问它："什么六个姑娘？"

黑骏马说："就是你手上那只金靴子的主人呀！"

肯得克依一听，忙问这是怎么回事。黑骏马说："在遥远的天边，有一条天河。天河中间，有一个美丽的小岛，小岛上住着仙人国的国王。国王有六个美丽的姑娘，你手上拿的那只靴子就是她们的。"

肯得克依听了黑骏马的话，还不明白那六个仙女为什么到这儿来。于是把孩子和自己见到的情形，和她们所唱的歌，告诉黑骏马，问黑骏马知不知道，她们这样做到底是为什么。黑骏马说："这我就不知道了。不过，我想可能与你想去寻找孩子的父母有关。我知道孩子的父母，就是仙人国的国王派人来抓去的，他们现在就关在仙人国一口极秘密的深井里。等到了仙人国，一切就会清楚了。"

肯得克依听完，恨不得立即飞到仙人国去，于是与孩子连夜赶着羊群，回到自己的家。肯得克依把情况告诉了自己的父母，两位老人也很支持孩子的决定，连夜为他准备好上路的干粮，送他上了路。

一路上，黑骏马使出了自己长途跋涉的了不起的本领，驮着肯得克依飞一样地前进。不分日夜，不分雨晴，走了一个月，又走了一年，不知道越过了多少高山、大河、戈壁、草原。这天，他们来到一座顶接蓝天的高山跟前，黑骏马突然停下来对肯得克依说："山那面就是天河了。因为仙人国的情况我们一点都不知道，那个国王的为人我们也不了解，为了平安地救出孩子的父母，弄清你想知道的一切，我们不能像现在这样到那儿去。翻过大山，你可以看见一大片草滩，草滩上有一个替仙人国国王放牛的牧民。那个牧民是被抓来的，你去放走他，然后换上他的衣帽，替他放牛，混到国王那儿去见机行事，我留在这座山上等你。你需要找我的时候，就到我们分手的地方来，无论什么时候，只要你一来，我会立即出现在你的面前。"

肯得克依一过高山，果然好一片碧绿的草滩。草滩上散布着无数奶牛，一个身材高大的牧民正在放着牛群。肯得克依随即下马，把宝刀、弓箭拴在马鞍上，放走了黑骏马。然后走到牧民跟前，与牧民交换了衣帽，又把自己的干粮全部给他，让他上路回去。牧民走了以后，肯得克依赶着牛群去到仙人国国王居住的小岛。一上岛，肯得克依就听说国王的御马今晚下驹，国王命令所有的勇士都到御马圈去守夜。原来一连好些年，马驹一落地就会不翼而飞，所以国王命令所有的勇士去守卫。

肯得克依也感到十分奇怪，决定晚上也到御马圈去看看，天黑以后，肯得克依悄悄来到御马圈，勇士们已把御马圈围得水泄不通了。勇士们在御马圈整整守了一夜，御马也没有把驹子生下来。快天亮时，勇士们纷纷瞌睡起来，不一会儿就都睡着了。哪知勇士们刚进入梦乡，御马就下了一头金尾马驹，马驹刚落地忽然一片乌云似的东西猛地从天空扑下来罩住马驹，要把马驹卷走。就在乌云卷着马驹腾空的一刹那，肯得克依跳上去抓住马驹的金尾巴，想把马驹夺下来。可是那乌云力量十分强大，把马驹卷得很紧，马驹的尾巴被拉断了，肯得克依只拽下了半截金马尾。

不一会儿，天亮了，国王来问御马下驹的情况，勇士们对国王说："尊敬的陛下！昨晚我们一夜没有合眼，御马根本没有下驹。前一段时间肚子大，是不是得了什么病？"

这时，肯得克依来到国王跟前说："国王陛下，他们说得不对！我看见御马下驹的情况下，请允许我讲！"

国王见这个自己不认识的小伙子，敢于在自己面前说勇士们谎报情况，十分惊奇，忙问他："你是什么人？你说说是怎么回事？"

肯得克依说："我是给陛下放牛的牧工。昨晚听说陛下让勇士们来守卫御马下驹，我也来了。"接着就讲了昨晚的全部情况。说完，从怀里取出那半截金马尾，交给国王。

国王接过半截金光闪闪的马尾，想起前些年失去的马驹，随即对肯得克依说："好小伙子，你做得不错！从现在起，你不要再放牛了，我让你做我的卫士，立即去为我找回前些年失去的马驹。等马驹找回来，我再重重地赏你！"

肯得克依接受了国王交给的使命，第二天来到与黑骏马分手的草滩，见到黑骏马，把一天来的情况告诉它。黑骏马听了以后，对他说："哎，肯得克依！看来你这一天的收获不小。不过，你知道国王给你的这个任务有多艰巨吗？那卷走马驹的根本不是什么乌云，而是一只巨大无比的神鹰。神鹰凶猛敏捷，力大无穷，没有人能战胜它，更休想从它的爪子下夺回被抓去的人畜。不单如此，神鹰栖息的地方离这儿不知道有多远。一路上除了数不尽的崇山峻岭、戈壁沙滩外，还横着一条又长又宽的火焰河。如果从火焰河的源头绕过去，又会有另外三个大障碍：一是凶残暴戾的雄狮，一是变幻莫测的妖婆，最后一个是有着七个脑袋的妖魔。这些障碍如果你不能排除，神鹰你连见也见不着！"

肯得克依听了黑骏马的话，哈哈大笑起来，说："我亲爱的朋友，你怎么啦？难道几只鸟兽，几个妖魔就把你给吓住了？为了找回被抓走的乡亲，为了找到金靴子的主人，一定要用我们的勇敢和智慧，去排除任何障碍！"

黑骏马听了，满意地望着肯得克依说："说得对，肯得克依！'有了勇敢和智慧，就没有打不败的强敌'，能不能找回马驹，就看你了。"

肯得克依再没说什么，换好盔甲，带好弓箭，骑着黑骏马上了路，一路上，肯得克依历尽了种种艰辛，最后终于来到离火焰河不远的一座山上。这时，黑骏马对肯得克依说："前面不远就是火焰河了，我们必须一口气冲过河去。不然，没等我们掉进河里，那热气早把我们烤熟了。你好好紧紧我的肚带，我们再上路，我会跑得比任何时候都快。在我起跑以后，你狠狠地抽我一鞭，不要怕把我打坏了，然后拉紧缰绳，闭紧眼睛等着我叫你。记住，在我没有叫你以前，不论发生了什么情况，你千万不能放松缰绳，睁开眼睛。我们能不能冲过火焰河，就看你能不能做到这一点了。"

肯得克依照黑骏马的话，紧了紧它的肚带，同时也紧了紧拴在身上的弓箭、宝刀，然后骑上黑骏马上路了。一会儿工夫，黑骏马的四只银蹄，像夏天突然袭来的冰雹一样，急促地敲打着大地。坚实的大地在银蹄的猛烈敲击下，不停地颤抖。这时，肯得克依猛地抽了黑骏马一鞭，同时使出全身力气，狠狠地一勒缰绳。神奇的事情出现了，黑骏马竟腾空飞了起来，肯得克依闭着双眼，只听见耳边响起呼呼的风声。一会儿，风越来越急，风声也越来越大。又过了一会儿，那风不单越来越急，而且越来越热，最后竟像燃烧着的沙粒一样，猛烈地砸向肯得克依，使他浑身上下感到火辣辣的疼痛。肯得克依估计他们正在火焰河上飞行，不敢大意，尽管浑身又热又痛，仍始终勒紧缰绳，闭紧眼睛。不知过了多长时间，肯得克依感到火风逐渐缓下来，也不那么烫了，最后甚至变成徐徐的凉风了。这时，才听见黑骏马的声音："哎，肯得克依，睁开眼睛吧！"

肯得克依睁开眼睛，只见黑骏马口吐白沫，满身是汗，正在一个草青水绿、百花盛开的草原上奔驰。见到骏马的情况，肯得克依想休息休息再走，黑骏马却对他说："不行，肯得克依！咱们很快就要到神鹰栖息的地方了。正好这时神鹰外出猎食，要六天以后才能回来。咱们得尽快赶到，用这六天的时间，把你要找的那些马驹，赶到离这儿六个月行程以外的地方去。要知道，那只神鹰不单能看清离它六个月行程以内地上爬着的蚂蚁，而且眨眼工夫就能赶到它想去的地方。"说完，不等肯得克依同意，就继续奔驰起来。

不一会儿，他们来到一个小湖边上。湖心有个草深林密的小岛。在小岛的密林里，闪动着熠熠的金光。肯得克依纵马跃上小岛，向密林深处走去。不久，他就发现林中有八匹金尾骏马和一头半截尾巴的马驹，正围着一个金水槽在饮水。肯得克依非常高兴，忙过去赶它们，想立即把它们赶过湖去。谁知，不管他怎么赶，马群总不愿意离开小岛。肯得克依想，可能是那个水槽子在作怪，于是拿上水槽子，纵马跃过了小湖。果然，水槽子过了湖，九匹马也乖乖地跟着过来了。因为金尾骏马没法越过火焰河，肯得克依只得带着它们绕道而回。

他们沿着火焰河走了两天，就走完了一般骏马要走两个月的路程，可是还没有走到火焰河的源头。第三天，肯得克依带着马群，正在一片开阔的草原上赶路，突然在他们前面齐齐地冒出来七座大山，黑漆漆的，阴森可怖。肯得克依正感到惊奇，七座大山竟摇摇晃晃地向他迎了上来。七座大山一动，肯得克依立即想到它们可能就是那魔鬼的七个脑袋，忙抡起千斤狼牙棒，向魔鬼冲了上去，对准魔鬼的一个头就是一棒。只听一声震天的巨响，魔鬼的一个脑袋被砸得粉碎。魔鬼本来只是发现了草原上移动的金光，没有看见肯得克依，冷不防挨了一狼牙棒，一个脑袋被砸碎了，痛得哇哇怪叫起来。它刚叫了两声，肯得克依又一棒横扫过来。这一棒比头一棒更加厉害，一下子把魔鬼的三个脑袋扫了下来。魔鬼还没闹清是怎么回事，四个脑袋已经没有了，吓得浑身直哆嗦，转身就跑。肯得克依哪里肯放，骑着黑骏马紧追上去。打死了魔鬼，肯得克依把它的眼珠挖了出来，装在褡裢里，然后带了马群又继续赶路。

　　他们在路上又走了一天，晚上终于走到了火焰河的源头——一座常年喷火的火山。第二天。他们刚绕过火山，就听见远处传来狮子的吼声。那吼声像雷鸣一般，非常吓人，几匹金尾骏马吓得不敢挪步，连黑骏马第一次听见吼声也哆嗦了几下。肯得克依见这情况，知道那狮子一定非同一般。为了防备意外，肯得克依把黑骏马和金尾骏马都留下来，自己提着一把六庹长的宝刀，步行去找狮子战斗。这时，狮子也闻到肯得克依他们的气味，找了过来，与肯得克依在半路相遇。狮子一见肯得克依，立即张开大嘴向他扑了过去。肯得克依见这只狮子，光一个头就比一座大山还大，张开的大嘴像一个血红的海子，扑上来的架势，更是像半个蓝天压下来一样。对着肯得克依用力一吸，一下子就把肯得克依吸进嘴里。就在肯得克依被吸进狮子嘴里的一瞬间，肯得克依急中生智，把宝刀对准狮子的咽喉，借着狮子的吸力，狠劲戳了过去。狮子根本没想到肯得克依会有这样的绝招。正当它得意地用力吞肯得克依时，忽然喉头一阵剧痛，接着就什么也不知道了。肯得克依这一刀，从里向外给狮子来了个大开膛，把狮子劈成了两半。杀死了狮子，肯得克依拔下它两颗巨大的獠牙，随即骑上黑骏马，带了金尾骏马又继续赶路。

第六天中午，肯得克依他们正走着，忽然远处飞过来一团巨大的乌云。乌云飞到肯得克依他们头顶，一下子散开来盖住了整个天空，明朗的天空顿时黑暗下来。这时，九匹金尾骏马的金尾发出闪闪的金光，照亮了路途，使肯得克依能够照常赶路。不过，他从未见过的这种情景，十分惊奇，心想：哪来的这块乌云，是不是神鹰追上来了？今天才第六天，神鹰还没有回小岛，不可能追上来！正想着，乌云忽然不见了，天空又出现了太阳。肯得克依更纳闷了，这时，他猛然想起黑骏马说过的那个妖婆，禁不住小声叫了起来："对，一定是她！这个狡猾的家伙在干什么呀？"

肯得克依正在四处查找妖婆，忽然一个年轻漂亮的姑娘出现在马头前，娇声娇气地对他说："尊敬的勇士，你好啊！一个人上路够辛苦的，到我家去休息休息吧。"说完，轻佻地瞟了肯得克依一眼，就伸手去拉马缰。

荒原上突然出现这么一个妖媚的姑娘，使肯得克依有些发懵。不过，很快他就清醒过来，猜到这个千娇百媚的姑娘是谁。为了弄清这家伙到底想干什么，肯得克依装着什么也不知道的样子，对姑娘说："啊，好心的妹妹，能到你家去，那是再好没有了！一个人在这莽莽荒原上赶路，真是又乏又闷，早就盼着有个地方休息休息，好好玩两天。"

肯得克依随着姑娘去了。他刚进姑娘的毡房，刚才还是那样妖媚的姑娘，立即变成了一个凶恶丑陋的妖婆，从外面锁上了毡房的门，同时哈哈大笑着对他说："哈哈，肯得克依，就乖乖在毡房里等着，待会儿到我肚子里休息去吧！那儿有不少你的同类，他们会陪你痛痛快快地玩的！"说完，一面狂笑着，一面忙着准备煮肯得克依。

肯得克依听了妖婆的话，索性就在毡房里静静地躺下来，想着怎样对付妖婆。不一会儿，他想出一个除掉妖婆的法子，悄悄抽出宝刀爬到毡房的檩条上，等妖婆进来。他刚爬上，妖婆已烧好水，得意地叫着："好了，我的宝贝，现在可以送你到极乐世界去了！"说着，开了毡房门，低头走进毡房。一进毡房，她就被从檩条上扑下来的肯得克依砍去了头。

肯得克依把妖婆的头装在褡裢里，骑上黑骏马，带了金尾骏马，连夜赶回仙人国国王居住的小岛。

肯得克依立即去见国王。国王见自己丢失的马驹，一头不少全部找了回来，十分高兴，立即吩咐杀马宰羊，举行30天喜宴，迎接为他找回金尾骏马的英雄。宴会上，国王照早先许下的诺言，准备赏给肯得克依金子，并委任肯得克依做勇士们的首领。肯得克依说："尊敬的国王陛下，谢谢您的好意！不这，请原谅，我不能接受您的赏赐！"

国王非常诧异，问肯得克依为什么不愿接受他的赏赐。肯得克依说："我本来不是您的牧工，而是人间一个普通的猎人。为了寻找我被掳走的乡亲，同时把一只金靴子送还给它的主人，我来到您的国土。我听说我的乡亲和金靴子的主人，都在您的国土上，希望您能满足我的要求。"

国王听后更加莫名其妙，忙问是怎么一回事。肯得克依从怀里掏出那只金靴子来说："尊敬的国王陛下！我是黑山脚下、黑水河边哈扎卡甫尔的儿子肯得克依……"

国王一听，眼前这个小伙子就是肯得克依，又见他手上的金靴子，禁不住打断他的话，惊呼起来："啊，孩子！你就是人人称赞的骑黑骏马的肯得克依勇士吗？现在一切都清楚了，你是我再三邀请的客人。不过，没想到我的一个女儿看上了你。既然这样，该我向你提出要求了。"

肯得克依被国王的话闹糊徐了。国王说："是这样，孩子！我早就听到人们对你的称赞了。我曾派人到你的家乡，请麦尔干拜勇士和你来帮我寻找丢失的马驹。麦尔干拜不同意，也不愿说出你住的地方，当时我派去的人就把他抓来了。他们以为抓了麦尔干拜，你会找上门来的。结果等了整整两年，不见你来，我又打发我的六个女儿去请你。她们回来说已经见到了你，一定会来的，我一直在等着你呢！没想到你早就来了，更没想到我的一个女儿还爱上了你。因为我曾对她们说过，她们爱上谁，就把一只金靴子给谁。"

肯得克依听了国王的话，喜出望外，忙问国王，希望要什么样的聘礼。国王说："我的国土上有一个善于变幻的妖婆、一头凶残无比的狮子和一个有着七个脑袋的魔鬼，它们经常到世间伤人害畜。你只要把它们除掉，我就把姑娘嫁给你。"

肯得克依一听，立即从褡裢里取出魔鬼的眼珠、狮子的獠牙和妖婆的头来，并告诉国王杀死它们的经过。国王听完肯得克依的讲述，非常高兴，当即下令为自己的姑娘和肯得克依准备婚礼，同时派人去把麦尔干拜接回来。接回麦尔干拜夫妇后，国王为肯得克依和小公主举行了40天婚礼。婚礼期间，国王让小公主劝肯得克依留下来继承他的王位。肯得克依说什么也不同意永远离开自己的故乡。国王没法，只得拿出大量牲畜财产作小公主的陪嫁，送他们回去。

肯得克依、小公主和麦尔干拜夫妇赶着国王给他们的牲畜，带着国王送给他们的财产，回到了黑山脚下、黑水河边，回到了家乡。